Johannes Herwig

BIS DIE STERNE ZITTERN

Autor

Johannes Herwig, geboren 1979 in Leipzig-Connewitz, wusste schon als Kind genau, was er wollte: schreiben. Zunächst studierte er Soziologie und Psychologie und gründete die Filmgalerie Phase IV in Dresden, bevor er sich seiner Berufung widmete und die Arbeit an seinem Roman über die Leipziger Meuten begann. »Bis die Sterne zittern« wurde mit dem Paul-Maar-Preis für junge Talente ausgezeichnet und von der Jugendjury für den Deutschen Jugendliteraturpreis 2018 nominiert. Inzwischen hat Johannes Herwig weitere Romane geschrieben und wurde vielfach ausgezeichnet, unter anderem mit dem Anna-Seghers-Preis 2024.

Mehr zu unseren Büchern auch auf Instagram

JOHANNES HERWIG

BIS DIE STERNE ZITTERN

EIN ROMAN ÜBER JUGENDLICHE OPPOSITION IM NATIONALSOZIALISMUS

cbt

Unterrichtsmaterialien zu diesem Buch sind erhältlich unter: www.schullektuere.de

Der Kartenausschnitt auf Seite 254 f. stammt aus dem »Stadtplan von Groß-Leipzig«, einem Nachdruck der Ausgabe von Ed. Gäbler, Leipzig, 1940, erschienen bei Schmidt-Römhild, Leipzig, 1998.

MIX
Papier | Fördert gute Waldnutzung
FSC® C014496

Penguin Random House Verlagsgruppe
FSC® N001967

8. Auflage
Erstmals als cbt Taschenbuch Oktober 2021

Umschlaggestaltung: Suse Kopp, Hamburg
Umschlagmotive © SZ Photo / Scherl / Bridgeman Images
kk · Herstellung: LW
Satz: KompetenzCenter, Mönchengladbach
Druck: GGP Media GmbH, Pößneck
ISBN 978-3-570-31332-9
Printed in Germany

www.cbj-verlag.de

Für dich

Ich lebe mein Leben in wachsenden Ringen,
die sich über die Dinge ziehn.
Ich werde den letzten vielleicht nicht vollbringen,
aber versuchen will ich ihn.

Rainer Maria Rilke

PROLOG

Der Zigarettenrauch vor der Schreibtischlampe des Kommissars stieg in den Raum wie eine Erscheinung aus dem Moor. Die Arbeitsfläche des Tischs war grell erleuchtet, der Rest des Zimmers lag in unergründlicher Dunkelheit. Ich sah fleischige Finger, die ein Büchlein hielten. Es war lächerlich winzig. »Was wir suchen, ist alles«, stand auf dem Einband. In dem gläsernen Aschenbecher daneben qualmte eine Kippe, deren Glut sich träge ihren Weg fraß.

»Hinsetzen«, sagte der Kopf, von dem ich nur die Umrisse erkennen konnte. Das Büchlein deutete dabei in Richtung eines Stuhls. Ich tat wie geheißen und wartete. Langsam gewöhnten sich meine Augen an das trübe Licht und ich konnte ein wenig des Interieurs ausmachen: hohe Schränke, eine Garderobenstange, die aussah wie eine mittelalterliche Waffe, ein zweiter Schreibtisch.

Die Zigarette erlosch. Der Kommissar hatte kein einziges Mal an ihr gezogen. Für Minuten passierte nichts. Mein Gegenüber blätterte nicht einmal in seinem Buch. Beinahe dachte ich, er hätte mich vergessen, und überlegte, mich in irgendeiner Form bemerkbar zu machen, als er endlich anfing zu sprechen.

»Harro Jäger. Adolf-Hitler-Straße 157. Sechzehn Jahre alt.

Schüler. Tatsachen so weit?« Er legte das Büchlein beiseite, aufgeschlagen.

»Korrekt«, bestätigte ich förmlich.

»Du gehst gern in die Schule? Bist ein guter Schüler?« Das klang nach Feststellungen, nicht nach Fragen.

»Ich bemühe mich.« Der Kopf nickte.

»In der Freizeit, was machst du in der Freizeit?«

»Nichts Besonderes«, sagte ich. »Das, was alle machen. Körper und Geist trainieren. Lesen. Sport. Spazieren gehen.« Der Kopf nickte wieder.

»Du bist spät in die HJ eingetreten. Und umso früher wieder abberufen worden. Warum?« Der Kopf des Kommissars schob sich weiter nach vorne, ins Licht. Der Mann war jünger, als ich gedacht hatte.

»Differenzen mit dem Kameradschaftsführer. Hatte nichts zu tun mit der Organisation.« Das war gar nicht mal gelogen. Der Kommissar zeigte keine Regung und griff nach seinen Zigaretten. In sein Feuerzeug war ein Hakenkreuz geprägt, das, schnippte man den Deckel hoch, in der Mitte auseinanderklappte.

»Konrad Weißgerber? Sagt dir was?« Erneut mehr eine Feststellung. Hilmas Bruder. Ich entschied, mich so ahnungslos wie möglich zu stellen, und verneinte. Die neue Zigarette wanderte in den Aschenbecher. Wunderliche Formen aus Rauch begannen, über dem Tisch zu tanzen.

»Harry Sommer? Kennst du den?« Ich schüttelte den Kopf. »Sagt mir nichts. Überhaupt nichts.«

»Breiter Kerl. Unmöglich zu übersehen«, hakte der Kommissar nach. Nun ahnte ich, wen er meinte. Ich blieb beim

Nein. Die Finger griffen nach der brennenden Kippe und klopften die Asche ab. Dann nahm der Kommissar einen langen, knisternden Zug, fixierte mich und drehte den Lichtkegel der Lampe in mein Gesicht, sodass ich blinzeln musste.

»Heinrich Umrath? Was ist mit dem?«

»Mal getroffen. Keine nahe Bekanntschaft«, sagte ich, so unbeteiligt es ging. Alles konnte ich ja auch nicht abstreiten, zumal er nach meinem Nachbarn fragte. Die Zigarette, erneut im Becher abgelegt, warf einen Funken, als wäre versehentlich ein Körnchen Schwarzpulver im Tabak gelandet.

»Wo?«, fragte der Kommissar, und als ich nicht gleich reagierte, fügte er an: »Wo getroffen?«

»Auf der Straße«, sagte ich. »Auf der Straße mal.« Das weiße Licht der Lampe blendete. Ich schaute unter der Innenfläche meiner Hand hervor.

»Auf der Straße mal«, wiederholte der Kommissar. Ich hörte, wie einfältig diese Antwort war. In meinem Hals kitzelte es und ich gab mir Mühe, mich nicht zu räuspern. Stattdessen rutschte ich auf dem Stuhl hin und her. Der Kommissar klopfte mit seinem Feuerzeug auf dem Tisch. Es klang wie der Rhythmus eines langsamen Marsches.

»Wenn ihr euch getroffen habt, worüber habt ihr geredet?«, fragte er schließlich.

»Was meinen Sie damit?«, fragte ich zurück, ein wenig zu schrill. Und dann ging alles ganz schnell. Der Kommissar stand auf, zog meinen linken Unterarm auf den Tisch und prügelte die Kante des Feuerzeugs in meinen Handrücken, kurz und hart, als hacke er Buchenholz. Ungläubig starrte ich auf Haut und Blut und noch mal Blut, immer wieder stampfte das silberne Hakenkreuz auf meine Knochen, und dann kam der Schmerz. Ich schrie und schrie und verlor die Fassung. Egal wie dick die Wände waren, ganz sicher war mein Gebrüll bis auf die Straße zu hören. Verzweifelt versuchte ich, mein Handgelenk aus der Umklammerung zu lösen. Ich wand mich und riss und hatte keine Chance. Endlich ließ der Polizist von mir ab. Ich drückte meine Linke gegen die Brust und bedeckte sie mit der Rechten. Weich und heiß drängte sich das zerschlagene Fleisch gegen den Ballen. Doch es war noch nicht vorbei. Der nächste Schmerz kam vom linken Ohr. Dicke Finger packten es und zogen und drehten meine Ohrmuschel einmal herum. Es knirschte und knackte in meinem Kopf. Ich jaulte in blinder Panik und vergaß für ein paar Momente, wer ich war und wo. Die Marter war bestialisch.

»Bin ich ein Idiot?«, rief der Kommissar in das zerdrehte Ohr. »Bin ich ein Idiot?«, immer und immer wieder. Ich versuchte, ihn abzuwehren, irgendwie, aber es ging nicht. Ich war zu klein und zu schwach und fühlte mich viel zu elend. Es war eine schrecklich entwürdigende Angelegenheit.

»Bin ich ein Idiot? Bin ich ein Idiot?« Zehn, zwanzig Mal, vielleicht noch öfter. Als ich wieder zu mir kam, lag ich auf dem Boden und hustete. Der Kommissar saß auf seinem Platz. Aus einer dämmrigen Ecke seines Schreibtischs hatte er ein Telefon gezogen und sprach leise in den Hörer. Meine linke Hand bot einen erschreckenden Anblick. Mit der rechten tastete ich zu meinem Ohr. Einen irren Moment lang dachte ich, es wäre nicht mehr da. Dann blieb ich liegen. Beim Aufstehen wollte ich aus dem bösen Traum erwacht sein.

Der Wärter, der mich gebracht hatte, betrat den Raum,

ohne zu klopfen. Erst sah ich im Türrahmen sein Gesicht, dann nur noch seine Schuhe. Eine schwarze Sohle wackelte vor meiner Nase.

»Komm, hoch. Ich zeig dir dein Nest.« Ich richtete mich auf. Das ging erstaunlich einfach, doch als ich in der Senkrechten war, blinkten Sterne wie bei einem kaputten Signalgeber. Die Wände wurden schräg. Um nicht zusammenzusinken, hielt ich mich am Nächstbesten fest, was ich greifen konnte. Das war der Kragen des Wachmanns.

»Na, na«, sagte er und stützte mich ein wenig. »Schon gut. Hier geht's raus.« Ich hatte keine Orientierung und keine Reserven. Ein Schäfchen hätte sich nicht leichter führen lassen. Wenn ich die schmale Hoffnung gehegt hatte, mit »raus« hätte der Wachmann »in die Freiheit« gemeint, wurde sie sogleich vernichtet. Ein paar Gänge, ein paar Treppen, dann stand ich in einer Zelle.

»Erzähl ihm lieber alles, was du weißt«, sagte der Wachmann, bevor er die Holztür schloss. Sie sah mehr nach Burgverlies als nach moderner Gefängnisanstalt aus. War da Mitleid in seiner Stimme? Oder war das nur ein besonders schmutziger Trick, mich zum Quatschen zu überreden?

Scharf zog der Gestank der Zelle in meine Nasenflügel. Hier komme ich nicht wieder weg, dachte ich. Nie.

1

Meine Geschichte beginnt dort, wo Leipzigs schönste Straße endet. Der Scheißdreck an Leipzigs schönster Straße war, dass sie seit drei Jahren einen neuen Namen trug. Als ich zwölf war, hatte ein Mann das Blechschild an meinem Haus entfernt, das bis dahin jedem Vorbeigehenden anzeigte, wo er sich befand. Auf der Südstraße nämlich. Er war nur ein Grashalm gewesen, der Mann, im Gesicht windschief und verknittert. Aber das Schild hat er mitgenommen. Am nächsten Tag kam er mit seinem Handwagen und seiner Leiter wieder und brachte ein neues an. Seitdem hieß die schönste Straße Leipzigs so: Adolf-Hitler-Straße.

Es passierte am ersten Tag der Sommerferien. Zu Ostern hatte ich die neunte Klasse der Oberschule mit mäßigen Zensuren abgeschlossen, in jedem Fall nicht gut genug für meine Eltern. Sie hätten es lieber gesehen, wenn ich mir ein Türmchen aus Schreibkram und Büchern gebaut und mich dahinter versteckt hätte, aber ich trieb mich lieber auf der Straße rum.

An der Kreuzung vor meinem Wohnblock lärmte der Nachmittag. Elfenbeinfarbene Straßenbahnen luden zerrupfte Trauben von Menschen aus und wieder ein. Bremsten sie ab, konnte man das Geräusch bis in die Backenzähne spüren. Das war witzig und widerwärtig zugleich. Ungefähr eine Million Mofas unterschiedlichster Ausführung knatterten pro Minute über beide Seiten der Straßen. Die Dinger waren der letzte Schrei, auch wenn sie einen Lärm veranstalteten, der in keinem Verhältnis zu ihren geringen PS stand. Sie klangen wie ein Hummelstaat, der durch ein Megafon gejagt wurde. Komplettiert wurde das Konzert von Dutzenden Stimmen, die aus den weit geöffneten Türen und Fenstern der Wirtschaften drangen. Es war zwar noch nicht Abend, aber die Sonne machte durstig. An der Ecke zu einer Seitenstraße spielten ein paar Mädchen mit blauen Haarbändern Himmelhuppe.

Dort also, wo Leipzigs schönste Straße endet, an der großen Kreuzung, die Connewitzer Kreuz genannt wurde, flatterte an diesem Tag die Fahne der Hitlerjugend heran, ein schwarz-weiß-rotes Biest an einer langen Stange aus Holz. Unten an der Stange war ein Junge, ungefähr in meinem Alter, festgewachsen. Er schaute so ernst, als ob seine Miene selbst aus Holz wäre, unbeirrt und unbewegt.

Hinter ihm, aufgereiht wie auf einer Perlenkette, marschierten noch mehr Hitlerjungs. Ich sah nicht so genau hin, denn ich suchte keinen Ärger. Die Hände in den Hosentaschen trat ich zur Seite und tat, als wäre ich überall, nur nicht an dieser Stelle zwischen Straße und grauem Mauerwerk. Doch ich war nicht so durchsichtig, wie ich es mir wünschte.

»He, du da!«, brannte es in meinem Nacken. Ich gab vor, nichts gehört zu haben, obwohl ich schon ahnte, was jetzt kommen würde. Wäre ich gerannt, hätte der Tag einen anderen Ausgang genommen. Doch ich rannte nicht, ob aus Leichtsinn oder aus Angst oder aus Tapferkeit, das wusste nur die Sonne.

Noch ein Pfiff. Noch ein Rufen. Und dann waren sie plötzlich so nahe, dass man keine besonders geschärften Sinne brauchte, um zu spüren, dass jemand hinter einem ging.

»Bist du taub?«, sprach es direkt in mein Ohr. Ich drehte mich um. Die Fassaden der Häuser reflektierten das Licht, sodass ich blinzeln musste. Ein Halbkreis von Gesichtern rückte näher. Alles Mögliche war in ihnen zu lesen: Verachtung, Hochnäsigkeit, ernste Empörung, in jedem Augenwinkel die Erleichterung, nicht in meiner Haut zu stecken. Wie von selbst hob mein Körper abwehrend die Hände.

»Langsam«, sagte ich. »Was ist los? Was hab ich gemacht?« Der Halbkreis blieb stehen. Eins der Gesichter löste sich und kam ganz nah an meins heran.

»Du hast etwas nicht gemacht«, sagte das Gesicht. Die Worte kamen direkt durch die Zähne, in den Lippen war keinerlei Bewegung. Die Schultern unter dem Gesicht waren so dick, dass sie den Halbkreis der anderen verschluckten. Der Riemen über dem braunen Hemd spannte.

»Du hast die Fahne nicht gegrüßt.«

»Hab sie nicht bemerkt, nur nicht bemerkt«, sagte ich. »War keine Missachtung!«

»Kleiner, die Fahne, die ist mehr als der Tod! Verstehst du das?« Nein, das verstand ich nicht. Ich nickte.

»Ein jeder hat die Fahne zu grüßen! Ganz gleich, wo er steht!«

Die Doppeldeutigkeit seiner Worte war dem Hitlerjungen offensichtlich nicht bewusst.

»Wer es nicht tut, wird bestraft!« Ich wich ein Stück zurück, als könnte das die unvermeidlichen Schmerzen verhindern. Die Mauer, an die meine Hacke stieß, besiegelte die Situation.

»Kommt, bitte, lasst«, stammelte ich beschwichtigend, ohne mir etwas davon zu versprechen. Wie ein umgekehrtes Echo spürte ich schon die Backpfeifen. Doch sie kamen nicht.

»Macht die Fliege!«, rief eine sehr laute Stimme. Dann hörte ich, wie mehrere Personen in die Hände klatschten, als wollten sie eine Rotte Wildschweine vertreiben. Die dicken Schultern drehten sich zur Seite, dahinter sah ich bunten Tumult, Dutzende Arme schoben und rissen aneinander. Empörte Schreie flogen durch die Luft.

»Schluss! Genug!«, rief der Dickschultrige. Es klang wie zwei Schüsse. Das Gewimmel löste sich. Jetzt konnte ich die veränderte Lage erfassen. In die Gruppe der Hitlerjungs hatten sich mehrere Keile anderer Kerle geschoben. Ihre Kleidung wich deutlich ab von dem, was man so kannte. Es waren weniger, aber sie sahen verwegen aus.

»Is' uns recht! Mach' mer uns nich' dreckig, weißte?«, sagte einer von ihnen, ein großer Bursche mit viel zu langen strohblonden Haaren. Seine Augen sprühten Funken. Er erinnerte mich an jemanden.

Für ein paar Sekunden hätte man die Luft in Stücke schneiden können. Wenn auch nur eine Person der beiden Fraktionen eine falsche Bewegung machte, würde das Jüngste Gericht losbrechen. Mühsam würgte der Dickschultrige seine Wut herunter. Wenn es nach ihm gegangen wäre, hätte er hier wohl nicht klein beigegeben, doch dem Rest seiner Truppe war sichtlich die Lust vergangen. Die meisten blickten zu Boden.

»Und kehrt! Aus der Bahn!«, sagte er schließlich, irgendwohin. Die Neuankömmlinge grinsten. Mit erhobenen Händen ließen sie die Hitlerjungs passieren. Der Wortführer lief hinten. Hätte sein Blick töten können, wären wir alle gefallen wie Kegel.

Der Tross entfernte sich. Ein paar Passanten schauten neugierig, noch mehr schauten streng, doch alle schwiegen.

»War'n los?«, fragte der Blonde. Ich atmete einmal tief aus, die Anspannung ließ nach.

»Habe die Fahne nicht gegrüßt«, sagte ich und zuckte mit den Schultern. Der Blonde grinste und klopfte in einer freundschaftlichen Geste, die so angenehm wie ein Hammerschlag war, gegen meine Brust.

»Bestens«, sagte er. »Braucht man auch nicht grüßen.« Prüfend blickte er mich an. »Wolltste nicht oder konntste nicht?« Ich verschränkte die Arme und zog die Brauen nach oben. Ein bisschen konnte ich auch spielen. Der Blonde zeigte seine Zähne.

»Bestens«, wiederholte er. Dann lief ein Grübeln über sein Gesicht. »Kenn ich dich nich'? Wohnst in der Gegend, was?« Jetzt wusste ich, an wen er mich erinnerte. In der Nachbarschaft gab es einen Jungen, der mit seinem Vater auf einem alten, kutschenartigen Ungetüm Kohlen auslieferte. Das war er. Ich hatte ihn nicht erkannt, weil er sonst ganz anders aussah, in seiner schwarzen Arbeitskleidung und mit dem Ruß auf den Wangen. Ich nickte.

»Kenn dich auch«, sagte ich. »Umrath, richtig? Kohlen?« Der Blonde spitzte die Lippen, als wolle er pfeifen.

»Da vorn. Stimmt's?«, fragte er und zeigte auf das Eckhaus,

in dem ich wohnte. Es war nicht weit. Ich nickte wieder. Mein Gegenüber zwinkerte mir zu.

»Alsdenn. War uns ein Vergnügen.« Noch einmal spürte ich seinen prüfenden Blick, den er kurz von mir löste, in die Runde schweifen ließ und wieder auf mich heftete.

»Komm doch mal vorbei«, sagte er dann. Noch einmal verschränkte ich die Arme und zog die Brauen gen Himmel. Ein Daumen von der Größe eines jungen Baumstumpfs deutete die leicht abschüssige Pegauer Straße hinunter.

»Kinos. Oder Kirche«, sagte der Blonde. »Mal so, mal so. Gegen Abend. Alle zwei, drei Tage. Schau einfach.« Er strich seinen Scheitel nach, die Haare fielen ihm bis in die Augen. Eine kolossale Hand schob sich vor meine Nase. Ich schüttelte sie.

»Heinrich.«

»Harro.«

2

Erker schmückten die Fassade meines Hauses, neben dem hohen Eingang befanden sich links und rechts zwei Geschäfte. Oben an der Ecke schaute eine kleine, etwas verirrt wirkende Kuppel hervor. Darüber schloss der Bau mit einem offenen Türmchen ab. Widersetzte man sich den Verboten, auf dem Dachboden zu spielen, konnte man sogar in das Türmchen hineinklettern, sich bei Wind die Haare zerzausen lassen und eine herrliche Aussicht über die Stadt genießen.

Gegenüber vom Haus lag ein kleiner Park, der das örtliche Brausebad einfasste: die öffentliche Einrichtung für all jene, die keinen Boiler oder Wannenofen besaßen. Ich, als Sohn einer Lehrerfamilie mit beiden ihren Beruf auch tatsächlich ausübenden Elternteilen, gehörte nicht dazu.

In ein Buch vergraben – es war nicht von der Schule, sondern von Karl May – lag ich auf meinem Bett. Das geschlossene Fenster schützte mich vor der Schwüle. Die Geschichte war spannend, doch immer wieder flossen meine Gedanken weg zu dem Erlebnis vor ein paar Tagen, wie die Farben bei einem viel zu nassen Aquarell.

Wer waren diese Jungs? Mit etwas Abstand fiel mir auf, dass ich dem einen oder anderen schon einmal begegnet war. Dieser Stil, die Art sich zu kleiden, war einfach zu ungewöhnlich, um ihn zu übersehen.

Es muss irgendwann im Frühjahr gewesen sein, vor dem Central-Theater am Anfang der Bornaischen Straße. Da standen zwei dieser Kerle in kurzen Lederhosen und blauen Jacken, unter dem Saum winkten frech bunte Karos. Danach sah ich diese oder eine ähnliche Kluft immer wieder. Sie war wie eine rote Murmel in einem Riesensack voll grauer Kugeln. Sie fiel auf, aber auch wieder nicht, denn es gab so viele andere.

Und nun war ich eingeladen, bei den roten Murmeln vorbeizuschauen. Hatte ich darauf Lust? Natürlich hatte ich das.

Ich steckte ein Lesezeichen in mein Buch, legte es zur Seite und stand auf. In Bügelfalten und weißem Hemd wollte ich nicht vorstellig werden. Ich brauchte eine weniger blamable Montur, unbedingt.

Unser Dielenschrank war drei Meter hoch wie breit, oder zumindest kam es mir so vor. Wie immer protestierten die Scharniere der rechten Tür. Ziellos wühlte ich in Stoffhäufchen herum. Leinenjacken, Hosenträger, Sakkoanzüge, nichts erschien mir passend. Eine Knickerbocker sprang mir ins Auge, die hatte ich seit Jahren nicht getragen, aber sie war besser als nichts.

Oberhalb der Hüfte war die Sache noch schwieriger. Es gab einfach überhaupt nichts, was nicht nach bravem Jüngelchen aussah. Irgendwann resignierte ich, krempelte die Ärmel meines Hemdes hoch, schob die Unterlippe vor und drehte mich zum Spiegel. Wie gewollt und nicht gekonnt feixte mich mein Ebenbild an. Sei's drum, dachte ich mir. Die Sache war ja mir angeboten worden und nicht umgekehrt.

Langsam kroch die Schwüle nun doch durch die Ritzen der Fenster. Es war einer jener Abende, an denen man jede Minute darauf wartet, dass die Hölle vom Himmel fällt – oder, ohne ein einziges Tröpflein, hochnäsig vorbeischwebt.

Ich trat auf die Straße. In der Mitte der großen Kreuzung streckte sich eine Steinsäule mit Stadtwappen und Kreuzbild in die Luft. Irgendetwas Historisches, genau wusste ich es nicht, in jedem Fall war sie Namensgeber für das Connewitzer Kreuz. Als ich an ihr vorbeilief, klapste ich einmal auf den rostroten Porphyr. Das sollte Glück bringen.

Ich musste nicht überlegen, welches der beiden Kinos ich zuerst ansteuern sollte. Heinrichs Schopf, hell wie ein Büschel Gerstenähren, leuchtete vom Fußweg vor dem Union-Theater auf der Pegauer Straße herüber. Mein langsames Näherkommen erlaubte mir, ihn genauer zu betrachten. Wieder staunte ich, wie anders er ohne Kohlenschwärze wirkte. Weiße Kniestrümpfe in kastanienbraunen Bundschuhen, kurze Lederhose, rot-schwarz kariertes Hemd – die Metamorphose war beeindruckend. Seine Ärmel hatte er ebenfalls hochgekrempelt, das fand ich beruhigend. Er lächelte mir zu, breit wie ein Fenster.

»Da biste! Prächtig! Geht's gut? Hast Ferien, was?« Ich hob die Schultern, gleichzeitig nickte ich. Eine Handvoll anderer Jungs musterte mich und ich sah ihnen an, dass ich der Einzige mit Sommerferien war. Schnell wechselte ich das Thema.

»Harro«, sagte ich und hielt dem Erstbesten im Kreis die Hand hin, einem kantigen, sonnenverbrannten Kerl, der vor ein paar Tagen dabei gewesen war. Sein Händedruck ließ mich innerlich aufschreien, aber ich wahrte die Haltung.

»Willi«, sagte er und musterte mich weiter, nicht unfreundlich.

»Einer unserer Kanuten«, sagte Heinrich. »Das hier ist der andere.« Er setzte seine Pratze wie eine riesige Spinne auf die Schulter von Willis Nebenmann. Der grinste.

»Richard«, sagte er. Wir schüttelten die Hände. Es ging schon besser, ich war vorbereitet.

Die Vorstellungsrunde brach ab, als Heinrich anfing zu lachen. Er lachte und lachte und schlug sich die rechte Faust in den linken Handballen, sie knallte wie ein Bauchklatscher im Schwimmbad.

»Gibt's nicht! Frauen in kurzen Hosen! Was'n das Nächste? 'ne Reichskanzlerin?« Ich folgte seinem Blick. Ein Mädchen mit brünettem Bob, dessen Haarspitzen sich um ihre Augen kräuselten, kam die Straße hoch. Sie hatte einen Ausdruck im Gesicht, der ihr Platz verschaffte, auch wenn sie höchstens so alt war wie ich. Sie sah aus, als wüsste sie genau, was sie wollte – und auch, dass man ihr genau das ansah.

Doch eigentlich war es nicht ihre Mimik, die mich fesselte. Mich fesselte ein Kleidungsstück. Es war eine Hose. Eine kurze Hose. Eine kurze Lederhose. Genauso eine, wie Heinrich sie trug, und der sah damit schon wild aus. Das Mädchen kam näher, ging direkt auf ihn zu. Ich dachte schon, sie wolle Heinrich schlagen, doch dann blieb sie einen halben Meter vor ihm stehen und umarmte ihn. Ich staunte.

»Bestens! Steht dir bestens, meine alte Hose!«, sagte Heinrich, während er das Mädchen noch an den Schultern hielt und betrachtete.

»Darf ich vorstellen? Hilma!«, sagte er schließlich und

wandte sich zu mir. Ich streckte meine Hand aus. Die Vorgestellte hob das Kinn, höher als ihre Augen.

»Harro«, wiederholte sie, ein bisschen so, als zweifelte sie, dass ich wirklich so hieß. Ich nickte und zeigte auf Heinrich.

»Wir sind Nachbarn«, sagte ich. Ich wusste nicht genau, was das erklären sollte, aber etwas anderes fiel mir nicht ein.

»Nachbarn«, wiederholte sie und legte den Kopf schräg. »Na gut. Na dann. Willkommen!« Verspätet schüttelten wir die Hände. Dann zupfte sie Heinrich am Ärmel.

»Komm, wir gehen mal ein Stück. Muss dir was erzählen.« Mit einem Mal stand ich allein in der Runde. Ein schmaler Junge mit weißem Seemannskragen nahm sich meiner an, kurz bevor es peinlich geworden wäre.

»Ich bin Edgar«, sagte er schlicht. »Was führt dich her, Harro? Dass du der Nachbar bist? Oder gibt's da noch mehr?« Ich kratzte mit dem Fuß über den Asphalt, schob die Unterlippe vor und schaute Edgar in die Augen. Je nach Lichteinfall wirkten sie traurig oder freundlich.

»Bin sowieso immer auf der Straße«, sagte ich. »Und neue Freunde kann man immer gebrauchen, nicht?« Edgars Nicken war nur ein Windhauch.

»Und du?« Edgar lächelte, vielleicht, weil ich ablenkte.

»Hab auf Arbeit nichts zu melden. Vater war in der KPD. Mein Meister macht sich 'nen Spaß draus. Deutscher Gruß, jedes Mal, wenn er die Werkstatt betritt oder verlässt. Mach ich's zu spät, gibt's Überstunden. Solche Sachen.« Er drehte das Koppelschloss an seinem Gürtel. Es war glatt und schimmerte in der Sonne. »Natürlich nur für mich. Nicht für die anderen. Das ist einer der Gründe.«

»Wie läuft das, mit den Lehrstellen«, fragte ich. »Kann man die wechseln?«

»Manchmal«, sagte Edgar. »Ich nicht. Volksschule, ranzige Zensuren, keine Kontakte. Eltern Kommunisten.« Er schnippte gegen die schimmernde Metallplatte. »Wie heißt es so schön? Sei froh, dass du überhaupt was hast. Und du, gehst noch zur Schule, ja?« Ich nickte und vergrub die Hände in den Hosentaschen.

»Ist doch klasse«, sagte Edgar. »Ist doch toll. Sei froh. Oder nicht?«

»Die Schule ist scheiße«, sagte ich nach einer kurzen Pause. Edgar hob die Augenbrauen. Er war wirklich sehr schmal.

»Lehrstelle schmeißen, geht das?«, lenkte ich wieder ab. Edgar lachte, aber nicht so, dass ich mir dumm vorkam.

»Ganz schlecht«, sagte er. »Vater kriegt nur Stütze. Meine Mutter arbeitet bei der HASAG, der Lohn ist erbärmlich. Und wer weiß, wie lange sie die Stelle noch hat. Außerdem gibt es da noch meine kleine Schwester. Nein, nein, wir brauchen mein Lehrgeld.« Ich weiß nicht, ob mir mein verständnisvolles Gesicht gelang. Über die roten Ziegeldächer an den Häusern gegenüber rannte ein fernes Blitzen. Das Gewitter hatte sich noch immer nicht entschieden.

3

In dieselbe Zeit, in der ich die Clique kennenlernte, fiel ein Gespräch mit meinen Eltern, das so angenehm war wie ein Loch im hintersten Backenzahn. Ich mochte sie ohnehin schon nicht, diese Gespräche, denn ich fühlte mich dabei stets wie ein kleiner Junge. Dieses eine war besonders schwer verdaulich.

Mein Vater, bis dreiunddreißig Mitglied in Reichsbanner und SPD, saß im Wohnzimmer auf einem Sessel, groß, schwer und unbewegt wie eine altägyptische Statue. Ihm gegenüber saß meine Mutter, ihr Körper ein C, zwischen Büchern, Notizblättern und abgegriffenen Aktenordnern.

Unser Wohnzimmer war nicht gemütlich. Es war der Ort, an dem meine Eltern ihren Unterricht vor- und nachbereiteten. Und an diesem Tag war es der Ort, an dem das Eltern-Sohn-Gespräch schon aus den Bücherregalen grinste, bevor irgendjemand überhaupt etwas gesagt hatte.

»Komm rein bitte und setz dich«, eröffnete mein Vater und ich hätte lieber das Gegenteil getan. Ich nahm Platz. Meine Mutter wurde zum L, ein L mit geschwungener Rolle in den Locken an der linken Stirn. Sie war nicht eitel, was jedoch nicht hieß, dass ihr Mode gleichgültig war. Ihre Fingerspitzen blieben auf einem Heft liegen, wie bei einer Pianistin kurz vor ihrem Einsatz. Sie schaute mich über den Rand ihrer Brille an. Mein Vater räusperte sich.

»Lange waren deine Mutter und ich nicht einverstanden damit, dass du in die Staatsjugend eintrittst«, sagte er und betonte jedes einzelne Wort. Ein kleiner, übler Schauer huschte mir über den Rücken. Meine Eltern waren nicht in der Partei, allerdings schützten sie sich vor unbequemen Fragen mit der Mitgliedschaft im Nationalsozialistischen Lehrerbund. Besonders bei meinem Vater hatte ich das Gefühl, dass es nicht dabei bleiben würde.

»Wir haben uns beraten. Und wir haben uns entschieden. Wir genehmigen den Beitritt.« Mein Vater sah, dass ich den Mund öffnete, und schnitt mir das Wort ab. Er sprach laut.

»Wir müssen uns darüber Gedanken machen, wie es mal weitergeht. Müssen uns arrangieren. Mit der Zeit gehen. Das hast du sicher schon mal gehört. Studienplätze sind rar. Erst recht ohne Ausweis. Das wollen wir dir nicht zumuten!« Mit jedem Satz war mein Vater ein Stück näher an mich herangerückt. Jetzt rutschte er wieder zurück in die Lehne. Irgendein Harro hinter mir warf ihm ins Gesicht, dass er sich doch nur nicht selbst zumuten wolle, ein Kind ohne Studienplatz zu haben. Der echte Harro hatte Mühe, überhaupt etwas zu erwidern.

»Aber ihr wisst doch, dass ich da gar nicht mehr eintreten will!«, sagte ich. »Früher vielleicht, ja. Weil alle eingetreten sind. Aber nicht mehr, seit ... seit Paul!« Der Name hallte von den Wänden, als wäre das Zimmer eine Krypta. Der Mund meines Vaters war ein dünner Strich.

»Harro«, legte sich die Stimme meiner Mutter auf meine

Schulter. »Paul ist nicht mehr da. Du darfst darüber nicht deine Zukunft vergessen.«

»Möglich«, sagte ich. »Ist schon möglich. Weiß ich nicht. So oder so. Kein Interesse.«

»Dummes Zeug!«, rief mein Vater und warf die Hände in die Luft. »Davon will ich nichts hören!« Er hatte keine Geduld, vor allem nicht mit mir.

»Deine Eintrittserklärung ist bereits ausgefüllt«, schob er hinterher und beendete die Unterhaltung, indem er seine Zeitung aufschlug.

Damit war die Sache erledigt. Weitere Diskussionen hatten an dieser Stelle keinen Zweck. Ich würde mich um mich selbst kümmern müssen. So, wie ich es ohnehin schon seit Langem tat.

Am Sonntag darauf hatte ich das Gespräch längst weggeschoben, eingepackt in ein kleines Kistchen in meinem Kopf, auf das ein anderes, größeres seinen Schatten warf: das Kistchen mit meiner neuen Clique.

Sonntag, der gesegnete Tag, tauchte das Connewitzer Kreuz in ruhiges Licht. Festtagskleider und feine Zweireiher säumten die Straßen. Vor dem Union-Theater stand nur eine knappe Handvoll Personen. Ich erkannte kein Gesicht. Ich grüßte.

»Heinrich oder Edgar, waren die heute schon da?« Ein düsterer Kerl blies den Rauch seiner Zigarette himmelwärts.

»Wer will das wissen?«, rieb seine Stimme wie zwei Blätter Schleifpapier aufeinander. Der Blick des Kerls drückte mich aus wie eine alte Kartoffel.

»Harro«, sagte ich. »Harro Jäger. Ich bin … ich war … ich war schon ein paar Mal da. Ich bin Heinrichs Nachbar.« Neuer Rauch dampfte gen Himmel, die Mundwinkel folgten. Meinem Gegenüber fehlten die oberen Eckzähne. Er sah aus wie ein amputierter Vampir.

»Kirche«, sagte er. Es klang ungefähr so freundlich wie: »Schwirr ab.«

Die Stadtteilkirche war nicht weit, genauer gesagt, einmal um die Ecke. Ihr Name, Paul-Gerhardt-Kirche, war noch recht frisch. Große, weiß verputzte Außenflächen wurden von hellrotem Porphyr gerahmt, dem Vulkangestein, das in der Gegend öfter Verwendung fand. Der Eingangsbereich war mit Mosaiken geschmückt. Ein mächtiger Turm stach die Wolken auf. Rund um die Kirche befand sich ein kleiner Park.

Auf der hinteren Seitentreppe, versetzt wie Noten auf einer Tonleiter, grinsten mich die Gesuchten an. Hilma und Edgar nickten mir zu. Neben Heinrich saß noch ein Mädchen, das ich nicht kannte. Auf dem blauen Stoff, der ihre Haut bedeckte, flogen gelbe und orangene Blätter. Ihre Locken waren fein und hellblond, der Lippenstift karminrot, der Puder auf ihren Wangen zartrosa. Sie sah aus, als wäre sie direkt aus einem Gemälde gestiegen. Ich hatte noch nie jemanden wie sie gesehen.

Der Blick des Mädchens war unbestimmt. Ich spürte in ihm nichts, was auf Zu- oder Abneigung hinwies. Die feinen Regungen, wie sie üblich sind, wenn zwei Menschen das erste Mal aufeinandertreffen – ein kleines Lächeln vielleicht oder ein winziges Runzeln der Stirn –, fehlten. Wenn überhaupt, war ihr Blick der eines Prüfers auf seinen Kandidaten. Trotzdem ließ er das Gras unter meinen Füßen noch weicher werden.

»Ist wohl der Sonntagsplatz?«, fragte ich und suchte mir einen Platz im Notensystem.

»Josephines Platz«, sagte Heinrich und wackelte seinen Kopf in Richtung des geheimnisvollen bunten Mädchens. »Wenn de so willst, ja. Der Sonntagsplatz.«

»Josephine«, wiederholte ich. »Ich bin Harro.« Jetzt glaubte ich, eine kleine Regung in ihrem Gesicht zu erkennen. Sie nickte.

»Arbeite sonst«, sagte sie. »Bin nur sonntags da. Keine Lust auf die Kinos da vorn.«

»Muss sich verstecken«, sprang Hilma ein. »Eltern. Stammkunden. Zu viel Publikum.«

»Stammkunden?«, fragte ich. Josephine holte Zigaretten aus ihrer Tasche, *Eckstein* stand auf der Packung. Ich machte noch größere Augen als vorhin. Ein Mädchen hatte ich noch nie rauchen sehen. Schon gar nicht in der Öffentlichkeit.

»Stammkunden«, wiederholte sie. Der Zigarettenrauch wanderte an den Ärmeln ihres Kleids entlang. »Reinhardt und Handelskompanie, schon mal gehört?«

»Die Kolonialwaren, auf der Bornaischen? Klar. Kenn ich. Kennt doch jeder.« Josephine nickte wieder.

»Gehört meinem Vater.«

»Feiner Laden. Beste Schokoladen in Connewitz!«

Josephine lächelte, etwas zu dünn für das Kompliment.

»Weiß schon«, sagte sie. »Mein Vater. Großer Kaufmann.« Sie drückte die Zigarette auf der Treppe aus, viel zu früh. Ich schaute fragend, aber eigentlich war schon klar, dass ihr Verhältnis zu ihrem Vater schlecht war. Musste es ja, sonst würde sie sich nicht hier verstecken.

»Wird sie dir schon noch erklären«, sagte Hilma, die meinen Blick bemerkte. Sie grinste. »Zumindest wenn du dich für unsere komische Truppe entscheidest.«

Ich wollte nichts lieber als das.

Der Rest des Tages zog vorbei wie ein Lidschlag. Ein schwarzer Kasten, das Decca-Grammofon von Hilmas großem Bruder, spielte uns auf den Steinstufen Musik bis in die Nacht. Dutzende Male hörten wir auf ihm abwechselnd »Goody Goody« und »Sometimes I'm Happy« von Benny Goodman. Dazu rauchten wir. Ich rauchte auch. Die Ecksteins schmeckten ekelhaft, aber großartig. Ich war glücklich.

4

Jeden Tag kam ich später nach Hause. Dass ich mich rumtrieb, waren meine Eltern gewöhnt, vielleicht fiel ihnen die Veränderung deswegen nicht auf. Möglicherweise dachten sie, es wäre ein vorübergehendes Phänomen; Sturm und Übermut des Sommers und der Ferien. Vielleicht gaben sie sich aber auch nur Mühe, den Wandel nicht zu sehen. Jedenfalls waren die Fragen meiner Mutter zur Gestaltung meiner Tage spärlich und ich wich immer aus. Von meinem Vater kamen gar keine.

Die Lebenswirklichkeit meiner neuen Freunde unterschied sich von meiner eigenen erheblich, doch für die meisten war das überhaupt kein Problem. Das Problem schien eher bei mir zu liegen, denn ich hatte das Gefühl, nie den richtigen Ton zu treffen, wenn mir beispielsweise Hilma erzählte, dass das Geld ihrer Gelegenheitsarbeiten nicht reichte. Sie selbst, und insbesondere Heinrich, lachten in diesen Momenten jedoch nur über mich. Sie wollten keine Almosen von mir. Nicht, dass ich über besonders viel Geld verfügte, aber die eine oder andere Münze wurde mir schon zugesteckt.

»Wenn du Pinke hast, lass uns was Vernünftiges damit machen«, sagte Hilma eines Tages und spitzte die Lippen zu einem lautlosen Pfiff.

»Du und was Vernünftiges«, neckte ich und bekam zur Belohnung einen Schlag auf den Oberarm.

»Genau. Was Vernünftiges. Wir kaufen dir 'ne neue Garderobe. Damit du nicht mehr rumrennst wie … wie das Bübchen vom Internat.« Sie tänzelte um mich herum und grinste, aber ich ging nicht auf die Provokation ein.

»Warum nicht«, sagte ich. »Wo denn?« Hilma stoppte und stemmte die Fäuste in ihre Hüften.

»Im Haus der Jugend natürlich. Nürnberger Straße. Sag bloß, das kennste nicht.« Ich zuckte mit den Schultern.

»Mal gehört.«

»Mal gehört, mal gehört«, ahmte Hilma mich nach und fing wieder an zu tänzeln. »Haste 'n Fahrrad? Haste morgen Zeit?«

»Ja. Und ja«, sagte ich. »Wann?« Sie stoppte erneut und überlegte.

»Um vier bei mir? Hermann Nummer eins, über der Gaststätte. Klingelst bei Weißgerber, klar?«

»Klar«, sagte ich betont gelangweilt und erntete einen zweiten Schlag auf den Oberarm. Wir grinsten.

Am nächsten Tag war ich zur verabredeten Zeit an besagter Stelle. Die Klingel ging schwer und bohrte sich in meinen Daumen wie ein stumpfer Nagel. Als Ausgleich stand Hilma schon nach wenigen Augenblicken vor mir.

»Goldene Krone«, kommentierte ich das Lokal im Erdgeschoss. »Ganz fein da. Meine Eltern gehen hier gern hin.« Hilma nickte geschäftig. Ihr Fahrrad war viel zu groß.

»Ja, ist ganz brauchbar. Fällt sogar manchmal was ab für uns, in der Küche.« Sie zwinkerte. »Dann machen wir uns mal auf, was?«

Wir fuhren. Unterwegs unterhielten wir uns. Zwei Fahrräder nebeneinander, das war verboten. Wir pfiffen darauf. Wir waren Hilma und Harro.

Kurz hinter dem Bayerischen Bahnhof erreichten wir unser Ziel. »Verkaufshaus für Jugendkleidung« stand über der Flügeltür, die so groß war wie die einer Kathedrale. Die ursprüngliche Farbe der Türknäufe ließ sich nur noch erahnen. Bestimmt hatten hier schon Millionen von Mädchen und Jungs ihre letzten Pfennige gelassen.

Die Belegschaft war sicher einiges gewohnt. Wenn es einen Preis für verrückte Kunden gegeben hätte, wären Hilma und ich dennoch fraglos unter die Allerersten gekommen. Schößchenjacken, Karohemden, Halstücher, Fliegerkappen, nichts war vor uns sicher. Wir probierten alles. Am Ende gab es zweifellos im ganzen Laden nichts, was nicht durch unsere Hände gegangen wäre.

Vom Lachmarathon außer Puste, entschied ich mich letztlich für eine Kombination aus kariertem Hemd, kurzer Lederhose mit Klappe vorn und weißen Socken. Ich behielt die Sachen gleich an und kam mir vor wie ein König, ein verarmter König freilich, denn für die dick besohlten Schuhe, die ich außerdem ins Auge gefasst hatte, reichte das Geld nicht, bereits die Hose ging auf Teilzahlung. Aber was spielte das schon für eine Rolle?

»Prächtig siehste aus«, lobte Hilma und schnalzte mit der Zunge. Dafür hätte ich mich ohne zu zögern noch mehr verschuldet.

Es brauchte keine halbe Stunde, um die Nachteile der neuen Kluft zu spüren. Wo mich Streifen der HJ bislang nur beäugt und eher seltener – wie bei der Geschichte am Kreuz – direkt belästigt hatten, war ich jetzt zum Abschuss freigegeben. Zwei Autos hupten uns auf dem Rückweg an; dabei dachte ich mir noch nichts. Auf Höhe meiner Schule am Alexis-Schumann-Platz brodelte jedoch etwas im Augenwinkel, und gerade als sich mein Kopf dem merkwürdigen Gefühl zuwenden wollte, flog etwas Schweres, Dunkles an mir vorbei und nahm fast ein Stück meiner Nase mit. Es war kein Stein, wie ich eine Sekunde lang dachte, sondern ein hässlicher, dicker Apfel, der auf den Straßenbahnschienen zerschellte. Neben mir auf dem Platz machte ich die Kanoniere aus: eine Rotte Uniformierter, von denen mindestens einer das schwarz-goldene Bändchen des Streifendiensts am Unterarm trug.

»Drecksäcke! Lumpen! Bündische Schweine!«, alles Mögliche warfen sie uns hinterher. Weitere Munition hatten sie offenbar nicht. Ich winkte, mühte mich aber schon, dass ich weiterkam. Hilma eilte mir voraus, ein Pfeil mit Lederhose und kleinem Hintern.

Wir fuhren. Wir flogen. Endlich am Connewitzer Kreuz und hinter der Kirche, schob die Schwerkraft uns vom Sattel. Wir schnauften. Wir schwitzten. Dann fingen wir an zu lachen, schüttelten uns und warfen uns ins Gras.

»Hast du gesehen, wie der eine im Rucksack gekramt hat?«, kicherte Hilma. Ich zuckte mit den Schultern, aber Hilma guckte gar nicht. Sie lachte und lachte.

»Wie ein Äffchen! Hatte nur keinen Apfel mehr!« Sie gluckste und prustete und wollte sich gar nicht mehr beruhigen.

»Ist gut jetzt!«, sagte ich irgendwann, halb im Spaß und halb im Ernst, und Hilma fing von vorn an. Schließlich wischte sie sich mit dem Ärmel die Tränen aus den Augen.

»Was ham die gerufen, die Bengel?«, fragte ich. »Bündische Schweine? Haste das verstanden? Die gibt es doch gar nicht mehr, die bündische Jugend.«

Wie jeder Junge hatte ich schon mal von den Jugendbewegungen der Weimarer Republik gehört. Wirkliche Kenntnisse waren das jedoch nicht, im besten Fall ein paar kleine aufgeschnappte Brocken. Welche Gruppe wofür stand, das hätte vielleicht mein Vater gewusst, aber ich nicht. Ich wusste nur, dass man all diese Gruppen verboten hatte. Hitlerjugend oder Illegalität, etwas anderes existierte nicht mehr.

Hilma rupfte im Gras und ließ grüne Streichhölzer regnen.

»Wirste dich dran gewöhnen müssen«, sagte sie. »Bündisch … was das heißt, das wissen die doch selbst nicht.« Sie stützte sich auf den Ellenbogen und schaute mich an. »Haben gesehen, dass wir keine von ihnen sind. Das reicht für diese Kategorie.« Zwei Augen forschten in mich hinein. »Wenn dich das Thema interessiert, hab ich vielleicht was für dich«, sagte sie. »Mein Bruder …« Sie hielt kurz inne und schaute sich um.

»Mein Bruder war bei der Autonomen Jungenschaft«, fuhr Hilma fort, als sie sich vergewissert hatte, dass außer mir nur Bäume und Sträucher lauschten. »Er liest noch immer in den Büchern und Zeitschriften. Ich darf sie borgen, jederzeit.« Der Stolz in ihrer Stimme war nicht zu überhören. »Komm doch mit und schau sie dir mal an. Aber Vorsicht, Besitz und Verbreitung der Sachen sind strafbar.«

Die letzten Worte kamen geflüstert. Ein süßer Wind spielte

in den Blättern vor und neben uns. Einfach mitkommen, nach Hause zu einem Mädchen, das ich kaum kannte, und verbotene Schriften lesen. Bei Hilma klang das selbstverständlich, für mich war es völlig verrückt. Eine Minute später schoben wir unsere Fahrräder gemeinsam die Straße hinunter.

5

Der Kaffeegeruch in Hilmas Wohnung war so intensiv, dass ich ihn in einer Schachtel hätte mit nach Hause nehmen können. Sicher gaben Hilmas Eltern mehr Geld für Kaffee aus als für alle anderen Lebensmittel. In der Küche überraschte mich eine Vierfünftel-Ausgabe von Hilma, ein Mädchen mit spitzem Mund und strengen Haarschnecken, sonst aber Hilma wie aus dem Gesicht geschnitten. Sie saß an einem kleinen Tisch, vor ihr mehrere Häufchen Stoff.

»Meine Schwester Zita, Zita, Harro. Ein Freund«, stellte Hilma uns kurz angebunden vor. Der Blick des Mädchens hämmerte sich mir wie ein Nagel in die Stirn.

»Hilfst du mir nachher noch?«, fragte Zita Hilma, die bejahte und mich nach nebenan schob, in ein Zimmer mit mehreren Betten.

»Kleine Schwestern«, sagte sie, während ihre Stirn Wellen warf. Dann wühlte sie unter einem der Betten wie eine Grubenarbeiterin und streckte mir erneut ihren Hintern ins Gesicht. Ich schaute angestrengt zur Seite. Mehrere Türmchen aus Büchern, Heften und Broschüren wuchsen neben ihr in die Luft. Die Papiermine unter dem Bett schien gigantisch. Eine kleinformatige, schmale Publikation mit der Aufschrift »Heldenfibel« drängte sich in meine Hand. Ich begann, in ihr zu blättern, während Hilma noch am Kramen war.

»Da haste genau das Richtige gewählt«, klang es hohl unter dem Bett hervor. »War 'ne ganze Weile Konrads liebstes Buch.«

Ich las den Briefwechsel zwischen einem älteren Lehrer und einem jüngeren Seesoldaten. Auf einen persönlichen Bericht des Soldaten folgte jeweils eine Geschichte oder Fabel, mit denen der Lehrer das Leben des Jüngeren spiegelte. Überall blitzte Stärke und Tugendhaftigkeit zwischen den Worten wie Stücke schimmernden Stahls. Die Ausführungen des Lehrers über Heroismus, Mut und Moral rührten einen Stolz in meiner Brust an, der mir unbekannt war, heiß und ungestüm brannte er sich aus den Worten in meine Muskeln.

Ein anderer Teil von mir wollte dem kriegerischen Gestus, mit dem über Selbstaufgabe und bedingungslose Loyalität zu einer Idee philosophiert wurde, unentwegt widersprechen. Wo blieb die Toleranz, wo die Freiheit in einem elitären Heldendasein, das Selbstüberwindung als oberstes Gebot verstand? Während ich noch darüber nachdachte, war Hilma unter dem Bett hervorgekommen. Sie blätterte nun ihrerseits in verschiedenen Büchern und schien fast vergessen zu haben, dass ich da war.

In der Mitte der Heldenfibel sprang mich die Zeichnung eines Karpfens an. Dieser stand für die Kraft, gegen den Strom zu schwimmen, hatte es ein paar Seiten vorher in der Geschichte über einen Samurai geheißen. Das Bild gefiel mir. Dann dachte ich, was ist mit jenen, die gegen den Strom schwimmen wollen, aber zu schwach sind? Meine Unstimmigkeiten lösten sich auch im Gespräch mit Hilma nicht auf.

»Stärke und Selbstbestimmung«, sagte sie. »Was soll so schlimm daran sein?« Ein anderer Text lag auf ihren Knien; sie klang, als rezitiere sie. »Genau das ist doch heute das Problem. Alle sind Staatsjugend, alle machen dasselbe. Wie die Schafe!« Sie legte das Papier zur Seite und stand auf. »Die Bündischen hingegen, die verpflichten sich einer gemeinsamen Sache, nicht einem Führer. Auch wenn tusk, Gründer der Deutschen Jungenschaft vom 1. November 1929 und Autor der Fibel, für viele eine Art Führer war.« Hilma lief im Zimmer auf und ab. »Oder immer noch ist. Auch wenn alles verboten wurde. Soll jetzt in England leben, der tusk.« Sie stoppte und schaute mich an. »Mich persönlich stört bei der Jungenschaft etwas ganz anderes.«

»Was denn?«

»Na was wohl. Natürlich, dass keine Frauen dabei waren.« Sie zwinkerte. Ich ließ es dabei bewenden und blätterte durch ein paar Hefte mit der Aufschrift »Eisbrecher«. In der Ausgabe vom November 1932 blieb ich an einem Artikel hängen, dessen Haltung erneut eher gallig schmeckte. Dort wurde über »die Verseuchung der Schule durch den Liberalismus« und »die Notwendigkeit eines unerbittlichen Lehrers« geschrieben. Grundidee schien die Trennung der Lebensbereiche Freizeit und Schule zu sein. In der Schule sollte man gehorchen, dafür aber in der Jungengruppe Gemeinschaft erfahren. Ich fand das unsinnig. Und wie zur Bestätigung entdeckte ich kurz darauf in einer der folgenden Ausgaben eine Erwiderung auf diesen Artikel, in der gegen das System der Härte argumentiert wurde.

Die wohl mutigste Abhandlung brachte das Aprilheft des Jahres 1933, obschon die Texte danach immer unverfänglicher wurden. Es handelte sich um einen Bericht aus einer Feuerwache in Berlin am Abend des Reichstagsbrandes, in dem ein Feuerwehrmann zu dem Schluss kam, eine so umfassende und effektive Brandstiftung hätte niemals eine einzelne Person ausführen können. Ich wusste von meinen Eltern, dass viele Leute der Meinung waren, der Brand sei von den Nazis inszeniert gewesen, um den Machthabern die Verfolgung politischer Gegner zu ermöglichen. Sie hatten mir aber schon als zwölfjährigem eingeschärft, diese Ansicht nicht laut zu äußern. Diese Zweifel jetzt in einem Druckerzeugnis zu lesen verursachte mir Bauchkribbeln.

Wieder zu Hause, erwartete ich Ärger. Ich bildete mir ein, sicher verstärkt durch das Lesen und Reden über verbotene Schriften, das zarte Feuer der Rebellion müsse für jeden sichtbar aus meinem Inneren lodern und Unmut erregen. Ich irrte mich.

»Wenn du meinst, dass man so etwas jetzt trägt …«, sagte meine Mutter und war mit dem Kopf ganz woanders. Mein Vater zeigte überhaupt keine Reaktion.

Die, um die es ging, ignorierten meine neue Garderobe nicht. Ich lernte, der HJ aus dem Weg zu gehen, wenn ich allein war. Gleichzeitig spürte ich, wie sich die Zugehörigkeit zu den anderen durch die Kluft festigte. Heinrich vermachte mir eins seiner älteren Karohemden, damit ich auch mal wechseln konnte. Es hing an mir wie ein Kohlensack. Hilma nähte es zurecht.

Und dann war da noch Pitt. Pitt, der amputierte Vampir. Fast hatte ich unsere Begegnung wieder vergessen. Eines Tages saß er zwischen den anderen auf der Seitentreppe der Kirche, ungerührt und düster, ein Monument der Selbstverständlichkeit. Ich hielt ihm meine Hand hin.

»Harro. Haben uns schon mal gesehen, glaube ich.«

»Pitt.« Die Hand, in die ich griff, war aus demselben Schleifpapier wie die Stimme. Die Augen, in die ich schaute, auch. Ich suchte mir einen möglichst weit entfernten Platz.

»Wir reden gerade über 'ne Fahrt«, sagte Hilma. »Mein Bruder, der schwärmt von seiner Zeit in der Zeltstadt Lübschütz. Die gibt's zwar nicht mehr, seit drei Jahren schon nicht mehr, aber den Ort gibt es noch. Ich will da mal hin. Hab's grad vorgeschlagen.«

Irgendetwas rief in meinem Kopf. Ich entsann mich eines Artikels in der IRZ, der Zeitung des Reichsbanners, die mein Vater früher gelesen hatte. Als kleiner Junge hatten mich die martialischen Titelbilder magisch angezogen. Damals ging ich regelmäßig an den Schrank, in dem mein Vater die Zeitungen archivierte.

Ich mochte neun oder zehn Jahre alt gewesen sein, als ich von dem Kommunistenbad bei Leipzig las. Wie Spielkarten fächerten sich die Fotografien zu dem Text in meiner Erinnerung auf: Menschen, die sich in Liegestühlen sonnten oder im Gras sitzend Gespräche führten – und ein spitzgiebeliges Zelt mit Vordach für sicher zwanzig Personen, eine richtige Zeltvilla. Mit Sicherheit hatte ich nicht alles verstanden. Und so wenig Bedeutung das für meine damalige Lebenswirklichkeit besessen hatte, so stark kamen die Bilder jetzt wieder hervor, ein spätes, buntes Echo.

»Was ist denn passiert, vor drei Jahren?«, fragte ich und konnte es mir schon denken.

»Was schon«, sagte Hilma und zog mit ihrem Absatz eine Linie ins Gras. »Was überall passiert ist. Polizei, SA und SS sind gekommen. Haben alles niedergebrannt.«

»Und dein Bruder, war der dabei?« Hilma nickte.

»Redet furchtbar gern von früher, der Konrad. Nur nicht von diesem Tag.« Eine Pause entstand. Selbst der Verkehr vom Connewitzer Kreuz, der normalerweise bis hinter die Kirche zu hören war, schien für ein paar Momente zu schweigen. Ich räusperte mich.

»Also, na klar!«, schob ich die Stille zur Seite. »Ich bin dabei. Kann bestimmt auch ein Zelt beisteuern. Müsst ich nur noch mit meinen Eltern besprechen.« Am anderen Ende der Treppe schnaufte Pitt Rauch aus der Nase. Er gab sich wenig Mühe, seine Belustigung zu verbergen.

»Zelte sind kein Problem«, lenkte Hilma ab. »Wir nehmen die Kothe von meinem Bruder mit. Da passen die Jungs drunter. Für Josephine und mich haben wir auch noch ein richtiges Zelt.« Sie nickte Josephine zu, die mit ihrem starren Blick scheinbar die Rinde von den Kastanienbäumen vor uns lösen wollte. »Verpflegung, das wär gut. Brot, Käse, vielleicht was Süßes, für die gute Laune. Wenn du so was organisieren kannst?«

»Denke schon«, sagte ich. »Mal sehn, was sich machen lässt.«

»Bestens«, rief Heinrich. »Dann geht's am Wochenende auf Fahrt!« Er klatschte in die Hände.

»Was ist mit dir?«, fragte ich Josephine. Zwei hellblaue Augen schauten mich an. Der Schleier über ihnen verschwand wie der Rauch einer ausgeblasenen Kerze. Zwei rote Lippen bewegten sich.

»Mal sehn, was sich machen lässt.«

6

So groß meine Freude auf die Fahrt auch war, zwei Dinge bereiteten mir Kopfzerbrechen. Das eine war die Frage, wer überhaupt mit von der Partie sein würde. Mit Sicherheit Pitt und vielleicht würde er noch mehr von seiner Sorte mitbringen. Was, wenn keine einzige Josephine, stattdessen vier Pitts mitfuhren?

Das andere und schwerwiegendere Problem war die Frage, wie ich meine Eltern von dem Vorhaben in Kenntnis setzen sollte. Abwesenheit von Freitag bis Sonntag konnte ich schlecht mit Spaziergängen oder Fahrradreparaturen im Keller erklären. Über die angeblich bereits ausgefüllte Eintrittserklärung in die HJ hatten wir auch noch nicht geredet. Für den Moment aber war der Ausflug wichtiger. Irgendwie musste ich die Sprache darauf bringen.

»Müsste euch mal was fragen«, begann ich am Abend im Wohnzimmer. Mein Vater lauschte Störgeräuschen im Rundfunk, dazwischen hingen ein paar Wölkchen aus Worten, es war eindeutig Radio Moskau. Den ausländischen Kurzwellenbereich konnten wir den ganzen Tag empfangen, dafür hatte mein Vater gesorgt. Viele andere mussten sich, wenn sie überhaupt ein Gerät besaßen, mit dem Volksempfänger begnügen. Meine Mutter saß mit einem Buch am Tisch.

»Was denn?«, fragte sie, lehnte sich zurück und legte das Buch aufgeschlagen auf ihre Brust. Mein Vater brummte und blieb am Sender kleben. Der Sprecher rief nach Solidarität mit dem spanischen Volk gegen die Putschisten.

»Freunde von mir fahren am Wochenende zelten. Ich wollt gern mit.« Das Buch wanderte von der Brust meiner Mutter auf den Tisch, zugeklappt.

Seit wann hast du Freunde, mit denen du wegfahren willst?, fragten ihre Augen. »Wohin denn?«, sagte sie wirklich.

»Nicht weit«, sagte ich. »Lübschützer Teiche.« In der mir zugewandten Gesichtshälfte meines Vaters zuckte es.

»Lübschützer Teiche? Wieso das? Wieso dort? Was wollt ihr denn dort?«

»Soll schön sein«, sagte ich. »Viel Natur, herrlich zum Baden.« Mein Vater schaltete das Radio ab.

»Soll schön sein, soll schön sein. Behauptet wer?« Auf diese Frage hatte ich mich vorbereitet.

»Heinrich. Heinrich von nebenan. Von den Umraths, den Kohlenhändlern. Der kommt auch mit, der Heinrich.« Dieser Trumpf war nicht groß, aber besser als keiner. Vielleicht vertrauten meine Eltern einem bekannten Gesicht.

»Seit wann bist du denn befreundet mit dem?«, fragte meine Mutter. Ich zuckte mit den Schultern.

»Ach, 'ne ganze Weile schon.«

»So, Moment mal«, sagte mein Vater und streckte seinen Hals. »Die Lübschützer Teiche haben ihre Geschichte. Früher, da war das ein Treffpunkt von Herumtreibern. Jetzt ist der geräumt. Das ist kein öffentlicher Badeort! Da fährt man nicht mehr hin! Niemand fährt dort hin!«

»Ist doch spannend«, sagte ich und mühte mich weiter um ein unbekümmertes Gesicht. »Würd ich mir gern mal angucken!«

»Nein«, sagte mein Vater. Meine Mutter ließ das Lesebändchen, das aus ihrem Buch schaute wie ein gelber Regenwurm, durch ihre Finger gleiten.

»Jetzt lass den Jungen mal«, sagte sie. »Er ist doch fast erwachsen. Wenn er wegfahren will, ein, zwei Tage nur zudem, müssen wir doch nicht so ein Aufhebens machen.« Mein Vater sank in den Sessel zurück.

»Er kann ja wegfahren. Aber nicht an die Lübschützer Teiche.«

»Prima«, sagte ich. »Wir hatten ohnehin auch über Brandis geredet. Dann machen wir einfach das. So wichtig sind die Teiche nicht.« Ich war erstaunt, wie leicht mir das Lügen fiel. Mein Vater brummte und senkte den Kopf, praktisch ein Nicken. Anscheinend hielt er seine Autorität für stärker, als sie in Wirklichkeit war. Freilich hatte niemand über Brandis geredet, geschweige denn, dass wir dahin fahren würden. In den Augen meiner Mutter lag leiser Zweifel, aber sie hätte ohnehin auch die Lübschützer Teiche erlaubt. Vielleicht sagte sie deswegen nichts.

Freitag Mittag grub sich die Schwüle rücksichtslos in jeden Winkel meines Körpers. Mein Fenster stand offen, ich wollte mich einstimmen auf Luft und Natur und auf Abenteuer. Auf meinem Bett lag eine kleine Stadt aus Kleidung, Proviant und Toilettenartikeln. Unschlüssig zupfte ich am zarten Flaum meines Barts unterhalb des Kinns herum und fragte mich, ob die anderen auch Wasch- und Rasierzeug mitnahmen. Schließlich räumte ich es beiseite. Ich hatte ohnehin zu viel Gepäck. Dann betrat meine Mutter das Zimmer, still wie ein Schatten.

»Wer kommt denn noch mit nach Brandis?«, fragte sie und betonte das letzte Wort auf eine Weise, dass ich mir sicher war, sie wusste Bescheid.

»Kennt ihr nicht«, sagte ich und dachte, was für eine lahme Ausrede. »Sind alles Freunde von Heinrich. Naturfreunde.« Meine Mutter schaute auf meine Sachen, dann aus dem Fenster, dann wieder zu mir.

»Herr Umrath und ich sind ganz gut bekannt. Wusstest du das?« Das wusste ich nicht. Und ich wusste auch nicht, was meine Mutter mir damit sagen wollte. Ich zuckte mit den Schultern.

»Meinetwegen«, sagte ich. Meine Mutter überlegte.

»Macht keine Dummheiten«, sagte sie schließlich, obwohl sie bestimmt noch mehr sagen wollte. »Ich verlass mich auf dich.«

Es war eher eine spontane Regung, dass ich am Nachmittag, schon auf dem Weg zum Treffpunkt an der Kirche, abbog zum Haus der Umraths. Immer weiter führte die Treppe nach oben, das richtige Klingelschild fand ich erst unterm Dach.

»Heinrich ist schon weg!«, grüßte mich sein Vater, ein imposanter Mann mit dem nach vorn gebeugten Körper eines hart arbeitenden Menschen. Auch wir kannten uns zwar vom Sehen, dass er mich aber vor seiner Wohnungstür so ungerührt hinnahm, wunderte und ermunterte mich.

»Darf ich Sie was fragen?«, sagte ich.

»Nur zu, mein Junge.« Sein Gesicht war freundlich, auch wenn sich oberhalb der Nasenlöcher kaum etwas regte. Seine Augenringe waren groß wie zwei Teller.

»Wir gehen auf Fahrt an die Lübschützer Teiche.« Heinrichs Vater nickte.

»So ist mir das bekannt. Und?«

»Meine Eltern, die wollten das nicht. Die denken jetzt, wir sind in Brandis.« Heinrichs Vater rieb sich die Lippen. Seine Hände waren noch größer als die seines Sohnes.

»Und?«

»Würden Sie ihnen das bestätigen? Nur für den Fall, dass sie fragen?« Der ohnehin nach vorn gebeugte Körper von Heinrichs Vater beugte sich noch weiter vor. Fast hatte ich die Befürchtung, er würde stürzen und mich unter sich begraben. Allein seine Brust wog bestimmt einen Zentner.

»Junge, deine Eltern anlügen? Weißte, was du da verlangst?«

»Weiß ich«, sagte ich, obwohl ich mir nicht sicher war. »Geht aber nicht anders. Würden Sie es tun, ausnahmsweise? Einmal? Die fragen bestimmt sowieso nicht.« Heinrichs Vater faltete seine Hände, strich sich über die Hosenbeine und faltete sie erneut.

»Ach, Kinder«, sagte er. »Ich mach das. Aber nur ein Mal! Will das nicht unterstützen, schon gar nicht, dass du dich an solche Sachen gewöhnst. Kapiert?«

»Kapiert«, sagte ich schnell. »Danke.«

»Und bild dir ja nicht zu viel ein, Junge. Ich mach das vor allem für Heinrich. Hält große Stücke auf dich, der Heinrich.« Ich nickte eifrig und überspielte, dass mich diese Aussage verwirrte.

»Na dann«, sagte ich. »Umso mehr. Danke. Ich danke Ihnen sehr.«

»Schon gut.« Ich wandte mich zum Gehen.

»Ich bin übrigens Friedrich.« Heinrichs Vater hielt mir die Hand hin. Ich erwiderte ihren Druck so kräftig, wie ich nur konnte.

7

Hinter der Paul-Gerhardt-Kirche links, zwischen Fahrrädern, Zelten, Rucksäcken und Wasserkanistern, standen kurz nach sechs Uhr ebenso viele Personen: Hilma, Heinrich, Edgar, Richard, Pitt, immerhin allein, und ich. Die Ungewissheit, ob Josephine noch auftauchen würde, bereitete mir gehöriges Magengrimmen. Ich wusste nicht, was ich mir von den Tagen mit ihr erhoffte, aber ich wusste, dass ich sie auf jeden Fall dabei haben wollte.

»Weiß jemand, was mit Josephine ist?«, warf ich schließlich in die Runde; ich hielt es nicht mehr aus.

»Wär kein Wunder, wenn sie nicht kommt«, sagte Hilma. »Müsste sich ordentlich was ausdenken. Ihre Eltern wissen ja nicht einmal, dass sie sich überhaupt trifft mit Leuten wie uns.« Darüber musste ich lächeln. Was dachte Hilma, was meine Eltern wussten?

»Und sie hat noch ein Problem. Sie ist ein Mädchen.« Sie strich sich die Spitzen ihres Bobs aus den Augen. »Ich darf auch nur mit, weil mein Bruder die Eltern überredet hat.« Sie lachte. »Oder besser, wegen seiner jahrelangen Vorarbeit.«

Was Hilma sagte, war plausibel. Meine zarte Hoffnung, mit Josephine Zeit zu verbringen, welkte dahin. In diesem Moment fuhr jemand die Gasse vor der Kirche hoch, eine Frau in dunkelblauem Rock und weißer Bluse, ungeschminkt und mit strenger Frisur.

»Gauführerin Reinhardt, melde gehorsamst, die Truppe ist abmarschbereit!« Heinrichs Stimme schnitt über den Platz. Josephine tippte sich an die Stirn, ließ ihr Fahrrad ausrollen und bremste schließlich mit ihren Absätzen. Ich staunte.

»Bist du etwa beim BDM?«, fragte ich. Von Nahem fiel es mir nicht schwer, Josephine zu erkennen. Auf Distanz, in diesem Aufzug, wäre es mir unmöglich gewesen. Sie zog eine Grimasse.

»Sonst wär ich nicht hier. Bin das Wochenende auf Mädel-Wanderung, wenn du verstehst.« Ich verstand nur zu gut. Ihr Anblick verstörte mich trotzdem. Ich verkniff mir weitere Fragen.

Dann ging es los. Heinrich und Hilma fuhren voran. Ich sah fast nichts von ihnen, nur die Rückseiten ihrer mit dicken Schnüren befestigten Gepäckpakete. Unser Weg führte nach Osten, über die Waisenhausstraße und am Denkmal der Völkerschlacht vorbei. Ich dachte an die Jungs aus meiner Klasse, die von den unzähligen Parteiaufmärschen und Militärparaden auf dem Vorplatz des Monuments schwärmten. Dann waren wir auch schon vorbei.

Langsam verschwand die Stadt. Straßen und Gehwege wurden leerer. Felder und Gartenkolonien ersetzten dichte Häuserzeilen. Die Sonne stand tief. Die Wäsche unter meiner Lederhose war längst ein nasser Lappen. Hinter Mölkau, einem Örtchen bei Leipzig, gab es einen Zwischenfall.

Am Straßenrand saßen zwei Hitlerjungs. Als Hocker dienten ihnen Kisten, Munitionskisten vielleicht; über ihnen baumelte ein Sonnenschirm. Vor ihnen, sorgfältig ausgebreitet auf ein paar großen Steinen, lagen Stifte, ein Notizblock und eine Klappkamera. Wir kamen gerade aus einer Kurve. Der Größere der beiden döste, den Kopf auf den Handballen gestützt. Er fiel herunter wie ein Sack Mehl, als ihn der Kleinere in die Seite stieß. Wortlos deutete er in unsere Richtung. Der Größere nahm die Kamera. Beide Jungs waren älter als wir, bestimmt schon achtzehn. Der Kleinere hatte einen Vorbiss und die Züge einer Dogge. Das Gesicht des Größeren sah ich nicht so genau, da es bereits hinter der Kamera steckte. Dann waren Heinrich und Hilma gleichauf.

»Kamera weg!«, rief Heinrich so laut, dass die Spatzen von den Obstbäumen aufflogen.

»Hast du nicht gehört?«, schob Hilma hinterher, als der Fotograf nicht gleich reagierte, die Härte in ihrer Stimme war mir fremd.

Heinrich und sie bremsten. Hinter mir krachte es. Ich schaute mich um. Pitt war vom Fahrrad gesprungen, ohne sich erst die Mühe zu machen, es abzustellen. Die Einzelteile seines Gepäcks rollten über den Asphalt. Er ging auf die Hitlerjungs zu. Der mit der Kamera wich zurück, der andere versuchte, sich ihm in den Weg zu stellen. Pitt schob ihn weg, als rücke er einen Klavierhocker zur Seite. Dann griff er nach dem Fotoapparat.

Ich sah die Prügelei schon, aber es passierte nichts. Der größere der Hitlerjungs gab nach. Ich konnte Pitts Händen kaum folgen. Er öffnete das Gerät, zog den Filmstreifen heraus, zerknüllte ihn und warf ihn ins Gras, wo er zuckte wie eine sterbende Schlange. Dann gab er die Kamera zurück, sammelte seine Sachen auf, schnürte sie zusammen und stieg auf sein Rad.

»Fahren wir?« Es klang, als frage er nach unserem Lieblingseis.

»Wir fahren«, bestätigte Edgar von hinten. Die Szenerie war seltsam. Es war alles so schnell gegangen. Ich war der Letzte, der in die Pedale trat. Als ich mich noch einmal umschaute, saß der größere der beiden Kerle wieder auf seiner Kiste und schrieb etwas auf. Der Kleinere stand mitten auf der Straße. In der rechten Hand glänzte ein Fahrtenmesser. Mit der linken streichelte er seine Kehle. Schnell sah ich nach vorn.

Die verbleibenden Kilometer verliefen ereignislos. Niemand redete. Die Hitzeglocke über den Feldern drückte nach unten wie eine Dampfpresse. Selbst das Zirpen der Grillen klang kraftlos. Seufzer liefen durch unsere Gruppe, als ein Waldstück ins Blickfeld rückte. Sie wurden noch lauter, als Hilma sagte, dort drin müssten sich die Teiche verbergen. Zwischen Kiefern und Birken empfing uns ein schmaler Trampelpfad. Wir stiegen ab und schoben unsere Fahrräder in den erlösenden Schatten.

Plötzlich waren wir in einer anderen Welt. Feuchte, frische Luft füllte die Lungen. Dicke Kiefernzapfen knirschten unter meinen Füßen. Ein Kuckuck rief und ganz so, als würden sie ihm Antwort geben, klopften ein paar Spechte. Langsam entkrampften sich meine vom Fahren brennenden Beine. Das also war der Ort, an den die Menschen früher geflohen waren, der Stadt überdrüssig, aus welchen Gründen auch immer. Ich lächelte. Und dann sang jemand, sang gewissermaßen ein Bild genau zu diesem Platz. Es war Edgar.

Liegt dort hinter diesem Walde
nicht ein fernes, fremdes Land?
Blüht auf grüner Bergeshalde
nicht das Blümlein Unbekannt?
Lasst uns schweifen ins Gelände,
über Täler, über Höhn.
Wo sich auch der Weg hinwende,
wir sind jung und das ist schön.

Als er verstummte, sagte niemand etwas, nur die Natur sang weiter.

»Schön«, wiederholte ich schließlich das letzte Wort des Liedes. Edgar drehte sich zu mir um und lächelte; ein schmales, fast glückliches Gesicht zwischen ganz viel Grün.

»Zu einer Fahrt gehören auch Lieder«, sagte er. »Können ja nachher noch was zusammen singen.« Ich nickte.

Für kurze Zeit wurde das Gelände abschüssig. Am Ende des Pfades mussten wir unsere voll beladenen Fahrräder über eine umgestürzte Birke heben. Dann traten wir aus dem Wald hinaus. Wildes, hoch gewachsenes Gras kitzelte an meinen Knien. Etwa einhundert Meter von uns entfernt lag in einer flachen Mulde ein Teich von vielleicht doppelt so großem Durchmesser, gerahmt von einem Zaun aus Rohrkolben, Schilf und Weidensträuchern. Wir waren am Ziel.

»Das ist ja nur einer!«, rief Heinrich und grinste Hilma an. »Sicher, dass wir hier richtig sind?«

»Natürlich, du Blödmann!«, sagte Hilma. »Die anderen sind irgendwo da vorn, hinter den Bäumen. Hier wurde früher ein Bach aufgestaut, Wasserwirtschaft, verstehste?«

»Die Hilma, die kennt sich aus!«, grinste Heinrich weiter.

»Wollen wir mal?«, fragte Josephine. »Einen Platz zum Zelten suchen, meine ich?« Ich hatte schon bemerkt, dass sie für Albernheiten nicht so zu haben war. »Wie wäre es dort drüben?« Sie deutete mit dem Kopf in Richtung des gegenüberliegenden Ufers, an dem drei große Eichen standen.

»Führerin Reinhardt, jawoll!«, rief Heinrich. Josephine verdrehte die Augen.

Wir pflügten durchs Gras. Die Eichen, weit verzweigte, schweigende Zeugen längst vergangener Tage, standen jeweils etwa zehn Meter auseinander und bildeten ein fast gleichseitiges Dreieck. Das Gras dazwischen war niedrig, neben den Wurzeln brachen weiße und gelbe Sommerblumen durch den Grund. Die Idylle dieses Ortes war so übertrieben, dass ich lachen musste. Fragend schaute Hilma zu mir, doch ich winkte nur ab. Wir lehnten die Fahrräder an die Bäume.

»So, ihr Spaßvögel, ich geh Holz suchen«, sagte Pitt. »Für die Kothe.« Das waren auf einen Schlag mehr Worte, als ich bisher von ihm gehört hatte. Auch seine Laune schien sich hier draußen zu verbessern.

»Ich komm mit«, sagte Richard.

»Ich auch«, sagte ich.

»Ich schau nach Stangen, ihr nach Kreuz und Heringen, in Ordnung?«, sagte Richard. Pitt brummte und war schon im Unterholz. Ich stand, etwas unschlüssig.

»Weißte nicht, wonach du suchen musst?«, fragte Richard.

»Nicht so richtig«, gab ich zu.

»Ist ganz einfach. Zwei stabile Hölzer für das Kreuz, das oben in die Kothe kommt. Ungefähr armlang. Und zehn halb so lange für die Heringe.« Er klopfte mir auf die Schulter. »Machst das schon.«

Ich wühlte im Dickicht. Schließlich fand ich ein paar Aststücke, die mir passend erschienen. Heinrich und Hilma hatten inzwischen das kleinere Zelt aufgebaut, eine dunkelgrüne Winzigkeit für eher eine als zwei Personen. Edgar sortierte Vorräte. Josephine saß auf einer Decke und rauchte.

»Jemand Pitt gesehen?«, fragte Richard. Alle Schultern zuckten.

»Dann fangen wir schon mal an«, sagte er zu mir. Wir verbanden Stangen und Kreuz. Dann richteten wir die Konstruktion auf und hingen Stück für Stück die Kothenblätter daran. Sie waren aus einem kräftigen schwarzen Stoff. Aufgenäht waren Ornamentstreifen, die wiederum von rot-blauen Symbolen geschmückt wurden: Wellen, Schwerter und Wildtiere. Richard erklärte mir jeden Schritt. Als wir beim letzten Spannen waren, krachte es hinter uns im Geäst. Pitt brach durch ein Geflecht aus Zweigen, beladen mit einem meterlangen Baumstamm.

»Dein Beitrag zu den Heringen?«, fragte Richard. Pitt ließ die Ladung von seinen Schultern fallen, dumpf knirschend rollte das Holz auf den Boden. Ich musste ein Stück zur Seite springen, sonst hätte es meine Füße erwischt. Pitt setzte sich. Dann verschränkte er die Arme hinter seinem Kopf und grinste mit seinen Zahnlücken in die Runde.

»Bank«, sagte er. »Zu einer Kothe gehört auch eine Bank.« Jetzt grinste auch ich.

8

Dunkelrot und wie auf Zehenspitzen verschwand der Tag. Unser Abendessen blieb übersichtlich. Die Hitze drang noch immer in alle Poren und machte wenig Lust, sich den Bauch vollzuschlagen.

»Also, ich weiß nicht, wie es mit euch ist. Aber ich geh jetzt baden«, sagte Edgar nach einer Weile, rieb sich die Hände sauber und verdrückte sich hinter einen Weidenstrauch. Einer nach dem anderen stand auf und tat es ihm gleich. Hilma ging zum Umziehen ins Zelt. Nur Josephine schüttelte den Kopf.

»Keine Lust.« Der See, blau und still wie ein riesiger Spiegel, lockte. Die Aussicht, mit Josephine ungestört ein paar Worte wechseln zu können, lockte noch mehr. Ich setzte mich neben sie auf die Baumbank.

»Ich soll in die HJ, nach den Ferien. Sagen meine Eltern.« Ich horchte dem Gesprochenen nach. Es war wenig romantisch, aber mich interessierte wirklich, wie Josephine die mir unvereinbar scheinenden Lebenswelten von Mädelbund und Clique meisterte. Das Thema mit mir selbst zu beginnen hielt ich für recht geschickt. Josephine rauchte schon wieder. Neben ihr stiegen weiße Ringe empor.

»Was wirst du machen?«, fragte sie und schaute zum Ufer. Nach und nach verschluckte das Wasser Waden, Oberschenkel und Hüften der anderen. Von Heinrich sah man nur noch den Kopf.

»Weiß nicht«, sagte ich, »ob ich ’ne Wahl habe. Meine Eltern wollen, dass ich studiere. Soll mal was werden aus mir. Wie man so sagt.« Josephine nickte.

»Nicht verkehrt«, sagte sie, drückte ihre Kippe aus und vergrub sie in der Erde.

»Sind eigentlich überhaupt keine Nazis«, sagte ich. »Meine Eltern. Eher das Gegenteil. Handeln halt nur nicht so. Besonders mein Vater nicht. Früher war das anders, da war er im Reichsbanner und hat die Weimarer Republik verteidigt. Handfest sogar, wie ich glaube.« Ich strich über das Holz. »Weiß nichts Genaues. Er spricht nicht darüber. Wird sowieso wenig gesprochen bei uns.« Josephine nickte wieder.

»Es passiert einfach nichts mehr«, sagte ich. »Wenn er nicht arbeitet, sitzt er zu Hause. Liest Zeitung. Hört Radio. Sonst nichts.« Wir schauten aufs Wasser. Im Teich begann gerade ein Reiterkampf, Hilma auf Heinrichs Schultern, Edgar auf Richards. Die vier kreischten und lachten. Pitt lag, auf die Ellenbogen gestützt und die Füße noch untergetaucht, am Ufer und sah zu.

»Kommt mir bekannt vor, was du erzählst«, sagte Josephine schließlich. »Das große Schweigen zu Hause. Aber letztlich kannst du dich freuen. Meine Eltern, die vergöttern den Nationalsozialismus.« Sie lachte, freudlos und hohl klang es. »Hilft ihnen.« Die Frage, wie das gemeint sei, war schon in meinem Mund. Doch Josephine schnitt mir das Wort ab.

»Lass uns über was anderes reden. Wie wäre das: eintreten in die HJ und nur das Allernötigste mitmachen? So schlag ich mich durch.« Sie lachte ein klein wenig lebendiger. »Ist allerdings ein ziemlich desorganisierter Haufen, meine Mädelschaft. Kann man auch anders treffen.« Ein derbes Platschen unterbrach unser Gespräch. Edgar war ins Wasser gefallen, der Reiterkampf entschieden. Als er aufstand, sprudelten kleine Fontänen aus Mund und Ohren wie bei einem Zierbrunnen.

»Weiß nicht«, sagte ich. »Da ist noch was. Von der Schule.« Ich sah zu Josephine. Sprich nur, sagten ihre Augen, dunkel von der Dämmerung. Ich überlegte. Dann fuhr ich fort.

»Mit den Lehrern fing es an. Einer nach dem anderen verschwand. Vor drei Jahren, da hab ich das noch nicht so richtig verstanden. Hab darüber nicht nachgedacht. Betraf mich nicht, zumindest nicht direkt. Aber dann ging es mit den Schülern los. Einen meiner besten Freunde, den hat's immer wieder erwischt. Paul hieß er, prima Kerl. Sind als Kinder um die Häuser gezogen und haben Streiche gespielt, Klingeln mit Lehm verkleben und so was, verstehst du? Und wie oft ich freitags bei ihm zum Essen eingeladen war!« Ich machte eine Pause. Der letzte Rest Tageslicht verschwand am Horizont, aber die Nacht glänzte wie schwarzer Marmor. Mit jedem Lidschlag flammten ein paar Hundert Sterne mehr über uns auf. Josephines Gesicht war völlig ruhig und ich entschied, alles zu erzählen.

»Doch als Jude war er dann vogelfrei. Minderwertig. Die Pimpfe vom Jungvolk waren die Garstigsten. Wussten genau, dass sich Paul nicht an der Uniform vergreifen würde, als Älterer zumal. Bis der Tag kam, an dem sie ihn mit saurer Milch übergossen haben. Mitten auf den Kopf. Mitten auf dem Schulhof. Alles hat gejohlt. Und ich stand daneben.«

»Was ist dann passiert?«, fragte Josephine.

»Paul ist weggerannt. Ich konnt's ihm nicht verübeln. In der nächsten Schulstunde blieb sein Platz leer. Am nächsten Tag auch. Als ich zu ihm nach Hause bin, hat niemand aufgemacht. Erst Wochen später haben mir Nachbarn gesteckt, dass die Seligmanns ins Ausland sind. Die Flucht war wohl schon länger geplant.« Hilma und Edgar kamen aus dem Wasser, zwei triefende Spülschwämme. Ich wollte keine weiteren Zuhörer, deswegen beendete ich unser Gespräch.

»Das war's«, sagte ich. »Und das war auch Pauls letztes Bild von mir. Wie ich einfach nur dastehe. Wie ein Idiot.« Josephine nahm eine neue Zigarette aus ihrer Schachtel, zündete sie an und reichte sie mir. Das war fast ein Kuss. Mein Herz blies sich auf wie ein Zeppelin. Wir rauchten.

»Alles in Ordnung?«, fragte Hilma. Irgendwie nicht, aber irgendwie doch, dachte ich. Ich nickte. Josephine schwieg und ließ das Licht der Nacht über sich fließen.

Selbst der klare Himmel brachte kaum Abkühlung. Hilmas Vorschlag, ein Lagerfeuer in Gang zu bringen, scheiterte. Selbst diejenigen, die noch lange im Wasser geblieben waren, hatten keine Lust. Aber auch ohne Feuer konnte ich mir nichts Gemütlicheres vorstellen als uns, wie wir in trüber Helligkeit nebeneinander im Gras lagen, unter Anleitung von Edgar wirklich ein paar Lieder sangen und Geschichten erzählten. Edgar, mir bislang nicht als großer Redner aufgefallen, gab auch die meisten Erlebnisse zum Besten. Sein Fundus schien unerschöpflich.

»Jugendtreffen der Kommunisten in Leipzig 1930«, sagte er. »Könnt euch nicht vorstellen, was da los war! Während andere

Hitlergeburtstag feierten, feierten wir unsere Helden auf dem Augustusplatz. Ernst Thälmann und so, versteht ihr? Ich, als Knopf, auf den Schultern meines Vaters. Vor uns, hinter uns, neben uns Gedränge. Zehntausende! Bis weit in die Seitenstraßen hinein drängten sich die Leute. Nie wieder habe ich so viele Menschen auf einem Haufen gesehen.« Edgar vermaß die Luft mit seinen Armen. Seine Stimme war aufgeregt.

»Und dann wurden am neuen Theater die roten Fahnen gehisst. Polizei stürmte auf den Platz, genau rein in die Schutztruppe, den Frontkämpferbund. Der war damals schon verboten. Ein Tumult war das, wie wenn du 'nen Pflasterstein in einen Ameisenhaufen schmeißt. Der reine Irrsinn! Ich, stocksteif da oben bei meinem Vater, hab Bericht erstattet, aber eigentlich konnt ich kaum was erkennen.« Er schaute in die Ferne und ich sah ihn genau vor mir, den zehnjährigen Edgar.

»Tja, und dann kamen die Schüsse. Schreie, überall Schreie, ihr könnt euch das Chaos nicht vorstellen. In der Stadt ging ein halber Aufstand los. Irgendwie haben wir's raus geschafft. Am Ende gab's mehrere Tote. Zwei Jugendliche aus Berlin, und, wie es heißt, auch die Polizisten, die das Feuer eröffnet haben. Danach wurde mein Vater vorsichtiger. Aufmärsche von Kommunisten wurden ganz verboten.« Mir fiel die Begegnung vom Nachmittag ein.

»Zum Thema Vorsicht«, schloss ich an Edgar an, »was denkt ihr, sollten wir uns Sorgen machen? Wegen der Hitlerjungs heute?« Heinrich gähnte, lang und herzlich.

»Ist ja nichts passiert«, sagte er. »Werden es melden, klar. Dass die Kavallerie kommt deswegen und die Gegend absucht, ganz ehrlich, das kann ich mir nicht vorstellen.«

»Harro hat recht«, sagte Hilma. »Wir sollten die Augen offen halten. Und vor allem sollten wir am Sonntag einen anderen Weg nehmen. Vielleicht sogar getrennt fahren.« Sie stand auf, streckte sich und gähnte auch. »Mein Bruder hat sich früher immer Zettel geschrieben. Konrad Weißgerber ist zum Wochenende bei seiner Tante in Wurzen, solche Sachen. Ist damit durch jede Kontrolle gekommen. Lasst uns das auch machen. Hab mein Tagebuch dabei, für Papier ist gesorgt. Jemanden mit guter Rechtschreibung haben wir auch.« Sie klopfte mir auf die Schulter und grinste. »So. Ich geh pennen.«

Josephine folgte ihr. Bald darauf krochen auch wir Jungs in die Kothe. Die letzten Frösche, die im Schilf gehockt und unsere Gespräche begleitet hatten, verstummten. Die Stille war nahezu vollkommen. Ich schlief binnen Sekunden ein, hatte jedoch keine erholsame Nacht. Ruhelos trieb ich von einem Traum zum nächsten, ins Dämmern, zur Wachheit und wieder zurück. Der Morgen grüßte bereits ins Kothendach, da glühte das Bild des Hitlerjungen mit dem Doggengesicht immer noch hinter meiner Stirn. Er stand auf der Straße und zog sich sein Fahrtenmesser über den Hals. Seine Kehle klaffte, aber es kam kein Blut.

9

Es war heiß. Die Kothe lag im Schatten, doch die Sonne drängte bereits durch die Zweige, außerdem waren wir fünf Personen auf engstem Raum. Ich sah mich um und stellte fest, dass das nicht ganz stimmte. Heinrichs Lager, bestehend nur aus einer Decke, war bereits leer. Ich pellte den Schlafsack herunter und wischte mit ihm über meine Stirn. Dann trat ich nach draußen.

Der Geruch von Sommermorgen und Wasser vertrieb die stickige Kothenluft aus meinen Lungen. Eine leichte Brise bewegte die Blätter in den Eichenkronen, sie schienen zu winken. Am Himmel formten Wolkenfetzen kleine Figuren, die sich rasch veränderten. Im Zelt der Mädchen war alles still. Von Heinrich keine Spur.

Ohne Ziel wanderte ich einmal halb um den Teich herum. Zwei Schwäne schauten von der Mitte zu mir herüber und legten die Hälse schief. Was machst du hier schienen sie mich zu fragen. Ich zuckte mit den Schultern und hob die Hand. Stolz wandten sie ihre Köpfe.

Ich erklomm einen kleinen Hügel. Noch immer stand die Sonne tief im Osten, doch sie brannte, als wäre Mittag. Sicher erwarteten uns heute mehr als dreißig Grad. Ich lief noch ein Stück, und gerade als ich mich auf den Rückweg machen wollte, hörte ich hinter mir ein Pfeifen. Heinrich saß, an eine Birke gelehnt und mit angezogenen Beinen, auf der Wiese. Er sah aus wie ein Hirtenjunge aus dem letzten Jahrhundert. Ich ging zu ihm. Neben seinen Füßen lag ein Stück Pappe, auf dem etwas gezeichnet war.

»Guten Morgen«, grüßte ich. »Was machst du denn da?«

»Ach, nichts«, antwortete er.

»Zeig doch mal her!«, sagte ich. Heinrich wiegte den Kopf und tat, als müsse er scharf überlegen, aber ich sah, dass er Spaß machte. Er reichte mir die Pappe.

»Ist nur ein Hobby!«, sagte er. Ich betrachtete das Bild. Ein paar einfache schwarze Linien gaben die vor uns befindliche Aussicht auf das Muldental ganz vortrefflich wieder.

»Das ist ziemlich gut! Wusste gar nicht, dass du Maler bist!«, sagte ich.

»Jetzt übertreibste«, sagte Heinrich, griff ins Gras und warf ein grünes Büschel in meine Richtung. Die Halme zerstoben in der Luft.

»Ernst gemeint!«, sagte ich. »Seit wann machst du das?« Heinrich winkte ab.

»Keine Ahnung. Hab irgendwann mal damit angefangen. Hilft mir, bringt mich auf andere Gedanken.« Er stand auf, ein Stück Kohle purzelte herunter. Er fing es, bevor es den Boden berührte, wickelte es in sein Taschentuch und steckte es ein. Ich wollte die Zeichnung zurückgeben, aber Heinrich schüttelte den Kopf.

»Ist für dich«, sagte er. »Kannste behalten.« Ich blinzelte. Heinrich ging einen Schritt auf mich zu.

»Danke«, antwortete ich. Heinrich sah aus, als wolle er

noch etwas sagen. Er stand jetzt direkt vor mir. Schließlich grinste er schief und wischte sich die Hände an seiner Hose ab. Ich schwitzte.

»Komm«, sagte er. Wir gingen zurück zu den Zelten. Die anderen waren bereits am Frühstücken. Hilma saß im Schneidersitz auf der Wiese und machte ein ärgerliches Gesicht.

»Sagt mal Bescheid, wenn ihr euch verkrümelt. Ist ja nicht so, dass hier gar nichts passieren kann!« Die Belehrung war mir peinlich.

»Tut mir leid«, sagte ich. Heinrich schnippte in die Luft und machte einen Kussmund. Wir setzten uns. Es gab Brot mit Marmelade, die hatte ich mitgebracht, und einen köstlichen Aufstrich, falsche Leberwurst genannt, von Edgar.

»War ein Akt«, sagte er, »meiner Mutter genug Kartoffeln abzuschwatzen. Geht aber eigentlich ganz einfach, das Zeug. Viel Majoran, das ist das einzige Geheimnis.«

»Wirklich lecker«, sagte ich zwischen zwei Bissen.

»Mal was anderes, nicht wahr?«, sagte Pitt. »Nicht immer nur richtige!« Heinrich kaute und schluckte.

»Gut jetzt, Pitt«, sagte er, als er seinen Mund wieder frei hatte. »Keine Lust auf Gestänker.« Der Angesprochene schwieg. Ich auch. Es tat gut, dass mir jemand gegen Pitts merkwürdige Herablassungen zur Seite sprang. Andererseits konnte ich auf mich selbst aufpassen. Ich wollte nicht schwach wirken, so als wäre es nötig, dass mich jemand verteidigte. Gerade vor den Mädchen.

Nach dem Frühstück wurde es noch heißer. Einer nach dem anderen verschwand ins Gebüsch und trat in Badekleidung wieder heraus, schließlich sogar Josephine. Ihr blau und weiß gestreifter Anzug sah aus wie direkt auf die Haut gemalt. Die Arme und Beine, die herausschauten, waren blass, aber ich war mir sicher, dass es nichts Weicheres gab als sie. Feine, fast unsichtbare silberne Härchen, wie von einer winzigen Raupe, glitzerten in der Sonne. Rund und aufregend strömte der Rest ihres Körpers unter dem Stoff. Wenn ich Abkühlung suchte, in ihrem Anblick fand ich sie bestimmt nicht.

Wir badeten. Wir alberten. Wieder draußen, erlahmten die Gespräche. Wir dösten. Irgendwann schnarchte jemand. Und ich glaube, wenn die Neuankömmlinge nicht gewesen wären, hätten wir bis zum Abend kreuz und quer herumgelegen und uns nicht von der Stelle bewegt.

Hilma sah sie zuerst. Eine Weile schaute sie nur mit gerunzelter Stirn über den Teich. Ich blinzelte und war erst zu faul, den Kopf zu heben, dann siegte die Neugier. Fast gleichzeitig erhob sie ihre Stimme.

»Guckt mal. Da drüben.«

An der Westseite des Teiches, unter einem Weidenstrauch, bauten mehrere Jungs ein Leinenzelt auf. Ihre Hosen waren kurz, es mochten Lederhosen sein wie die unseren, dazu trugen sie weiße Hemden und Strümpfe. Ich hatte nicht den Eindruck, dass es sich um Angehörige der HJ handelte, aber das konnte täuschen. Weiße Hemden wurden auch von der Staatsjugend als Ausflugs- oder Sonntagstracht benutzt. Die Hosen mit den Stegträgern wiederum passten nicht.

Wir starrten über das Schilf wie Indianer, oder besser, wie ungeschickte Indianer. Dann wandte einer der Jungs den Kopf. Mit seinen großen Augen sah er aus wie ein Reh, das Gefahr wittert. Wir duckten uns und ich konnte nicht anders, als zu kichern. Der Kerl musste uns einfach gesehen haben.

»Ach, Scheißdreck«, sagte Hilma. »Wer von uns geht rüber?«

»Wie wär's mit dir?«, sagte Heinrich zu Josephine. »In deiner Mädelkleidung. Mal sehen, wie sie reagieren.« Josephine schaute genervt, gleichzeitig brachte sie ein Geräusch hervor, als ließe man Luft aus einem Reifen.

»Ich mach das«, meldete sich Richard. »Ich glaube, ich kenne einen von denen.«

Und schon marschierte er aus unserem Versteck geradewegs auf die Jungs zu. Ich knetete meine Knöchel. Alle hielten den Atem an.

Die Jungs hatten ihr Zelt mittlerweile fertig aufgebaut, einer ruckelte noch mal an den Heringen. Fast gleichzeitig bemerkten sie Richard und stellten sich auf wie vier Speere. Ein paar Meter vor ihnen hielt er an. Das Wasser trug seine Stimme zu uns, aber nicht seine Worte. Ich sah, wie einer den Kopf schüttelte.

Sekunden zogen sich breit. Es war beinahe so, als schauten wir auf ein Standbild. Dann trat einer der Neuankömmlinge hervor. Seine Boxernase war größer als sein Gesicht. Er lief zwei, drei, vier Schritte und ich machte mich schon bereit, Richard zur Seite zu springen, da fielen die beiden sich in die Arme. Hände flogen, Schultern wurden geklopft. Unser Späher winkte und wir kamen hinter dem Schilf hervor.

»So, Leute«, sagte Richard, ganz aufgekratzt, wie ich ihn gar nicht kannte. »Das hier«, er stieß den Boxernasigen vor die Brust, »ist Max Maßloff aus Lindenau. Max und ich, wir kennen uns noch von den Roten Falken. Haben uns seit Jahren nicht gesehen!«

»Seit dem Verbot dreiunddreißig nicht«, ergänzte Max. Seine Stimme klang etwas zu hell für sein grobes Erscheinungsbild. Wir stellten uns vor, dann luden wir ihn und seine Freunde in unsere Eichenhöhle ein. Max revanchierte sich mit einer Flasche Doppelwacholder.

»So was Feines«, sagte ich. »Wo habt ihr das denn her?« Max lachte und drehte seine Hand in der Luft.

»Besorgt«, antwortete er. Ehrlich erworben war sicher etwas anderes.

Wir tranken. Wir quatschten. Max und seine Leute, das waren, wenn man das jetzt schon so sagen konnte, welche von uns. Sie erzählten, wie in Lindenau gerade eine ähnliche Clique entstand. Das Herumhängen an öffentlichen Plätzen, die Provokationen und Gegenprovokationen der HJ kannten wir. Bisher hatte ich aber gedacht, wir wären allein in der Stadt. Den Rücken an eine der Eichen gelehnt, lag ich mit einem Wacholderschwips im Gras. Über mir rauschten die Blätter. Und in mir rauschte das Gefühl, Teil einer großen Sache zu sein.

10

Ich brauchte eine Weile, um zu verstehen, wo ich war. Ein kleiner boshafter Wicht zog mit aller Kraft an meinen Augen. Über mir sah ich nichts außer gelapptem Grün. Langsam, sehr langsam kam die Erkenntnis, dass ich es vor dem Einschlafen nicht in die Kothe geschafft hatte, sowie die Erkenntnis, dass in meinem Kopf wahrscheinlich genau das hämmerte, was die Erwachsenen einen Kater nannten.

Ich schloss die Lider. Bunte Kreise hüpften auf und ab. Schmerz und Schwindel wurden nicht besser, im Gegenteil. Ich öffnete die Augen wieder. Neben mir raschelte Papier. Ich erhob mich. Sich in einem Fass voll Honig zu bewegen, musste sich ähnlich anfühlen. Hilma saß, über eine Karte gebeugt, vor mir und kaute auf ihrer Unterlippe.

»Hallo«, sagte ich, zu mehr nicht fähig, und sank auf den Boden zurück.

»Ausgeschlafen?« Hilma lächelte und reichte mir Wasser. Ich trank. Die Hälfte lief links und rechts hinter meine Ohrläppchen.

»Plane gerade die Routen«, sagte Hilma. »Gibt verschiedene Möglichkeiten, über Taucha oder Kleinpösna zum Beispiel. Man muss dazu sagen, beides sind locker fünfzehn Kilometer mehr Weg. Wir müssen also ein bis zwei Stunden mehr veranschlagen und sollten nicht erst am Nachmittag fahren. Weiß aber nicht, ob wir bis dahin loskommen. Wenn ich mir euch so anschaue.«

Für meinen Zustand war das zu viel Text. Ich schaute mich um. Pitt schlief, noch halb im Stehen und das Kinn auf groteske Weise in seine Brust gedrückt, an einem der Bäume. Edgar lag da wie erschossen, glücklicherweise sah ich, wie vor seinem Mund die Grashalme schaukelten. In der Kothe schnarchte es. Ein behaarter Fuß, weiß Gott von wem, schaute unter dem schwarzen Moleskin hervor. Der Hirsch auf dem Ornamentstreifen darüber rümpfte die Nase. Ich seufzte.

»Warum bist du so verdammt wach?«, fragte ich. Hilma kicherte, mit der Nachsicht einer großen Schwester. Sie beugte sich vor, nahm die jetzt leere Schnapsflasche in die Hand und schüttelte sie. Dann hob sie eine zweite auf. Sie war genauso leer. Hatte es eine zweite Flasche gegeben? Der letzte Abend lag dunkel unter einer Decke aus Blei.

»Ich trink das nicht, so'n Fusel.«

Es dauerte noch ein Weilchen, bis das Leben in unsere Truppe zurückkehrte. Pitt wankte direkt in den See hinein, japste und brüllte. Seine Sachen klebten am Körper, aber danach hatte er gute Laune. Hilma trieb zur Eile an. Keiner widersprach. Sie entschied allein, dass Richard, Heinrich und Pitt den Weg über Taucha nehmen sollten. Der Rest, also auch ich, würde Richtung Kleinpösna fahren.

Während die anderen die Zelte abbauten, befolgte ich Hilmas Vorschlag vom Freitag und schrieb kurze Notizen, wer wen wo angeblich besucht hatte. Ich bemühte mich um eine erwachsen aussehende Schrift und achtete peinlich genau auf

Orthografie. Als ich fertig war, war mir schlecht. Ein Windstoß fuhr über den Teich und kräuselte die Wasseroberfläche. Ich schaute nach oben. Von links nach rechts ging die Farbe des Himmels von tiefem Blau in ein schmutziges Grau über. Der Heimweg sah feucht aus.

»Alt werden wir hier auch nicht mehr«, sagte Max, als wir uns verabschiedeten. »Also nicht über Mölkau, ja?« Wir nickten. Hände wurden geschüttelt.

»Wann sehn wir uns?«, fragte er. »Im September ist wieder Kleinmesse! Wir gehn zu Eröffnung. Dabei?«

»Kannste wetten«, sprach Heinrich für alle. Dann schoben wir unsere Fahrräder durch das Gras, zurück zu dem Streifen Wald, aus dem wir am Freitag gekommen waren.

Ein kleines Stück fuhren wir zusammen. An der Kirche in Gerichshain trennten sich die Wege. Wie unsere Kirche in Connewitz sieht sie aus, nur kleiner, dachte ich. Aber hier trafen sich bestimmt keine aufmüpfigen Halbstarken wie wir. Ein sonderbares Gefühl überkam mich. Als würde etwas enden, das noch nicht einmal begonnen hatte.

»Passt auf euch auf«, sagte ich. Heinrich zwinkerte.

»Passt ihr lieber auf euch auf.« Die beiden anderen und er verschwanden zwischen zwei Häusern. Hilma, Josephine, Edgar und ich nahmen den Abzweig nach Süden.

Ein Windstoß rüttelte unsanft an unserem Gepäck. Dann noch einer. Wir fuhren auf nur zum Teil asphaltierten Feldwegen, ein zügiges Vorankommen war nicht möglich. Links und rechts auf den Äckern wogten gewaltige grüne und gelbe Choreografien. Am Horizont leuchteten Blitze.

Hinter Beucha fielen die ersten Tropfen, dick wie Bonbons,

auf unsere Köpfe. Dann ließ der Regen seine Vorhänge herab. Es dauerte nur wenige Sekunden und meine Socken waren durchweicht. Die Sicht war schlecht und ich behielt die Umgebung umso genauer im Blick. Jetzt einer Streife in die Arme zu fahren, war ungefähr das Widerlichste, was ich mir vorstellen konnte.

Wir erreichten die Stadt, ohne behelligt zu werden. Vielleicht waren etwaige Posten wegen der Wetterlage beräumt, vielleicht wäre die Strecke auch so frei gewesen. Es war einerlei. Wir hatten es geschafft.

Dann platzte der Reifen von Josephines Vorderrad. Wie sie selbst war auch ihr Fahrrad das mit Abstand eleganteste unter uns: ein Diamant-Tourenrad, schwarz und silbern lackiert. Innerlich schmunzelte ich. Ausgerechnet dieses Rad erwischte es, Edgars rostfleckige Schleuder mit Kreuzrahmen lief hochmütig weiter. Josephine fluchte. Das Flickzeug war mit Heinrich irgendwo in Taucha.

»Sind ja nur noch paar Kilometer«, sagte ich. »Komm, ich schieb mit.«

»Was ist mit uns?«, fragte Edgar.

»Wir fahren«, sagte Hilma. »Ihr kommt doch zurecht, nicht wahr?« Sie sah mich vielsagend an.

»Klar«, sagte ich.

Wir schoben. Ich schaute zur Seite. Josephine sah aus wie die Sphinx. Ärgerte sie sich über ihr Fahrrad? Freute sie sich über meine Begleitung? Ich wusste es nicht. Schweigend liefen wir nebeneinander her, nass wie zwei Pudel.

Der Regen hörte auf. Ein Stück blauer Himmel, hell wie Josephines Augen, grüßte hinter grauen Wolken.

»Hast du eigentlich Geschwister?«, fragte ich. Josephine schob ihr Fahrrad und nickte dabei. Wir liefen durch eine Pfütze.

»Zwei«, sagte sie schließlich. »Eine jüngere Schwester. Karla. Und einen älteren Bruder. Hans. Der ist vor sieben Jahren gestorben.« Wieder wurde mir schlecht. Der Schnaps zog seine Kreise in Bauch und Kopf. Was sollte ich dazu sagen? Ich suchte eine Antwort, eine Antwort dort, wo keine war. Dann legte sich, wie von selbst, meine Hand auf Josephines Schulter. Der Samt ihrer Kletterweste war kalt.

»Tut mir sehr leid«, sagte ich. »Das muss schwer sein.« Josephine schaute geradeaus.

»Ist es. Vor allem, weil meine Eltern keine Hilfe sind. Sondern das Gegenteil.« Wieder die Eltern. Ob sie heute darüber reden wollte? Ich war überfragt. Überfordert. Wollte gern alles richtig machen. Verständnisvoll, erwachsen wirken. Intelligent. Aber eigentlich hatte ich keine Ahnung. Keine Ahnung, wie man mit Mädchen redete, die einen interessierten. Und erst recht keine Ahnung, wie man mit Mädchen redete, die einen toten Bruder und eine kaputte Familie mit sich herumtrugen. Was in aller Welt waren dagegen meine eigenen Probleme? Besser nichts als etwas Falsches sagen, dachte ich, und schwieg.

Wir liefen am Südfriedhof entlang. Reste der Rhododendrenblüte schwang süß in der Luft. Am Eisenbahnübergang Münchner Straße blieb Josephine stehen. Auf der anderen Seite lag unser Stadtteil.

»Würdest du vorfahren?«, fragte sie. »Die Eltern. Die Kunden. Du weißt ja.« Ich nickte.

»Ich fand's schön«, sagte ich. »Das Wochenende. Die Zeit, die wir hatten. Die Zeit mit dir.« Josephine musterte mich.

»Ich auch«, sagte sie. Worauf sich das bezog, blieb vage. Ich fuhr. Als ich mich kurz vor der nächsten Biegung noch einmal umdrehte, hob Josephine winkend die Hand. Sie lächelte.

11

Nasser Wind schlug mir ins Gesicht, doch von oben wärmte die Sonne. Ich hatte Mühe, die Ereignisse zu sortieren. In zu kurzer Zeit war zu viel passiert. Ich spürte, wie wenig Lust ich hatte, jetzt in die elterliche Wohnung zurückzukehren. Mich dort Fragen zu stellen, die ich nicht ehrlich beantworten konnte.

Dann ärgerte ich mich. War es nicht meine eigene Entscheidung, unaufrichtig zu sein? Mein eigener Wille? Was sollten meine Eltern schon tun? Mich einsperren? Außer Josephine, deren Gründe vermutlich sehr schwer wogen, dachte sich keiner aus meiner Clique Geschichten aus, um den Vormund zu beschwichtigen.

War ich einfach nur feige? Ich dachte an Pitt, wie er grinste, mit seinen Zahnlücken, und wissend lächelte. Er hätte die Antwort wahrscheinlich gewusst. Ich musste mit jemandem reden. Dringend.

Ich klingelte bei Heinrich. Es war unwahrscheinlich, aber doch möglich, dass er es schon bis nach Hause geschafft hatte. Sein Vater öffnete die Tür. Er sah frischer aus als vor zwei Tagen.

»Harro«, nickte er. »Was denn los? Wo ist Heinrich?« Ich räusperte mich.

»Hallo. Entschuldigung. Dachte, er wäre vielleicht schon da.

Sind getrennt gefahren.« Ich überlegte kurz. »Wegen den Streifen. Heinrich ist über Taucha.« Sein Vater rieb sich das Kinn.

»Willste drin auf ihn warten?«, fragte er. Ein bisschen überraschte mich das Angebot, aber eigentlich hatte ich genau darauf gehofft.

»Wenn's keine Umstände macht, bittschön, vielen Dank«, sagte ich. Ein Glucksen schüttelte den massigen Körper vor mir.

»Na, komm schon rein. Und nicht so förmlich.« Er ging voran, in einen winzigen Flur, in dem er fast stecken blieb. Dann schaute er über seine Schulter.

»Adoptieren kann ich dich aber nicht!«, sagte er und grinste. Ich lachte, pflichtbewusst.

In der Küche stand ein Feldbett. An der grau verputzten, tapetenlosen Wand darüber hing eine gerahmte Fotografie. Ich betrachtete sie verstohlen. Sie zeigte eine junge Frau in weißem Kleid, weißem, breitkrempigem Hut und einem Baby auf dem Arm. Neben ihr stand ein stolz dreinblickender junger Mann im schwarzem Anzug, der seinen ebenfalls weißen Herrenhut mit beiden Händen vor den Bauch hielt. Sicher hatte er ihn für das Foto abgenommen und nicht so recht gewusst, wohin damit.

An der anderen Seite des Raumes drängten sich ein paar offensichtlich selbst geschreinerte Küchenmöbel. Auf dem Tisch stand Streuselkuchen.

»Greif zu«, sagte Heinrichs Vater und zeigte auf eine Vitrine. Von dem darin befindlichen Geschirr passte kein Teil zum anderen. Hatte er den Kuchen etwa selbst gebacken?

»Kuchen ist nicht von mir«, sagte er, während ich einen

kleinen Teller unter vielen großen herauszog. Offenbar konnte er Gedanken lesen.

»Ist von Leuten aus dem Haus. Hab ihnen die Woche den Boiler geschraubt.« Ich nickte, setzte mich, nahm ein Stück und biss hinein. Seit dem Morgen hatte ich nichts zu mir genommen. Heinrichs Vater setzte sich auch.

»Übrigens, hier hat sich niemand blicken lassen«, sagte er. »Hattest ja Sorge. Wegen deinen Eltern.« Ich hatte Sorge, aber nicht mehr an sie gedacht.

»Danke trotzdem«, sagte ich. »Für Ihre Bereitschaft.«

»Schon gut. Und sag ruhig du zu mir. Oder meinste, ich mach 'n Witz? War schon ernst gemeint am Freitag.« Ich schüttelte den Kopf. Nein, ich hatte es schon verstanden. Es war nur ungewohnt. Mir fiel kein einziger Erwachsener außerhalb der Familie ein, den ich duzte.

Ich aß. Erst schnell, dann, erfolglos darüber nachdenkend, was ich mit Friedrich reden sollte, immer langsamer. Mein Gegenüber saß am Tisch und blätterte in einer Zeitung. Ab und zu hob er den Kopf und lächelte leicht.

Der Kuchen war alle. Schweigen füllte den Raum. Die Stille war mir unangenehm. Andererseits hatte ich das Gefühl, dass es Friedrich völlig gleichgültig war, ob ich mich mit ihm unterhielt oder nicht. Ein merkwürdiger Mann war das, und doch irgendwie charmant.

Klickendes Metall, ein Schlüssel im Schloss, erlöste mich. Schritte liefen durch den Flur und dann stand Heinrich in der Tür. Er sah aus wie ein Spuk aus dem Sumpf. Sein Hemd hing wie Lametta von den Armen. Vom Scheitel bis zur Sohle war er mit Schlamm und Schürfwunden übersät.

»Verdammt!«, sagte ich.

»Na, auch schon da?«, sagte Heinrich. »Hallo, Papa.« Friedrich runzelte die Stirn.

»Was'n passiert?«, fragte er.

»Vom Fahrrad gefallen«, grinste Heinrich. Seine Zähne waren weiß, im Gegensatz zum Rest. »Geht gleich los. Ich leg erst mal ab.« Er ließ den Rucksack fallen, zog sich die Schuhe aus und wusch Gesicht und Hände. Dann holte er einen Hocker aus dem anderen Zimmer und setzte sich. »Bei euch alles gut gegangen?«, fragte er mich und ich nickte.

»Bei dir offenbar nicht«, sagte ich. Heinrich seufzte und fuhr sich über den Kopf. Seine Hände waren noch feucht und die Haare blieben wie mit Pomade gekämmt kleben. Dann grinste er wieder.

»Wir hatten was vergessen«, sagte er. »Etwas Wichtiges. Das Tauchschern, das Stadtfest in Taucha. Wir sind genau in den Sonntagsumzug rein. Wie die Schafe, das glaubste nicht. Schön blöd geguckt habense, die Leute, und wir nicht weniger. Überall Jugendliche. Und jeder zweite Junge hatte Bock auf 'ne Keilerei.« Heinrich zeigte auf den Kuchen. »Ich nehm mir mal was davon, ja?«

»Bitte«, sagte Friedrich. »Ist für dich.« Heinrich aß, ohne Teller und Gabel. Mit vollem Mund redete er weiter.

»Wir waren schon fast durch, da standen welche von der HJ im Weg. Im Wortsinn mein ich. Gebrüllt habense und mit den Armen gewedelt, als ob sie gleich abheben. Stopp, Halt, Kontrolle! Was weiß ich.« Heinrich verdrückte ein besonders großes Stück. Für einen Moment konnte er nicht weitererzählen. Er kaute. Er schluckte.

»Ich, ich hätte es ja mit deinem schönen Zettel probiert«, fuhr er fort und zeigte auf mich. »Pitt hatte 'ne andere Idee. Beschleunigen. Ist einfach mitten durch. Die Jungs sind zur Seite wie die Hasen, haben dann aber Richard und mich erwischt. Umgestoßen, mit dem Rad. Beim Fahren. Angenehm ist was anderes, das könnt ihr glauben!«

»Und dann?«, fragte ich, doch Heinrich hatte schon wieder Kuchen im Mund. Ich musste mich gedulden.

»Und dann? Dann kam zum Glück Pitt zurück.« Heinrich grinste. Ein paar Krümel schneiten herunter. »War 'ne wilde Geschichte.«

Man konnte sagen, was man wollte. So anstrengend Pitt mitunter war, seine Anwesenheit in heiklen Situationen lohnte sich. Irgendwie muss ich es schaffen, dachte ich, mir von ihm ein paar seiner Tricks zeigen zu lassen. Innerlich sah ich mich schon nach allen Seiten Fäuste austeilen wie Max Schmeling. Und Josephine, die begeistert daneben stand.

Friedrich versank wieder in seiner Zeitung. Das war ähnlich wie bei mir zu Hause, dass er nicht weiterfragte, und doch irgendwie ganz anders. Auf eine Art, die ich nicht zu fassen bekam, gab es eine Verbindung zwischen Vater und Sohn.

»Haste noch Zeit? Willste noch bleiben?«, fragte Heinrich. Ich nickte und wir zogen um ins Nebenzimmer. Vor der Fensterschräge stand ein schmales, aber wunderlich langes Bett, daneben zwei Sessel und eine Kommode mit feinen Verzierungen. Möbel wie aus einem Schloss.

»Erbstücke«, sagte Heinrich, als er meinen Blick sah. Dann bot er mir einen der Sessel an. Ich sank nach unten wie in einem Laubhaufen.

»Sag mal, weißt du das von Josephines Bruder?«, fragte ich. Die Sache beschäftigte mich. Heinrich schaute mich neugierig an.

»Was meinst du? Dass er nicht mehr lebt? Das weiß ich, ja. Hilma hat es mir mal erzählt. Von wem weißt du's?« Ich drehte meine Handflächen nach oben. Ich dachte, das wäre klar.

»Von ihr selbst?«, fragte Heinrich. Ich nickte.

»Vorhin auf der Heimfahrt, ja. Wieso? Ist das so komisch?«

»Nein, komisch nicht«, sagte Heinrich. »Nur … Doch. Es ist komisch. Sehr untypisch für Josephine. Ihr kennt euch ja kaum.« Er beugte sich vor und piekste mir in die Brust. »Kannst dir was drauf einbilden.«

»Mag schon sein«, sagte ich. »Wusste nur nicht, was ich sagen soll. Hat mir echt die Sprache verschlagen. Kondolenz ist nicht gerade meine Stärke.«

»Wessen schon«, sagte Heinrich und trommelte mit den Fingerspitzen einen kurzen Rhythmus auf der Sessellehne. Dann stand er auf, öffnete die obere Schublade der Kommode, nahm zwei winzige Fotografien mit geriffelten Rändern heraus und reichte sie mir. Ich erkannte die Frau aus der Küche.

»Meine Mutter«, sagte er. »Gestorben an Schwindsucht. Keine zwei war ich. Ich hab keine Erinnerung an sie, keine einzige. Vater hat mich allein durchgebracht. Die beiden waren nicht einmal verheiratet.«

Was sollte ich an diesem Wochenende noch alles erfahren?

Lange betrachtete ich die Bilder. Auf beiden Fotos sprang mir besonders das Lächeln der Frau ins Auge. Das war sehr besonders, denn auf welcher Fotografie lächelten die Leute schon? Die erste Aufnahme war offensichtlich in einem Studio gemacht. Heinrichs Mutter saß auf einem Sofa, das rechte Knie an die Lehne gelegt. Auf dem anderen stand sie mit einem Ball zwischen Hüfte und Ellenbogen geklemmt in Handballerinnenmontur auf einer Wiese. Sie war sehr hübsch.

»Schön«, sagte ich. »Und schlimm. Das tut mir leid. Ganz und gar leid. Ich weiß schon wieder nicht, was ich sagen soll.« Heinrich lächelte und ich sah seine Mutter. Mit einem Mal fiel mir auf, wie erwachsen er mit seinen siebzehn Jahren wirkte.

»Ich nehm's dir ab«, sagte er. »Ganz und gar. Das ist das Einzige, was zählt. Was denkste, wie oft ich Beileidsbekundungen bekommen habe, die ich nicht ernst nehmen konnte. Hab sogar aufgehört, über meine Mutter zu reden deswegen. Wollt den Scheiß nicht mehr hören. Du bist der Erste, dem ich das seit langer Zeit erzähle!«

Später erzählte mir Heinrich noch, was er über Josephine und ihre Familie wusste. Über ihre Mutter, die nach Hans' Kletterunfall abtauchte und nicht mehr ansprechbar war für die Belange ihrer Töchter. Über ihren Vater, der sein Geschäft aufbaute und vergrößerte, darüber aber ebenfalls die Beziehung zu seinen Töchtern verlor. Zum großen Schweigen kam, dass die beiden, früher nie sonderlich politisch, Anfang der Dreißiger begannen, sich für Hitler zu begeistern. Kommunisten, Juden – in ihren Augen Asoziale; die Liste der im Laden unerwünschten Personen wurde immer länger. Und war nicht einer aus Hans' Klettergruppe slawischer Abstammung gewesen, womöglich gar schuld an dem Unfall? Fernhalten von minderwertigem Blut, das war das Einzige, was Karla und Josephine von ihren Eltern mitbekamen.

Je länger Heinrich sprach, desto mehr Zuneigung empfand ich für Josephine. Es entstand ein sehr klares Bild davon, wie ihr Zuhause funktionierte, oder besser, wie es nicht funktionierte. Für sein Vertrauen und seine Offenheit war ich dankbar.

Die Nacht lag schon still, als ich endlich selbst nach Hause ging. Ich war in Gedanken. Meine Mutter nörgelte, aber ich hörte sie kaum.

»Denk dran, morgen geht die Schule wieder los«, sagte sie. »Und am Mittwoch ist dein erster Heimabend. Findet auch in der Schule statt. Dein Vater hat alles arrangiert. Du musst einfach nur hingehen.« Da war sie, meine eigene Familienrealität. Aber ich wollte sie nicht. Nicht jetzt. Ich war nicht in Stimmung für Protest und verschwand in meinem Zimmer.

Als ich den Tornister mit meinen Sachen ausräumte, hielt ich plötzlich Heinrichs Zeichnung in der Hand. Ich hatte sie in eine Strickjacke eingewickelt, wodurch sie der Nässe weitgehend entgangen war. Das Bild war nur leicht verwischt. Ich lehnte es an den aus einer alten Konservendose gefertigten Stiftköcher auf meinem Schreibtisch. Ein schöner Moment war das mit Heinrich auf dem Hügel gewesen. Und ein seltsamer. Ich war mir mittlerweile sicher, dass er noch etwas hatte sagen wollen. Genau mir und niemandem anderen. Ich wusste nur nicht, was.

Endlich im Bett, fasste ich zwei Entschlüsse. Erstens, das mit den Heimabenden würde ich mir einfach mal anschauen. Vielleicht war es interessant und ich könnte die Gruppe ausspähen oder gar infiltrieren. Ich beruhigte mich mit diesem und dem Gedanken daran, dass Josephine ja auch in der Staatsjugend erfasst war. Und zweitens: Meine Eltern oder irgendjemand anderes konnten sich auf den Kopf stellen. Ich würde deswegen nicht aufhören, meine Clique zu treffen oder meine neue Kluft zu tragen. Im Gegenteil.

12

Meine Schule war rot, allerdings nur das Gebäude. Die Zahl derer, die sich noch Kritik und Widerspruch in welcher Form auch immer erlaubten, war gering. Die Zahl der Mitläufer, Speichellecker und forschen Nazis – diese vor allem – wuchs Tag für Tag. Nicht mit allen hatte ich Probleme, denn bislang war ich ja unauffällig gewesen. Mein neuer Aufzug veränderte die Sache.

Der Erste, der ihn kommentierte, war Karl Brand aus meiner Klasse. Karl Brand ähnelte, wollte man gutmütig sein, einem Waschbären mit schlechter Laune. Wollte man weniger gutmütig sein, konnte man ihn mit eigentlich allem und nichts vergleichen. Er war eine Art Urgestein in der HJ, eingetreten lange vor der Machtübernahme. Ab dem ersten Tag hatte er seine Uniform zur Schau getragen wie ein König seine Robe. Es kursierte der Witz über den uniformvernarrten Hermann Göring, der sich den linken Arm verkürzen lässt, um die Kleidung von Kaiser Wilhelm tragen zu können. An ihn musste ich jedes Mal denken, wenn ich Karl in seinem Hemd mit Schulterklappen, seinem Halstuch mit Lederknoten, seinem Schulterriemen plus Schnalle sah – jedes Stück für sich piekfein.

Die Zeit, in der ich noch mit meinem Freund Paul durchs

Schulhaus gestromert war, gehörte schon lange der Vergangenheit an. Damals hatte uns Karl aufgelauert und mit Beleidigungen bedacht. Nach Pauls plötzlicher Flucht waren die Beschimpfungen rasch versiegt; ich allein hatte wohl zu wenig Angriffsfläche geboten. So kam es, dass sich nun irgendein kleiner, seltsamer Stolz in mir meldete, als ich Karls vertrautes Näseln vernahm. Er redete wie ein zu langsam abgespieltes Grammofon.

»Der Jäger Harro, in Bolschewistenkleidung. Was'n mit dir passiert? Hältst dich wohl für was Besseres?« Ich drehte mich um. Karl stand zwei Treppenstufen unter mir. Er war allein, das war eher die Seltenheit.

»Lustig, Karl«, sagte ich. »Dass gerade du das sagst. Schöne Ferien gehabt?« Karl grinste, ein bisschen hochmütig, ein bisschen irritiert.

»Darauf kannst du wetten. Zwei Wochen Freizeitlager mit der Motorstaffel. Ich durfte die neue Zündapp K 800 fahren!« Zwischen seinem Mund und seinem rechten Nasenflügel zuckte etwas: sicher die Erwartung, Neid zu provozieren. Ich schaute so gelangweilt wie möglich.

»Außerdem bin ich jetzt Jungenschaftsführer«, trumpfte Karl weiter auf. »Zehn Pimpfe sind mir unterstellt. Fleiß wird belohnt in der Volksgemeinschaft! Aber davon verstehst du ja nichts. Warst ja schon immer ein Judenfreund, ein lausiger.« Am liebsten hätte ich Karl einen Stoß versetzt, damit er die Treppe herunterrollte wie ein Sack voller Kartoffeln.

»Klar«, sagte ich stattdessen. »Hast schon recht. Ist ja auch alles irre kompliziert. Da die Arier, dort die anderen. Wer soll das verstehen?« Das Waschbärgesicht warf Falten.

»Sieh dich vor, Jäger«, sagte er leise. »Falsche Freunde, falsche Kleidung, falsche Denkweise. Pass auf, dass es nicht mal ein böses Erwachen gibt.« Dann lief Karl an mir vorbei. Er roch nach Pflegemitteln.

Langsam ging ich ihm hinterher. Wen hatte Karl mit den falschen Freunden gemeint? Immer noch Paul? Jemand anderen, gar die neue Clique? War bereits bekannt, mit wem ich mich traf? Eine Etage weiter oben taten zwei Primaner, als würden sie auf den Boden spucken. Ich beachtete sie nicht.

Im Klassenzimmer angekommen gab es Blicke, aber einigen war meine Kluft auch egal. Ich fand ein paar Jungs, mit denen ich über die Ferien und das beginnende Schuljahr plaudern konnte. Dann setzte ich mich auf meinen Platz, dritte Reihe links. Karl saß mit Hans Stawicke, einem ähnlich unangenehmen Zeitgenossen, in der Ecke vor einem Spind. Er ignorierte mich. Als unser Lehrer Herr Frank den Raum betrat und sich die Jungs wie Fähnchen zum Hitlergruß erhoben, spürte ich jedoch, wie er mich beobachtete. Verweigerte man den Deutschen Gruß zu Beginn der Schulstunde, konnte man sich Arrest einfangen, und Schlimmeres.

Für wie dumm hältst du mich eigentlich?, fragte ich Karl in Gedanken und hob meinen Arm.

Der Unterricht begann. Herr Frank war im Rahmen des Berufsbeamtengesetzes an unsere Schule gekommen, also einer derjenigen gewesen, die jüdische oder anderweitig missliebige Lehrer ersetzt hatten. Er war jung, höchstens Anfang dreißig, unterrichtete neben Mathematik auch Sport und Geografie und trug das Parteiabzeichen gut sichtbar an seiner Anzugjacke. Seine Mundwinkel zeigten grundsätzlich nach unten, selbst wenn er lächelte, was im besten Fall einmal im Quartal passierte. Es war, als hingen an ihnen zwei unsichtbare Gewichte. Ich hätte Herrn Frank nicht als böswillig bezeichnet, in jedem Fall aber als streng. Und wie alle Lehrer war auch er fest davon überzeugt, dass die von ihm unterrichteten auch die wichtigsten Schulfächer waren.

Man konnte sagen, er war die personifizierte Durchdringung des schulischen Raumes mit dem von der Partei propagierten nationalsozialistischen Geist. Die Gestaltung seines Unterrichts war so perfide vollständig der Ideologie untergeordnet, dass mich erst Paul darauf brachte, wie seine Rechenbeispiele und Prozessaufgaben das Denken beeinflussten.

Ohnehin war es Paul gewesen, der mir die Augen öffnete; die Veränderungen hatten ihn natürlich direkter betroffen. Noch Monate nach der Machtübernahme Hitlers hatte ich Politik nur als den Nervtöter betrachtet, über den sich meine Eltern mit ihren Freunden jede Nacht so lautstarke Diskussionen lieferten, dass ich nebenan nicht schlafen konnte. Mit mir hatte das nichts zu tun. Ich wollte nicht, dass es was mit mir zu tun hatte. Damals wollte ich einfach Kind bleiben. Den heraufziehenden Sturm nicht sehen.

In den folgenden Tagen feindete mich Karl nicht offen an, aber er behielt mich genau im Auge. Doch er hatte keine Geduld. Weil ich ihm keine konkrete Gelegenheit zur Attacke gab, suchte er sich schließlich selbst eine. Herr Frank leitete an der Tafel gerade eine vermeintliche Notwendigkeit her, die Bevölkerungsentwicklung der Juden zu lenken und zu kontrollieren und stellte, den Rücken zur Klasse, eine Frage.

»Entschuldigen Sie, Herr Lehrer«, rief Karl in den Raum.

»Nehmen Sie Harro dran! Der kennt sich aus mit dem Thema!« Seine Gefolgschaft, bestehend aus Hans Stawicke und noch ein paar anderen Jungs, feixte. Herr Frank drehte sich um. Herr Frank feixte nicht. Herr Frank sah aus, als hätte er Stahl verschluckt. Hinter dünnen Brillengläsern suchten zwei graue Augen nach der Person, die den Unterricht gestört hatte. Und dann ging alles sehr schnell. Zwei Schritte nach links, zwei Schritte nach rechts, und eine Schelle, die Karl fast vom Stuhl hob, knallte durch den Klassenraum.

»Wenn du was zu sagen hast, Brand, dann meldest du dich!« Karl hielt sich die Wange. Zwischen seinen Fingern glühte es rosa. Boshafte Freude brodelte in meiner Brust. Am liebsten hätte ich losgelacht, aber dann wäre ich der Nächste gewesen. Nein, in der Schule war es besser, die Füße stillzuhalten. Ich würde mich hier zu nichts Unüberlegtem hinreißen, zu nichts reizen lassen.

Die Aufgabe musste ich trotzdem lösen. Sogar vorn an der Tafel. Der Hohn der anderen lief meinen Rücken entlang wie eine dicke, schwarze Spinne.

13

Tagsüber war der Sommer noch kräftig, doch in den Nächten nistete schon der Herbst. Es wurde September und mit ihm kam die Kleinmesse. Meine Eltern kannten das Fest noch vom Königsplatz in der Innenstadt, wo die Kleinmesse zur Vergnügung von Ausstellern und Besuchern der richtigen Messe entstanden war. Anfang des Jahrhunderts hatte der Verkehr am Königsplatz zugenommen, und da gleichzeitig die Zahl der Attraktionen wuchs, hatte man die Kleinmesse auf eine große Wiese an der Frankfurter Straße kurz vor dem Elsterbecken verlegt.

Dieses Jahr im April, zur Frühjahrsmesse, hatte die Kleinmesse erneut umziehen müssen. Auf dem bisherigen Areal wurde gebaut. Die NSDAP schnitzte am größten Paradenplatz der Stadt, als hätten wir nicht schon genug. Andererseits war das neue Gelände der Kleinmesse am Cottaweg, jenseits des Flussbeckens, kein schlechter Tausch. Die Frühjahrsmesse war die größte gewesen, die ich je gesehen hatte. Stundenlang hatte ich gestaunt über Achterbahnen, Riesenräder, Naschbuden, Schießstände und die Karussells von Hugo Haase, die wie immer noch spektakulärer waren als das Jahr zuvor.

Vorfreude überkam mich, denn bei der Herbstkleinmesse würde ich nicht mehr mit meinen Eltern, scheuen Klassenkameraden oder gar allein unterwegs sein. Nein, zur Herbstkleinmesse würde ich mit meiner Clique gehen. Und obendrein die Lindenauer treffen! Ich war aufgeregt.

Wir fuhren mit dem Fahrrad. Zum Laufen war die Kleinmesse zu weit, für die Straßenbahn fehlten die Penunzen. Josephine kam nicht. Trotzdem waren wir fast zehn Personen, als sich unsere Kolonne in Bewegung setzte. Ein langer Wurm aus Blech, der sich anfühlte, als wäre er dreimal so groß wie in Wirklichkeit. Es war nicht üblich, sich mit so vielen Leuten in der Öffentlichkeit zu treffen und zu bewegen, erst recht nicht als Jugendlicher. Passanten schauten und tuschelten, doch ich genoss ihren Argwohn. Wir wollten uns ja abheben, uns in der Öffentlichkeit zeigen. Dass wir auffielen, war nur folgerichtig.

Am Vorplatz der Kleinmesse angekommen, war es mit dem Auffallen jedoch erst einmal vorbei. Fast schienen sich die Menschen zu stapeln, so viele strömten zum Eröffnungsabend. Ich sah nur noch Hüte und Gesichter, Hunderte. Wir wurden immer langsamer, schließlich stiegen wir ab. Dabei hatte das Pedal meines Fahrrads die dumme Idee, sich in Pitts Hinterrad zu verhaken. Er machte ein giftiges Geräusch, zeigte seine Zahnlücken und hebelte es mit einer schnellen Bewegung heraus. Die Speichen sangen.

»Wo genau sind wir jetzt verabredet?«, fragte Willi und grinste. Richard ließ seinen Blick über die wimmelnde Masse vor uns gleiten wie ein Maler über ein missratenes Bild.

»Erst mal Fahrräder abstellen«, sagte er und zeigte auf eine flache Mauer.

Im Eingangsbereich mussten wir uns fast an den Händen halten, um uns nicht zu verlieren. Überall waren Schultern und Köpfe und Ellenbogen. Mehr als einmal dachte ich, der Ameisenhaufen hätte die anderen verschluckt. Zum Glück waren wir so viele, dass man einen oder zwei von uns doch immer wieder erblickte.

Nach ein paar Dutzend Metern verlief sich die Menge. Von einem Karussell, dessen hoch in der Luft schwebende Gondeln wie kleine Zeppeline bemalt waren, schwenkten die Dandys ihre Hüte. Darunter kreischten Kinder auf einer Minieisenbahn.

»Luft!«, ächzte Hilma. »Meine Güte!«

»Kannste kaum glauben, die ganzen Leute hier, was?«, sagte Heinrich.

»Und so viele Erwachsene«, sagte ich. »Ist ja furchtbar!« Neben uns zupfte Edgar an Pitts Ärmel.

»Du kannst doch schießen, oder?«, fragte er. Pitt kippte sein Kinn zur Seite. »Komm mal mit!« Die beiden liefen ein kleines Stück, dann zeigte Edgar auf einen Stand, an dem rote Papierblumen darauf warteten, von Bleikugeln geknickt zu werden. Wir folgten.

»Zehn Schuss fünf Pfennig!«, jahrmarktelte der Standbesitzer, ein rundlicher Mann, der seine besten Jahre hinter sich hatte. Es war nicht viel los bei ihm und eine Rotte Jugendlicher sah für ihn sicher nach einem Geschäft aus. »Zwanzig für acht! Weil ihr's seid!« Er breitete seine kurzen Arme aus wie ein Zirkusdirektor, der die Manege betritt, sein Publikum war freilich sehr bescheiden.

»Schön' Abend«, sagte Edgar höflich. »Was'n das da drüben?« Der Mann nahm ein Kästchen hoch, in dem es silbrig klingelte.

»Originale Ringe der Braunschweiger Husaren! Gute Wahl, mein Junge! Waschechte Kantinenware! Aus der Kaserne! Von der besten Truppe!« Er schüttelte das Metall. In dem Kästchen befanden sich bestimmt einhundert Ringe.

»Das Stück drei Blumen! Weil ihr's seid!« Edgar klatschte in die Hände und schaute sich um.

»Ringe für uns alle?«, sagte er. »Das ist doch genau das, was wir noch brauchen! Ein gemeinsames Abzeichen!« Er wandte sich an den Standbesitzer. »Würden Sie uns wohl mal einen davon geben?«

Der Mann musterte unsere Runde. Doch die Aussicht, an uns zu verdienen, war stärker als die Angst, wir würden mit einem seiner Ringe davonrennen. Er reichte Edgar das Gewünschte. Edgar zeigte ihn herum. Vorn auf den Ring war ein Totenkopf geprägt, links und rechts über die Seiten liefen Verzierungen, die an eine Schrift aus Tausendundeiner Nacht erinnerten. Hinten war das Metall offen, sodass man das Schmuckstück an die persönliche Fingergröße anpassen konnte. Der Ring sah düster aus, und wild.

»Flott«, sagte ich, kramte in meinen Taschen und brachte zehn Pfennige heraus. »Hat noch jemand was dabei?« Wir legten zusammen und kamen auf sechsundzwanzig. Ich packte noch einmal drei dazu, das war Geld für siebzig Schuss. Um uns vollständig zu versorgen, musste also etwa jeder zweite gelingen.

»Los geht's«, sagte Pitt. Edgar zählte die Pfennige auf den Tresen. Der Zirkusdirektor wackelte mit dem Kopf wie ein Großväterchen.

Pitt schoss. Und traf. Und schoss. Und traf. Hinter seiner

Oberlippe suchte die Zunge in seinen Zahnlücken herum. Mal kniff er das rechte, mal das linke Auge zu. Immer wieder maß er das rote Blumenmeer, in das er kleine Schneisen schoss. Es war einerlei, dass nicht jede der getroffenen Blumen fiel, aus welchem Grund auch immer. Er traf oft genug. Pitt schien das selbst auch so zu sehen, denn er protestierte nicht. Der Standbesitzer reihte einen Ring nach dem anderen vor sich auf und sein Gesicht wurde mit jedem einzelnen von Pitts Treffern ein Stück grauer. Fast tat er mir ein bisschen leid. Als Pitt zwölf Ringe beisammen hatte, waren noch immer zwanzig Schuss übrig.

»Will noch wer?«, fragte er und rollte seine Schultern. Nacheinander versuchten wir uns, aber die Beute blieb mager. Hilma war noch die Beste, mit drei Versuchen versenkte sie zwei Blumen. Ich traf überhaupt nicht und gab das Gewehr schnell wieder ab. Wir verfehlten die fünfzehn knapp, aber vierzehn Ringe waren mehr als genug.

Edgar nahm das klimpernde Häufchen entgegen. Jeder steckte sich einen an. Wir grinsten in einer Mischung aus Belustigung und Stolz, ballten Fäuste und reckten unsere Arme in die Mitte.

»Auf die Freundschaft!«, sagte Edgar.

»Und Dank an Pitt!«, sagte ich. »Tolle Vorstellung!« Die anderen nickten. Pitt winkte ab.

»Und jetzt, wie wär's mit was zu naschen?«, fragte ich. »Der Duft vom Schmalzgebäck kitzelt mir schon die ganze Zeit in der Nase!«

»Au ja«, sagte Richard. »Haste noch Geld?«

»Nicht mehr viel. 'ne große Tüte ist aber noch drin.« Wir

gingen zur Schmalzbäckerei schräg gegenüber. Um einen kleinen Stehtisch gequetscht aßen wir.

»Kennt ihr den schon?«, fragte Heinrich, Hände und Mund voller Puderzucker. »Ein Parteifunktionär nimmt einem LKW der Wehrmacht die Vorfahrt. Der LKW hat aber vorher geblinkt. Wer ist schuld?« Keiner sagte etwas.

»Die Juden natürlich!«, rief Heinrich nach einer Kunstpause. Alle lachten. Das war ein typischer Heinrich-Witz. Er erzählte oft welche, bestimmt zwei, drei pro Treffen.

»Üble Zote!«, sagte ich. »Woher kennst du nur so viele?« Heinrich machte eine wegwerfende Geste, sah, dass sein Hemd weiß gesprenkelt war, und versuchte, sich sauber zu putzen.

»Vater und ich, wir kommen rum«, sagte er. »Man kennt sich ja. Glaubste nicht, was wir so aufschnappen. Da sammelt sich was an.« Er grinste. »Umrath und Sohn, Witze und Kohlen! Auf Bestellung!«

»Was'n jetzt eigentlich mit Max?«, fragte Hilma. »Wollte mit seinen Leuten doch auch hier sein. Jemand eine Idee, wo?«

»Müssen ihn wohl suchen«, sagte Richard. »Mal alles ablaufen.«

»Am besten aufgeteilt, oder?«, fragte Edgar. »In Gruppen. Macht ja sonst keinen Sinn.« Die Runde stimmte zu. Jeweils zwei Personen zogen los. Edgar und ich hielten die Stellung.

»Hauptquartier«, sagte er und klopfte mit der flachen Hand auf den Tisch. Sein neuer Ring klapperte.

»Kann ich mal was fragen?«, sagte ich. Edgar streckte sich.

»Immer. Alles.«

»Der Pitt«, fing ich an und verwarf den Plan, meine Frage

umständlich zu erklären. »Warum ist der so, wie er ist?« Edgar lächelte.

»Warum sind wir alle, wie wir sind? Werk und Summe unserer Wünsche und Erfahrungen, meinste nicht?« Ich wollte beipflichten und genauer ausführen, aber Edgar fiel mir ins Wort.

»Weiß schon, worum es dir geht. Behalt für dich, was ich dir jetzt erzähle, ja?« Ich nickte.

»Also, Pitt«, begann Edgar. »Der ist unser Veteran. War kaum in der Schule, dafür umso emsiger im kommunistischen Jugendverband. Das Ostertreffen vor sechs Jahren, mit dem schicksalhaften Abschluss auf dem Augustusplatz, da war er auch. Weiß nicht, ob du's gesehen hast, aber er hat ganz konzentriert geguckt am See, als ich davon erzählt hab. Ich war sicher, er steuert noch was bei. Aber es kam nichts. Nun, ein großer Redner ist er nicht.« Edgar fühlte von außen an der vor uns auf dem Tisch liegenden Gebäcktüte. Sie knisterte und wurde ganz flach.

»Jedenfalls, drei Jahre später, Frühjahr Dreiunddreißig. Da gab es dann täglich Stunk vor den Sturmlokalen der SA. Und irgendjemand hat dort unaufhörlich Streuzettel mit kritischen Parolen verteilt, selbst gemachte, mit Kartoffeldruck. Die SA ist bald wahnsinnig geworden. Dreimal darfste raten, wer dafür verantwortlich war.« Ein Lächeln lag auf Edgars Lippen. Er falzte die Tüte und schüttete sich, den Knick nach unten gerichtet, die letzten Krümel Zuckerstaub in den Mund.

»Dann haben sie ihn eines Tages erwischt«, fuhr er fort. »Und weiß Gott was mit ihm angestellt. Als Vierzehnjährigem! Seine Zähne kennst du ja. Hat ihn aber nicht davon abgehalten weiterzumachen. Frag nicht, wie oft der in die Mangel genommen wurde. Pitt hat schon mehr abgekriegt als wir alle zusammen.« Edgar lächelte nicht mehr. Die Tüte wurde zwischen seinen Fingern immer kleiner, ein wieder und wieder zusammengelegtes Stück Weiß.

»Was auch immer vorfällt«, sagte er. »Nimm's nicht persönlich. Pitt ist ein Goldstück, aber kaputt. Ein kaputtes Goldstück. Verstehste?«

Ich verstand.

14

Edgar und ich schwiegen. Ich hing meinen Gedanken nach, fühlte mich weit weg. Die Heiterkeit der Menschen um uns herum hatte etwas Falsches. Vier Männer in SS-Uniform liefen vorbei, wie Gockel vorm Eingang eines Hühnerstalls sahen sie aus. Ihre Rangabzeichen an Kragenspiegel und Schulterstück konnte ich nicht zuordnen. Jedoch in jeder ihrer Bewegungen, und waren sie noch so winzig, zeigte sich Größe und Gewalt. Ich war sicher, so liefen Menschen, die nur von sehr, sehr wenigen Befehle entgegennehmen mussten. Und was ich sah, sahen wohl auch alle anderen, denn die Mäntel und Hüte zwischen den Buden machten ihnen eifrig Platz.

»Noch mehr von dieser Sorte«, sagte einer der Männer und sah uns an mit einem Blick, der ein Goldfischglas hätte zufrieren lassen. »Ist ja widerlich! Wusste gar nicht, dass Leipzig so ein Problem mit Asozialen und Verwahrlosten hat!« Er gab sich keine Mühe, leise zu sprechen. Nicht nur seine Begleiter reckten die Köpfe.

»Die räuchern wir noch aus«, sagte ein anderer und winkte ab. »Alle. Die Jugend in der Stadt ist auf einem guten Weg.«

»Korrekt«, sagte ein Dritter. »Wir haben größte Erfolge zu verzeichnen.« Wobei, konnte ich nicht mehr hören. Die vier wandten uns bereits ihre kastenförmigen Rücken zu. Da drehte sich der Erste noch einmal um. Er schien nicht zufrieden damit zu sein, uns einfach stehen zu lassen. Ich sah ihm an, dass unsere bloße Anwesenheit eine Beleidigung war. Eine Beleidigung, die er bestrafen wollte. Schließlich klopfte ihm sein Nebenmann auf die Schulter und flüsterte ihm etwas zu. Dann verschwanden sie.

Ich wurde unruhig. Das Schmalzgebäck kniff in meinem Bauch. Der Atem der Messepolizei kitzelte mir im Nacken, ohne dass sie tatsächlich hinter mir stand. Ich sah die Schwäche in unserem Plan, sich in Gruppen aufzuteilen. In Gruppen zu zwei Personen, an einem Ort, an dem es nur so brodelte von Typen, mit denen man sich Ärger einhandeln konnte. Ich teilte Edgar meine Bedenken mit. Ihm war auch nicht mehr wohl. Die ausgelassene Menschenmenge bekam etwas Bedrohliches, wurde zu einem großen Schatten mit tausend Beinen.

Und dann tauchten sie plötzlich auf, noch plötzlicher als die Männer von der SS. Die eine Generation jüngere Version. Vier Hitlerjungs. Keine finsteren Kerle, vielleicht sogar jünger als Edgar und ich. Aber zu viert.

Sie sahen uns prüfend an. Ihre Schritte verlangsamten sich. Lohnte es sich, unseretwegen haltzumachen? Oder war es gar geboten?

An ihrer Brust blinkten Leistungsabzeichen der HJ. Zwei waren aus Eisen, einer trug die nächsthöhere Stufe aus Bronze. Ihr Musterknaben, dachte ich. Wir waren auf gleicher Höhe. Der mit dem Bronzepfeil blieb stehen.

»Dein Ring«, fragte er. »Hat der eine Bedeutung?« Meine Hand hing vom Tisch herunter wie ein nasser Lappen. Bestimmt hatte der Ring wie ein Leuchtturm gewirkt. Ich sah zu Edgar. Seine Hände ruhten in den Hosentaschen. Die Knöchel warfen zwei kleine Gebirge.

»Warum wollt ihr das wissen?«, fragte ich, um Zeit zu gewinnen.

»Werd nicht frech«, sagte ein anderer der vier. »Dir wurde eine klare Frage gestellt.« Der Bronzepfeil hob die Hand.

»Lass«, sagte er zur Seite und wandte sich wieder mir zu.

»Der Ring erweckt den Eindruck falscher Gesinnung. Wir möchten nur wissen, ob ihr Volksfeinde seid. Oder nicht.« Er klang höflich, ohne Parteinahme. Bestimmt war er eine ganz anständige Person oder hielt sich zumindest dafür. Seine gleichmütige Sachlichkeit provozierte mich jedoch mehr als alles andere.

»Und wenn es so wäre?«, fragte ich.

»Dann würden wir Maßnahmen ergreifen, die zu eurer Festsetzung führen«, erklärte der Pfeilträger wie ein Grundschullehrer das Einmaleins. »Anschließend Meldung erstatten an den Streifendienst. Der wiederum entscheidet alles Weitere.«

Ich schwieg. Ich überlegte. Einer der vier drehte seinen linken Fuß nach außen. In meinem Kopf flitzten die Gedanken. Dann kam der Streifendienst von selbst. Drei weitere Jungs in Uniform schoben sich durch die Menge, drei ältere, klotzige Kerle, deren Scheitelfrisuren so straff geschnitten waren, dass man sie kaum noch sah. Das schwarz-goldene Bändchen, das sie als Angehörige der HJ-internen Sonderformation auswies, leuchtete an allen drei Unterarmen. Sie liefen direkt auf uns zu.

»Gibt es ein Problem hier, Kameraden?«, fragte der Vorderste. Seine Augen standen eng und stachen. Er hatte etwas von dem von meiner Mutter verehrten Schauspieler Bernhard Goetzke. Die vier jüngeren Halbwüchsigen machten steife Rücken.

»Erteile Meldung, die zwei lungern herum«, rapportierte der Bronzepfeil. »Mit Totenkopfring und bündischer Gleichtracht. Sind gerade am Verhören.« Das war dick aufgetragen, aber im Moment unser kleinstes Problem. Bernhard Goetzke baute sich vor mir auf. Er war wirklich groß. Er kam so dicht an mich heran, dass sein Atem auf meiner Nasenspitze kitzelte.

»Deine Bemerkung dazu?«, fragte er, und er fragte wie jemand, der die Antwort gegen einen verwenden wird. Egal, was man sagt. Lärm und Trubel der Kleinmesse verschwanden.

»Keine«, sagte ich. »Wir sind harmlos.«

»Ihr seid harmlos«, intonierte mein Gegenüber die Beschwichtigung und zog dabei jeden einzelnen Buchstaben in die Länge. Ein Stück Haut auf seiner Wange hatte eine andere Farbe als der Rest.

»Gut«, sagte er. »Dann besteht ja auch kein Handlungsbedarf. Richtig?« Er schaute in die Runde. Ich sah zu Edgar. Seine schmalen Schultern sahen noch schmaler aus als sonst.

»Richtig?«, fragte der Hitlerjunge noch einmal, das Wort landete nass auf meinem Gesicht. Ich zuckte mit den Achseln. Das war die falsche Antwort, aber alle anderen wären auch falsch gewesen. Ein hartes Etwas packte mich an der linken Kragenseite. Mein Nacken knickte nach hinten. Gleichzeitig machte der Kerl vor mir mit seinem Kopf eine Bewegung nach vorn. Seine Stirn setzte genau zwischen Augenbrauen und Nasenbein auf. Mir war, als träfe mich eine Sachsenstolz. Es knirschte und knackte. Ich taumelte, stolperte und verlor das Gleichgewicht.

Ich lag auf dem Boden. Wie zwei Raubtiere machten sich die Begleiter meines Angreifers über Edgar her. Er schützte sich mit seinen Armen, oder besser, er versuchte es. Mehr als ohnmächtige Verteidigung war nicht drin. Ich konnte nicht helfen. Mit dem Knie voran wurde mein Zwerchfell als Landefläche missbraucht. Meine Innereien rannten nach oben, nach unten, zur Seite.

»Friss Scheiße, du bündische Sau!«, rief es über mir. Eine Faust drehte sich in der Luft.

»Jetzt wartet mal!«, hörte ich. »Haben die nicht genug?« Einer aus der ersten Gruppe Hitlerjungs setzte sich tatsächlich für uns ein. Es war der Beamte.

»Wenn du kein Blut sehen kannst, dann geh heim, Schlappschwanz!«, brüllte ihn mein Peiniger an. Er war nun richtig außer sich. Ich befühlte meine Nase. Unter ihr war es nass, meine Lippen schmeckten nach Rost. Ich krümmte mich zusammen, in Erwartung des nun Kommenden. Doch es kam etwas anderes. Ich hörte die wundervollste Stimme auf der ganzen Welt. Sie klang nach zwei Blättern Schleifpapier.

»Lass los, du Pfeifenkopp! Sonst gibt's heiße Ohren!« Pitt rief noch ein paar andere Sachen, die ich nicht verstand. Ich schaute schräg nach oben. Er hatte es gerade geschafft, sich eine Schneise durch die Menge zu schlagen. Mehrere Schaulustige waren bereits stehen geblieben. Hinter ihm kam Willi. Ein paar Köpfe weiter hinten sah ich Max aus Lindenau, die Boxernase von den Teichen, aber vielleicht bildete ich mir das auch nur ein. Vor meinen Augen rannten rote Balken. Das Knie auf meinem Bauch bewegte sich.

»Wen meinste? Etwa uns? Etwa mich? Bist'n du für 'ne Pelle?«, rief der Hitlerjunge über mir in Richtung Pitt. Dann spuckte er auf den Boden. Pitt erwiderte nichts. Er packte den Jungen mit beiden Händen am Rücken und riss ihn in die Senkrechte. Leber und Magen sackten zurück an ihre Plätze. Zischend sog ich Luft in meinen Körper.

»Mich angefasst! Du weißt wohl nicht, wen du vor dir hast?« Mein Angreifer keifte wie Rumpelstilzchen, aber er ging nicht zur Attacke über. Pitt stand da, ungerührt und lauernd, geschätzte fünfundachtzig Kilo Gemeinheit.

»Nein«, sagte Pitt. »Das weiß ich nicht.« – Und es wäre mir auch egal, wenn ich es wüsste, verdeutlichten Gestik und Stimme. Die anderen zwei vom Streifendienst hatten von Edgar abgelassen. Sie schauten verstört. Nicht nur Willi, sondern noch fünf, sechs weitere Jugendliche, allesamt in Kluft, hatten um Edgar, Pitt, mich und die sieben Hitlerjungs Stellung bezogen. Ich erkannte Max nun definitiv und ein weiteres Lindenauer Gesicht. Zwei Mädchen waren auch dabei. Sie trugen Herrenschnitt.

Eine Sekunde verstrich oder zehn Minuten, ich hätte es nicht sagen können. Edgar und ich lagen auf dem Boden. Alle anderen standen. Niemand bewegte sich, aber ein Dutzend Augenpaare rannten hin und her. Früher war ich ein begeisterter Leser von Abenteuer- und Wildwest-Geschichten gewesen, Billy Jenkins ließ grüßen. Genau so, hatte ich mir ausgeschmückt, müsse die Luft vor einem Duell im Schatten des Saloons gedrückt haben. Nur lag ich jetzt im Staub und nicht mehr in meinem Bett. Das hier war nicht der Wilde Westen. Das hier war das Deutsche Reich.

»Wir erstatten Meldung«, schnitt der Beamte in das Schweigen. »Aber jetzt geht jeder seiner Wege. Abgemacht?« Die Schaulustigen tuschelten. Die Schultern der Hitlerjungs hingen.

»Moment«, sagte Pitt und wandte den Kopf Richtung Edgar. »Bist du verletzt?« Der Angesprochene erhob sich, schüttelte seine zarten Gliedmaßen, klopfte sich den Dreck ab und fuhr sich durch die Haare.

»Nee.«

»Gut«, sagte Pitt und sah zu mir. »Aber du bist verletzt. Richtig?« Auch ich stand auf. Es dauerte ein bisschen. Dann betastete ich meine Nase. Es tat nicht wirklich weh, klang im Kopf aber etwas merkwürdig, wie ein paar aneinanderreibende Steinchen.

»Schätze schon«, sagte ich. Pitt schaute erwartungsvoll in die Runde.

»Dann ist Schmerzensgeld fällig! Wenn wir euch jetzt schon ziehen lassen, einfach so. Taschen leer!« Ich wusste sofort, dass Pitt den Bogen damit überspannte. Ebenso gut hätte er verlangen können, in aller Öffentlichkeit die Hosen runterzulassen und mit blankem Gehänge Kopfstand zu machen. Der Hitlerjunge, der mich zu Boden gebracht hatte, fand seine Stimme wieder.

»Treib's nicht zu weit, Freund«, sagte er. »Weißt selbst, dass hier gleich die Messepolizei auftaucht. Dann brennt's, aber richtig!« Er hatte recht. Mittlerweile verstopfte der von uns verursachte Menschenauflauf den Weg wie ein Korken. Wir waren die Hauptattraktion geworden. Die Autoritäten würden jeden Moment da sein. Pitt saugte an seinen Wangen.

»Kommt, lasst uns verschwinden«, sagte Edgar. Er ging zu ihm und klopfte ihm auf den Ellenbogen. Pitt fletschte die Zähne. Für den Bruchteil einer Sekunde sah ich all den Zorn, der in ihm schlummerte.

Pitt zog ab. Die Lindenauer folgten. Max machte einen Diener.

»Man sieht sich«, sagte er. Dann drängten wir uns davon, schiebend und rennend. Mein Kopf drehte sich, als wäre er an ein Kettenkarussell geschnallt. Wenigstens konnte ich laufen.

»Ich geh hier lang«, sagte Willi an einer Stelle, wo die Buden und Stände zur Seite wichen und eine Gasse nach rechts bildeten. »Versuche, den Rest einzusammeln. Wo treffen wir uns?«

»Vorn am Fluss? Händelufer?«, schlug Max vor.

»Händelufer?«, wiederholte Willi.

»Vor dem Palmengarten«, sagte Edgar. Willi nickte, strich sich wie zur Beruhigung das Hemd glatt und verschwand mit langen Schritten. Aus der Richtung, aus der wir gekommen waren, heulte eine Sirene. Vielleicht von einem Fahrgeschäft. Vielleicht aber auch nicht. Wir flüchteten weiter. Immer wieder sahen wir uns um. Verfolger konnten wir nicht entdecken. Schließlich eilten wir durch das Kleinmessentor, über den Vorplatz und die Frankfurter Straße, dann eine Böschung hinab bis zum Fluss.

Wir warteten. Die Senke verschluckte den Lärm von Straße und Fest. Neben uns murmelten die Wellen. Pitt ging runter ans Ufer.

»Zeig mal deine Nase«, sagte Max und schaute beflissen.

Seine Erfahrung in der Materie war augenscheinlich, deswegen reckte ich ihm bereitwillig den Kopf entgegen. Die Hand, die mich befühlte, roch nach Tabak.

»Passt«, sagte er. »Musst nicht zum Arzt. Nasenbeine sind noch dort, wo sie hingehören.« Er grinste. »Zumindest im Großen und Ganzen.«

»Kühlen sollteste aber«, sagte Pitt. »Hier.« In der Hand hielt er sein Taschentuch, das eine Pfütze neben meine Schuhe tropfte. Ich packte meine Nase ein und vergaß vor Verblüffung, mich zu bedanken.

Die Minuten vergingen. Dann huschten die restlichen Teile unserer Mannschaft heran wie Füchse auf einem nächtlichen Streifzug. Willi war erfolgreich gewesen.

Den Rest des Abends saßen wir zusammen, im Gras und auf Bänken, schauten aufs Wasser, wo der Mond in seltsamen Formen tanzte, redeten, lachten und sangen. Wir fühlten uns sicher miteinander. Das, was man den deutschen Blick nannte, dieses misstrauische Prüfen, wer einem zuhörte und einen vielleicht denunzieren könnte, existierte nicht zwischen uns. Wir vertrauten unserem Gefühl. Auch wenn sich nicht wenige aus dem Lindenauer und dem Connewitzer Grüppchen zum ersten Mal sahen. Auch wenn es vielleicht etwas leichtsinnig war.

Max erwies sich als täglicher Hörer von Radio BBC und Radio Moskau und berichtete lebhaft vom Freiheitskampf und der Sozialen Revolution in Spanien. Ich wusste wenig darüber, zu wenig; auf die staatliche Presse konnte man nicht zählen. Umso spannender war es, zu erfahren, was von den NS-Medien verschwiegen wurde. Neuorganisation und Kollektivierung von Landwirtschaft, Industrie und Dienstleistungen, Zurückdrängung der bewaffneten faschistischen Truppen teils mit bloßen Händen, die Versuche, ein auf Freiheit und Gleichheit beruhendes Gesellschaftsmodell in die Realität umzusetzen – ich lauschte Max' Worten voller Begeisterung. Alles klang wie aus einem utopischen Roman und doch passierte es nur wenige Hundert Kilometer von uns entfernt.

»Aus Gebieten in Katalonien heißt es, die Leute leben dort jetzt ohne Geld, also ohne Lohnsystem«, erzählte Max etwa. »Nichts muss man kaufen. Man erhält alles vom Kollektiv. Ist das nicht unglaublich?«

»Weiß nicht«, erwiderte Richard seinem alten Kumpel. »Wird so ein Prinzip nicht missbraucht? Steckt nicht in jedem Menschen ein Egoist?«

»Der Egoismus der Menschen rührt ja aus Neid her«, sagte Hilma. »Aus Neid und Missgunst. Und aus Angst. Angst vor Verlust. Wenn alle Zugang zu allem haben, verändert sich da nicht das ganze Denkgefüge?«

»Das mein ich auch«, sagte ein anderer der Lindenauer, dessen Schillerkragen bis zu den Achseln reichte. »Selbstverwaltung kann natürlich nur als Prozess funktionieren. Ein Prozess, in dem alle eingebunden sind, und seien sie noch so egoistisch.« Das Wort setzte er mit den Fingern in Anführungszeichen. »Der Mensch ist ja kein starres Wesen.«

»Für mich ist es vor allem interessant, überhaupt an Alternativen zu denken«, sagte Max.

»Recht haste«, pflichtete Edgar bei. »Sowieso ist alles besser als das, was wir jetzt haben. Ein Staat muss Freiheit gewähren. Sonst hat er keine Berechtigung.«

So übten wir uns im Philosophieren. Niemand wurde für

seine Beiträge belächelt. Es mochten Stunden vergangen sein, bis sich schließlich Nebel über den Fluss und auch in unsere Mitte legte. Die Kälte kroch langsam in Arme und Beine. Wir erhoben uns, um uns voneinander zu verabschieden. Das Gefühl, in der Stadt nicht allein zu sein, legte sich wie ein Mantel um Schulter und Herz.

Und dann war da plötzlich noch ein Lied. Hilma hatte es angestimmt. Vorher hatten wir Arbeiterlieder gesungen, mit Texten voller Glut und Kampfeslust. Dieses Lied war anders.

Ein schöner Tag zu Ende geht,
die Sterne sind erwacht.
Wir reichen uns die Hände nun
und sagen Gute Nacht.
Von Ort zu Ort, von Land zu Land
erklingt ein Lied darein,
reicht eure Hände fest zum Bund,
wir wollen Freunde sein.

Wir sangen es zweimal und beim zweiten Mal sangen alle mit. Die Musik rollte so laut über den Fluss, als wären wir der Donkosakenchor, unter Leitung von Serge Jaroff höchstpersönlich. Manche grölten, manche trällerten. Zusammen klangen wir großartig.

»Jetzt aber weg hier«, rief Heinrich, nachdem unsere Stimmen verebbt waren. »Das hat man ja wohl bis in die Innenstadt gehört!« Alle grinsten.

»Bis bald!«, sagte Max. »Kleinmesse hat sich wohl erledigt, was? Besucht uns auf der Reeperbahn! Schlageter Straße, im

Durchgang zum Kino. Oder sonst irgendwo zwischen Merseburger und Diakonissenhaus. Dort, wo die Neunzehn fährt und die Siebenundzwanzig von der Außenbahn. Ihr findet uns schon.« Er warf zwei Luftküsse in die Runde. Einen mit rechts und einen mit links. Dann trennten sich unsere Gruppen und verschwanden in die Dunkelheit.

15

Ich lag im Bett. Meine Nase schrie. Ich hatte die Angewohnheit, auf dem Bauch zu schlafen, ein Bein angewinkelt, das andere ausgestreckt. Der seitliche Druck gefiel dem lädierten Riechorgan überhaupt nicht. Ich drehte mich auf den Rücken und legte die Handflächen auf meine Wangen. Das Stechen und Ziehen in der Mitte beruhigte sich ein wenig. Auf Schlaf wartete ich trotzdem vergebens.

Es war zwei oder drei Uhr, als ich endlich erlöst wurde. Ich träumte von Josephine und mir, wie wir am Ufer des Elsterbeckens entlangrannten. Wo wir auch hinschauten, überall standen Hitlerjungs. Sie winkten mit ihren schwarz-goldenen Bändchen. Von der anderen Seite des Flusses rief meine Mutter.

»Meine Güte, wie siehst du denn aus?« Meine Mutter stand neben meinem Bett. Ich brauchte eine Weile, um das zu begreifen.

»Hm?«, sagte ich.

»Wollte mal schauen nach dir! Schläfst doch sonst nie so lange! Was ist denn passiert?«

»Hm?«, sagte ich noch einmal und zwinkerte. Vor meinen Augen platzten Seifenblasen.

»Menschenskinder, Harro. Jetzt stell dich nicht so dumm.«

Die Furchen auf der Stirn meiner Mutter waren tief und schwarz. Ich ging zum Spiegel. Den Jungen darin kannte ich nicht. Seine Haare waren struppig, die Nase geschwollen wie ein Ballon und links und rechts unter den Augen bildeten dunkelblaue Blutergüsse eine ganze Weltkarte. Mir verschlug es die Sprache.

»Also?«, hörte ich neben mir. Meine Mutter hatte die Arme in die Seiten gestemmt.

»Bin mit dem Fahrrad hingefallen«, antwortete ich, was hätte ich auch sonst sagen sollen. Der Blick meiner Mutter stach bis in den Nacken.

»Wann? Wo? Wie genau?« Die Fragen kamen wie Ohrfeigen. Ich erklärte, ich wäre auf dem Heimweg im Wald über eine Wurzel gefahren und hätte das Gleichgewicht verloren. Meine Mutter tadelte stumm und schüttelte den Kopf. Ich kam mir vor wie ein kleiner Bube.

»Heinrich hat dir aber geholfen, oder? Wer war denn noch mit?«, fragte sie. Mein Schädel brummte.

»'türlich hat der mir geholfen«, sagte ich. »Die anderen kennst du nicht. Weißt du doch.«

»Habt ihr euch betrunken?«, fragte sie weiter.

»So ein Quatsch!«, sagte ich. »Nie im Leben.« Ich tat entrüstet.

»Gut«, sagte meine Mutter. »Dann zieh dich jetzt mal an. Wir gehn damit zu Georg.« Sie schwenkte ihren Zeigefinger vor meinem Gesicht.

Dr. Georg Hausmann, ein Freund meiner Eltern, wohnte nicht weit entfernt. Domizil und Behandlungsräume befanden sich am Eckhaus der Pegauer Straße, direkt über der Reichsbank-Filiale. Ich bezweifelte, dass er sich über die Störung der Sonntagsruhe freuen würde. Auf der anderen Seite hatte ich mit ihm kaum etwas zu tun, sein Ärger konnte mir egal sein. Und tatsächlich hatte mich der Blick in den Spiegel etwas betroffen gemacht. Es war sicher sinnvoll, wenn sich das jemand anschauen würde, der sich wirklich auskannte.

Dr. Hausmanns Dienstmädchen, eine kugelrunde Frau mit weißem Haarband und weißer Schürze, öffnete uns die Tür. Seit ich denken konnte, lebte Dr. Hausmann mit ihr allein, was der tratschenden Nachbarschaft beharrlich Stoff für wüste Spekulationen lieferte. Der Doktor nahm gerade sein Frühstück ein.

»Guten Morgen Ella. Das ist aber eine Überraschung!« Er nickte mir zu. »Was denn mit deinem Sohn passiert?« Zwei kleine Fäuste zerknüllten zwei kleine Servietten, dann stand der Doktor auf und begrüßte uns mit einem weichen Händedruck. Er war einen ganzen Kopf kleiner als wir.

»Entschuldige, dass wir dich an einem Sonntag behelligen«, sagte meine Mutter. »Aber Harro ist in der Nacht mit dem Fahrrad gestürzt. Ich konnte nicht bis morgen warten, als ich ihn gesehen habe.« Der Doktor brummte und gluckste.

»Mit dem Fahrrad gestürzt, ja?«, sagte er, ohne zu zeigen, ob er die Geschichte glaubte oder nicht. Ich nickte. Er bat mich, Platz zu nehmen. Dann begutachtete er wie ein Archäologe mein Gesicht und drückte unter meinen Augen herum.

»Tja, Harro«, sagte er schließlich. »Da hast du dir eine Fraktur eingehandelt.« Er wiegte den Kopf. »Reposition lassen wir. Das wächst wieder zusammen. Ich mach dir einen Verband.«

Der Doktor verließ das Zimmer und kam mit Schere,

Pflastern und Mull zurück. Dann wurde gebastelt. Langsam klebte er Lage über Lage, sorgfältig zurechtgeschnitten, und ganz zum Schluss einen dicken Streifen über die Stirn. Dabei unterhielt er sich mit meiner Mutter über einen gewissen offenbar jüngst verstorbenen Heinrich Rickert und dessen Theorien. Ich verstand kein Wort.

Fertig mit seinem Werk trat Dr. Hausmann zwei Schritte zurück und begutachtete mich erneut. Seine Unterlippe stand ab. Für ein paar Sekunden sah er sehr zufrieden aus. Dann lief ein kurzer Schatten über sein Gesicht, so als wäre jemand vor dem Fenster vorbeigerannt.

»Sag mal, Harro«, begann er, »diese Hosen und dieses Hemd. Da gibt es doch jetzt solche Halbstarken im Viertel. Die sehen genauso aus. Kennst du die vielleicht? Bist du manchmal mit da unten am Kino?« Er zeigte durch die Wand, die Pegauer Straße runter. Ich schüttelte den Kopf.

»Nein«, sagte ich. »Keine Ahnung. Davon weiß ich nichts.« Der Doktor wickelte einen Verbandsrest so eng um seinen Finger, dass er helle Ränder warf.

»Ich dachte, das wäre eine ganz bestimmte Tracht«, sagte er. »Vielleicht täusche ich mich.« Ich nickte.

Auf dem Heimweg sah mich meine Mutter mit dem gleichen Schattenblick an.

»Ich hoffe, du hast wirklich nichts mit diesen Herumtreibern zu tun.«

»Nein«, sagte ich erneut. »Ich weiß nicht einmal, wovon ihr redet.« Meine Stimme war fest. Meine Brust aber war eng. Es war nur ein paar Stunden her, dass ich mich mit der Staatsautorität geprügelt hatte. Aufrichtig zu meiner Mutter zu sein schaffte ich jedoch nicht. Sonderbar waren sie, die Entwicklungen, die in und mit mir vorgingen. Oder die nicht vorgingen. Ganz so wie bei Josephine sollte es bei mir aber nicht werden, das nahm ich mir fest vor. Gleichwohl, den Rest des Tages verbrachte ich zu Hause.

In der Schule konnte ich, im Gegensatz zur Straße, natürlich nicht aussetzen. Meine Verwandlung hatte sich schnell vollzogen. Vor den Sommerferien hatte mich niemand beachtet. Nach den Sommerferien hatten sich Pöbeleien wegen meiner Kluft entwickelt. Und nun, im frühen Herbst, tuschelten alle über meinen abenteuerlichen Kopfverband. Wirklich alle.

Ich genoss die Aufmerksamkeit. Auch das war neu. Scheiß drauf, dachte ich. Ich gehöre sowieso nicht zu euch. Vor dem Klassenzimmer in der obersten Etage standen der mies gelaunte Waschbär und sein Kumpel Hans. Beide sahen aus, als hätten sie in vergammelte Zwiebeln gebissen. Karl stellte sich mir in den Weg.

»Stopp, Jäger«, sagte er. »Was ist das da in deinem Gesicht?«

»Ein Verband«, sagte ich, so treuherzig es ging. Karls Miene verfinsterte sich. Es war aber auch zu leicht, ihn zu provozieren.

»Willst du mich verkohlen?«, rief er. »Warum hast du den, was ist passiert! Das will ich wissen!« Ich zuckte mit den Schultern.

»Bin am Wochenende hingefallen. War einfach Pech.« Karl schlug Handrücken auf Handfläche, immer im Wechsel. Er schien heute ganz besonders streitlustig zu sein.

»Interessant«, sagte er. »Das war aber nicht zufällig auf der Kleinmesse?« Verdammter Kerl, dachte ich.

»Im Wald«, sagte ich.

»Interessant«, wiederholte Karl. Ich versuchte, mich an ihm vorbeizudrücken. Ohne Erfolg.

»Heißt was?«, fragte ich. Karl spitzte die Lippen.

»Es gab eine Auseinandersetzung«, sagte er. »Auf der Kleinmesse. Ein feiger Angriff auf die Jugendstreife.« Ich verzog keine Miene.

»Und?«, fragte ich.

»Das finde ich noch raus, das ›und‹«, sagte Karl. Seine Augen waren Spieße. Spieße mit Widerhaken. »Die Angreifer trugen solche Kleidung wie du.«

»Tragen viele«, sagte ich. Karl lächelte. Er wusste, dass das nicht stimmte.

»Es gibt noch etwas«, sagte er. »Bei der Abwehr des Angriffs wurde einem der Unruhestifter die Nase ramponiert.« Er zeigte in die Mitte meines Gesichts. »Da fällt es schon schwer, keinen Zusammenhang zu sehen.«

»Kompletter Quatsch«, sagte ich. »Jetzt lasst mich endlich durch.« Fuß und Knie voran, schob ich mich zwischen die beiden. Hans Stawicke täuschte einen Kinnhaken an und meckerte wie eine Ziege, als ich ihn erschrocken abwehrte. Dann ließen er und Karl mich passieren.

Die Sportstunde am Mittag verbrachte ich auf der Bank. Zwar war Herr Frank ein eiserner Offizier. Jemanden mit Bruch im Gesicht beim Sportunterricht mitmachen zu lassen ging aber auch ihm zu weit. So saß ich am Rand und konnte genießen, wie sich Karl, Hans und ihre Gefolgsmänner an Kasten, Reck und Barren abmühten.

Am Ende der Stunde wies Herr Frank die gewohnte

Runde Völkerball an. Hier ging es nicht nur um körperliche Ertüchtigung, sondern um das Aufnehmen militärischen Gedankenguts in unsere jungen Köpfe. Das, so meinte ich, konnte jeder sehen, der nicht völlig vernagelt war.

Die Mannschaftsführer wählten ihre Mitspieler aus. Ich war froh, dieses demütigende Ritual heute umgehen zu können. Ich war nicht zwingend der Letzte, der gewählt wurde, aber stets in der hinteren Hälfte.

Karl und Hans spielten in einer Gruppe. Sie hatten die stärkere Mannschaft. Innerhalb weniger Minuten ernteten sie das Feld gegenüber fast ab. Dann rächte sich ein kurzer, schon siegestrunken unaufmerksamer Moment und Karl wurde von einem harten Ball seitlich am Kopf getroffen. Das zählte nicht als Abschuss, aber er wankte wie eine Pappel im Wind.

Die verbliebenen Jungs auf der anderen Seite, drei an der Zahl, nutzten Karls Verwirrung, die sich auf den Rest seiner Mannschaft übertrug. Immer weiter schlossen sie auf. Karl raunzte seine Mitspieler an, als ginge es um Ausbildungsplätze in einer SS-Führerschule. Nur nicht verlieren, las ich in seinem Gesicht. Ich feixte.

Schließlich standen sich zwei und zwei gegenüber. Karl und Hans auf der einen, Gustav und Hermann, die ich ganz in Ordnung fand, auf der anderen Seite. Sie liefen. Sie schwitzten. Sie schossen den Ball aufeinander. Keiner traf.

Ohne Entscheidung ging die Stunde vorbei. Herr Frank brach das Spiel ab. Ich sah, wie es in Karl wühlte. Er kaute wie auf Steinen und ging dann sogar zu ihm, diskutierte und gestikulierte. Fast dachte ich, er würde sich wieder eine Ohrfeige abholen. Und dann fühlte ich, gänzlich unverhofft, einen winzigen Flügelschlag der Sympathie. Eigentlich hatte Karl ein Problem mit Autorität. Auch wenn er sich brennend darum bemühte, das zu verstecken. Im Grunde könntest du auch bei uns sein, dachte ich, nur um diese Idee gleich darauf wieder zu revidieren. War es so einfach?

Am späten Nachmittag klingelte es. Ich erwartete niemanden und ich bekam auch fast nie Besuch, weshalb ich die scheppernde Glocke ignorierte. Dann hörte ich neben der gedämpften Stimme meines Vaters die von Heinrich, schnellte hoch wie ein Kaninchen und hastete aus dem Zimmer.

»Scharf siehste aus«, sagte Heinrich, um sich im selben Moment der Anwesenheit meines Vaters bewusst zu werden.

»Äh, hallo«, fuhr er fort und machte einen steifen Hals. »Wollte nur mal nach dir sehen.« Wir standen: Heinrich in der Wohnungstür, ich in meiner Zimmertür. Dazwischen mein Vater. Heinrich trug Arbeitskleidung und war so schwarz wie ein Schornsteinfeger zum Feierabend. Im Gegensatz zu Friedrich hätte mein Vater den Gast von selbst wohl nicht reingebeten. Schon gar nicht in diesem Zustand.

»Komm rein«, sagte ich. Mein Vater schwieg. In meinem Zimmer ließ sich Heinrich umsichtig auf einen Holzstuhl ohne Polster nieder. Ich schloss die Tür.

»Scheißtag«, sagte Heinrich und lachte dabei. »Bei dir alles gerade? Echt stark, der Verband. Warste doch noch beim Arzt?« Ich nickte.

»Mutter hat mich zu Dr. Hausmann geschleppt. Wohnt vorn über der Reichsbank. Mit bestem Ausblick runter zum Kino. Fragt der mich doch, ob ich zu den Jungs gehöre, die sich dort treffen. Vor meiner Mutter!« Ich sprach wie ein Radio, das man langsam herunterdreht. Der letzte Satz war nur noch ein Klicken. Ich lief auf und ab.

»Und?«, fragte Heinrich.

»Na, was ›und‹?«, flüsterte ich. »Hab natürlich verneint. Für ihn und meine Mutter sind das nur Herumtreiber, also, ich meine, wir.« Ich setzte mich. »Ich fürchte, ich stehe ab sofort unter Beobachtung.« Heinrich streckte die Beine von sich und drückte seinen Rücken in die Lehne. Das Holz protestierte.

»Sei's drum«, sagte er. »Treffen wir uns erst mal nur hinter der Kirche. Kommt dem Kinobesitzer bestimmt entgegen. Hat sich erst gestern über uns beschwert, der Simpel. Wir verstopfen den Eingang! Wir vergraulen das Publikum!« Heinrich schnitt eine Grimasse. »Dabei machen wir den Laden doch erst attraktiv!« Ich grinste. Das liebte ich an Heinrich. Die unerschütterliche Zuversicht. Das Verständnis. Er würde mir nie kluge Reden halten, dass meine familiären Zwänge doch einerlei wären und ich mich von ihnen befreien müsste.

»Da wär noch etwas«, sagte er. Ich neigte den Kopf. »Hilma und ich, wir sind jetzt ein Paar!« Ich nickte und lächelte. Wer das Interesse von Hilma an Heinrich übersehen hatte, lief wohl auch am Völkerschlachtdenkmal vorbei, ohne es zu bemerken. Ich freute mich für sie.

»Glückwunsch«, sagte ich und dann, nicht ganz ernst gemeint: »Auf dass ihr sorglos alt werdet!« Heinrich tippte sich an die Stirn.

»Schön langsam«, sagte er. Dann schaute er auf einmal ganz

wach. »Hast du eigentlich Erfahrungen? Mit Mädchen, meine ich?«

»Wenig«, sagte ich. »Mal Händchen gehalten, hier und dort.«

»Und sonst?«

»Na, was ›und sonst‹?«

»Haste nicht mehr zu erzählen?« Heinrich grinste wie ein Kasper.

»Hab ich nicht«, sagte ich. Der Kasper schlug sich mit seiner rechten Hand aufs Bein. Zwei Wölkchen Kohle pufften in die Luft.

»Und ich sag Hilma noch, der Harro, der tut nur so harmlos.« Er beugte sich vor und tippte gegen meine Brust, so wie seinerzeit am Kreuz. Zum Glück saß ich.

»Das ändern wir schon noch«, sagte er. »Übrigens, Josephine war gestern da. Hat sich nach dir erkundigt.«

»Und?«

»Na, was ›und‹? Ist das erste Mal gewesen, dass die gnädige Dame überhaupt nach jemandem fragt. Da machste was draus, verstanden?« Ich nickte. Auch wenn ich nicht wusste, was. Und wie.

Als Heinrich weg war, kam mein Vater zu mir, eifrig und mit sorgenvoller Miene. Ob er diesen Moment abgepasst hatte?

»Warum umgibst du dich mit so einfachen Leuten?«, fragte er. »Gibt es in deiner Schule niemanden?«

»Nein«, sagte ich. »Wenn du es so genau wissen willst. Und wieso überhaupt einfache Leute? Ich denke, du bist Sozialdemokrat!« Das war ziemlich genau das, was mich tatsächlich bewegte. Ich war überrascht über diese Antwort. Noch überraschter vielleicht als mein Vater.

»Was tut das denn dazu?«, fragte er. »Ich wünsche mir einen guten Umgang für meinen Sohn! Völlig unabhängig von allem anderen! Das verstehst du doch wohl!« Wir sahen uns an und zum ersten Mal fiel mir auf, dass ich mittlerweile größer als mein Vater war.

»Versteh ich«, sagte ich. »Aber Heinrich ist guter Umgang. Der beste.«

16

Ich atmete auf, als mir endlich der Verband abgenommen wurde. Die Fasern hatten zu jucken begonnen wie Ameisen unter der Haut, die versuchten, nach draußen zu gelangen. Dr. Hausmann wies mich darauf hin, in nächster Zeit vorsichtig zu sein. Das klang doppeldeutig, aber vielleicht hatte ich auch nur langsam schon Verfolgungswahn. Zu Hause schaute ich in den Spiegel. Reste des Blutergusses hingen unter meinen Augen wie zwei Fahnen.

Die Welt wurde trüber. Und dunkler. Das Gegenteil saß eines Tages an der Kirche, sommersonnenschön. Josephine.

»Dich hab ich ja Jahre nicht gesehen!«, sagte sie. Ihre Augen waren klar und sie lächelte.

»Ebenso«, sagte ich. »Alles in Ordnung?«

»Vergleichsweise«, sagte sie. Das Rot ihres Lippenstifts war heute hell. Fast ein Rosa. »Mir geht's gut.« Wir setzten uns ein bisschen abseits und sie erzählte. Wie sie sich mit ihren Eltern aufgerieben, ein paar Ballons zum Platzen gebracht hatte. Vieles blieb vage in ihren Ausführungen, aber sie wusste ja auch nicht, in welch redseliger Laune Heinrich mir gegenüber gewesen war.

»Ich habe genug«, sagte sie. »Schließlich werd ich bald siebzehn. Da kann ich, da will ich nicht mehr unter der Knute bleiben.« Die Erkenntnis, dass Josephine ein ganzes Jahr älter war als ich, traf meinen Bauch wie das Meer die Mole. Gerade jetzt, als ich – zum allerersten Mal überhaupt – unbefangen mit ihr redete.

»Und ich geh ab sofort nicht mehr zum Mädeldienst«, sagte sie. Der Satz lief einmal in meinem Kopf rundherum und stolperte dann wieder heraus.

»Nicht mehr zumzumzum ... was?«, fragte ich.

»Genau.« Josephine reckte ihr Kinn. »Auch davon hab ich genug. Appellieren! Listen führen! Namen aufrufen! Im Kreis turnen! Und erst die Kulturarbeit! Die Mission der Mutter ruft! Den ganzen Tag ruft sie! Mir reicht's.«

Ich schüttelte mich wie ein nasser Hund. Das zu hören war herrlich. Einerseits. Andererseits hatte ich mich selbst gerade erst mit der Zugehörigkeit zur Hitlerjugend arrangiert. Ich hatte bisher einige Sportnachmittage und gut eine Handvoll Heimabende besucht und das Gefühl bekommen, ich könnte dem Ganzen irgendwie genügen, ohne mich komplett zu verstellen.

Mein Kameradschaftsführer Hugo, ein teigiger Primaner, war kollegial, fast freundlich und hielt seine Vorträge mit nur mattem Elan. Seine Position war ihm Normalität, keine Mission. Ich war mir nicht sicher, ob er überhaupt mitbekommen hatte, dass jetzt derjenige in seiner Gruppe saß, der tagsüber die Schule mit Karohemd und Lederhose einfärbte.

Den abenteuerlustigen Plan, die Hitlerjugend auszuspähen und zu infiltrieren, hatte ich bereits in eine Kiste gepackt. Auszuspähen gab es nichts. Was sollte ich bei Schulungsthemen wie »Der deutsche Bauer und seine Scholle« schon ausspähen?

Nicht viel besser sah es mit dem Infiltrieren aus. Ich wusste nicht, bei wem ich anfangen sollte. Es gab durchaus ein paar Jungs mit demonstrativem Desinteresse. Sie gähnten, steckten sich die Fingernägel zwischen die Zähne und spielten heimlich Karten. Nur, was hätte ich bei denen rausfinden sollen?

Die andere Fraktion, die Lernwilligen und Diensteifrigen, schaute mich nicht einmal mit dem Hinterkopf an. Für die war ich nur ein Luftzug im Zimmer. Spion spielen zu wollen war ganz schön kompliziert. Alles war ganz schön kompliziert. Ganz besonders, dass diejenige, mit der ich meine eigenen inneren Widersprüche besänftigte, nun den Dienst schwänzen wollte. Doch ich kam gar nicht richtig dazu, mit dem Gedankenkarussell loszufahren.

»Machen wir einen Spaziergang im König-Albert-Park, zu meinem Geburtstag? Du und ich?«, wechselte Josephine das Thema und die Welt stand Kopf.

An einem der folgenden Nachmittage lief ich über das Connewitzer Kreuz. Bekleidet war ich mit dem von Heinrich geschenkten und von Hilma genähten Hemd, mit einer dunkelblauen Strickjacke als Verteidigung gegen den Herbst, mit Lederhose, weißen Socken, schwarzen Schuhen und, nicht zuletzt, mit dem Totenkopfring. Zwei kleine Kerlchen kamen mir entgegen. Es waren Pimpfe. Groß schauten sie mich an, groß war der Abstand, den sie hielten. Ich klappte den Mund auf und zu wie ein Wolf. Man konnte sich daran gewöhnen, ein Platzhirsch zu sein.

Die Pegauer Straße herunter erkannte ich Hilma. Sie stand

vor dem Union-Theater und warf ihre Arme in die Luft, diskutierte mit jemandem, für mich noch unsichtbar, im Eingangstor des Kinos. An einem Schaukasten daneben lehnte Pitt, die Arme verschränkt. Sein Blick stach wie ein Bajonett. Hinter seiner rechten Schulter winkte Jack Benny vom Plakat der Broadway-Melodie 1936.

»...lungern und vagabundieren!«, trug der Wind einen Satzfetzen zu mir. Die Person, die ihn gesagt hatte, trat ein Stück vor. Es war ein gedrungener Mann, dessen Hals bei der Geburt offenbar vergessen worden war. Seine grobschlächtige Ausstrahlung und sein feiner Anzug, gekrönt von einem weißen Schal, bildeten einen einzigen Widerspruch.

»Jetzt mal halblang, Erich«, sagte Hilma und klang, als redete sie mit ihrer kleinen Schwester. Der Mann überragte sie um einen ganzen Kopf. »Seit wann habt ihr Anrechte auf den Fußweg? Geschenkt, dass wir nicht im Gang stehen sollen. Vor dem Kino aber, da kann sich doch aufhalten, wer will!« Sie schnippte mit den Fingern. »Wenn überhaupt, dann gehört die Straße uns!« Der Mann strich sich über die Enden seines Schals. Bestimmt war er aus Seide.

»Diesen Ramsch hör ich mir nicht weiter an«, sagte er. »Außerdem hast du mich nicht zu duzen. Hau ab! Und deinen Lümmel nimm mit!« Er zeigte, so gut das ohne Hals möglich war, mit dem Kopf zu Pitt. Ich stand noch ein paar Meter entfernt. Pitt schob Ober- und Unterlippe hoch bis zur Nase und ließ sie wieder fallen.

»Wir kommen wieder«, sagte er. Seine Stimme mahlte noch mehr als sonst. Er zog Hilma in meine Richtung. Erst jetzt bemerkten mich die beiden.

»Gruß«, sagte Pitt. Hilma sagte nichts. Sie eilte die Straße hoch. Pitt und ich eilten hinterher.

»Was'n los gewesen?«, fragte ich, nachdem wir uns an die Kirche gesetzt hatten.

»Ach, dieser Hohlkopf«, schnaubte Hilma. »Seit ich denken kann, wohnt der bei uns gegenüber auf der Herrmannstraße. Immer freundlich gewesen zu meiner Schwester und mir. Jetzt isser Handlanger vom Kinobesitzer und bildet sich was ein. Sollen nicht davorstehen. Macht 'nen schlechten Eindruck. Dass ich nicht lache!« Sie atmete tief, als hätte ihr jemand die Luft abgedrückt.

»Egal«, fuhr sie fort. »Kann anderen den Tag verderben. Ich geh zu Heinrich. Sehen uns später.« Hilma verschwand so schnell wie der Rauch einer Zigarette. Mit einem Mal war ich mit Pitt allein. Wir schwiegen. Im Plaudern war ich ohnehin nicht der Beste und mit Pitt zwanglos zu reden war ungefähr so einfach, wie Tauwerk durch ein Nadelöhr zu fädeln. Dann fiel mir ein, was in dieser Situation Sinn ergab.

»Bringst du mir bei, wie man kämpft?«, fragte ich. Pitt fuhr sich über den Kopf, zupfte sich am Ohrläppchen und ließ die Knöchel seiner Finger knacken. Dann stand er auf und zog mich mit sich hoch.

»Beine einen knappen Schritt auseinander. Der hintere Fuß dreht sich von dir weg. Vorderfuß und Schulter auf eine Linie. Schwer stehen, leicht in die Knie. Ausrichtung schräg nach vorn.« Jeder Satz wurde von Zupfen und Rupfen begleitet. Schließlich war Pitt zufrieden.

»So«, sagte er. »Grundstellung. Basis für Angriff und Verteidigung im Boxen. Sauberes Boxen auf der Straße gibt's nicht.

Die Grundlagen brauchste trotzdem.« Er schlug zwei Haken in die Luft. »Vorderfaust auf Linie mit der Schulter, Hinterfaust ans Kinn. Arm eng. Richtig eng! Kleb den Ellenbogen an die Rippen! Aber nicht verkrampfen!« Wieder zog und drückte Pitt an meinem Körper herum. Meine Arme schmerzten, dabei hatten wir noch nicht einmal richtig begonnen.

»Bring dein Gewicht in die Ballen! Stell dir vor, du schlägst Wurzeln! Fertig?« Pitt stieß gegen meine Brust. Es brannte. Ich schwankte, aber ich fiel nicht. Er nickte.

»Genau so. Fest stehen, aber nicht verkrampfen. Fest und locker! Konzentrieren! Jetzt zur Deckung und zum Ausweichen.«

Eine Stunde, wenn nicht zwei, plagte ich mich durch Pitts Programm. Irgendwann war jeder einzelne Muskel gespannt wie die Saiten einer Fidel. Meine Jacke lag längst auf der Treppe. Trotzdem schwitzte ich, dass die Tropfen von meiner Stirn ganze Muster auf den Boden malten. Pitt war redselig wie nie. Er erklärte sogar noch, als in meinem Kopf längst gelbe Lichter flackerten. Als ich beim Üben einer Schlagkombination mit mehr Glück als Technik eine Lücke in seiner Deckung fand und ihn in den Bauch traf, lachte er sogar. Pitt lachend! Wegen mir, mit mir! Selbst in meinen kühnsten Träumen hätte ich das für unmöglich gehalten.

17

Der eifrige Erich nervte. Von meinen Eltern und Dr. Hausmann fühlte ich mich beobachtet. Außerdem war ich neugierig. So tat ich das Naheliegendste. Ich fuhr nach Lindenau.

Die Herbstluft roch nach Wald und Pilzen. Es war mild. Ich fuhr den Fluss entlang durch das Connewitzer Holz. Hinter dem Kleinmessenplatz drückte die unbekannte Gegend auf meine Brust. Fremde Häuser starrten mich an. Ich wusste den Weg nicht mehr. Dann folgte ich einfach den Straßenbahnschienen.

Kurz darauf erreichte ich einen dreieckigen Platz. Den Lindenauer Markt. Eine Straßenbahn der Linie neunzehn drängte sich klappernd an mir vorbei. Ich folgte ihr. Ein paar Kinder schauten mich durch die Scheiben an und drückten ihre Nasen platt. Sie sahen aus wie kleine Schweinchen. Ich schnitt eine Grimasse. Sie lachten. Dann bog der Wagenzug ab. *Schlageter Straße* stand am Eckhaus, einem Palast aus gelben Ziegeln und Türmchen.

Ich stieg ab, lehnte mein Fahrrad an einen Laternenpfahl, sicherte es mit dem Steckschloss und lief los. Reeperbahn hatte Max diese Straße genannt. Reeperbahn, die große Trubelmeile in Hamburg. Ich kannte sie nicht, aber so stellte ich sie mir vor. Geschäfte und Wirtshäuser standen auf beiden Seiten untergehakt, so weit das Auge reichte. Flink die einen, gemütlich die anderen, liefen die Menschen auf den Fußwegen. Viele Menschen. Es war laut.

In der Auslage eines schmalen Ladens mit Landesprodukten entdeckte ich einen auf Pappe geschriebenen Unwillkommensgruß: »Juden nicht erwünscht«. Darin unterschied sich die Straße nicht vom Rest der Stadt.

Ein paar Schritte weiter fragte mich ein alter Mann in ebenso alter Kleidung nach ein paar Pfennigen. Seine Stimme war undeutlich, ich verstand ihn erst nicht. Hektisch schaute er sich um, immer wieder, vielleicht war er nicht ganz richtig im Kopf. Aber was war schon richtig? Ich kannte die Leier vom volksschädlichen Bettel und der angeblich geordneten Fürsorge, die man nicht zersetzen solle, indem man den armen Teufeln auf der Straße etwas gab. Ein kupfernes Fünf-Pfenning-Stück wechselte den Besitzer. Im schiefen Gesicht des Mannes leuchtete es.

»Glück sei mit euch«, lispelte er und lief weiter, sich nochmals umschauend, nach links und nach rechts und wieder nach links. Ich dachte: euch?

Nach einhundert Metern knickte die Straße nach links. Am Haus mit der Nummer elf hingen große, schwarze Buchstaben auf beigem Putz über einem Durchgang. »Central-Lichtspiele«, ergaben sie. Auf den Mauern daneben wuchsen Kinoplakate. Das musste der von Max beschriebene Ort sein. Doch das Kino sah zu und der Platz davor verlassen aus. Ich schaute mich um. Auf der gegenüberliegenden Straßenseite lief ein Hitlerjunge. Er zog seine Stirn in Furchen, als er mich sah. Ich schaute weg. Ich kannte die Gegend nicht.

Langsam lief ich weiter. Der Hitlerjunge tauchte in der Menschenmenge unter. Ich zählte die Seitenstraßen. Albertiner Straße. Calvisiusstraße.

Auf einmal hörte ich hinter mir einen Pfiff. Meine Augen folgten den Ohren. Ein Mädchen kam mir entgegen. Es trug eine schwarze Trachtenjacke mit grünen und roten Zierstreifen, dazu ein rotes Halstuch. Der Rest ihrer Kleidung ähnelte meiner. Lederhose mit Trägern, unter der Strickjacke ein Hemd, weiße Kniestrümpfe, braune Schuhe. Ich erkannte sie sofort. Mein letzter Kleinmessenbesuch war das erste und letzte Mal gewesen, dass ich ein Mädchen mit Herrenschnitt gesehen hatte. Bis jetzt.

»Dich kenn ich«, sagte sie und war noch nicht einmal heran. »Kumpel von Richard, nicht?« Sie blieb vor mir stehen.

»Hallo«, sagte ich. »Ja.«

»Was machste hier? Wo kommste her? Wohnst doch nicht hier? Oder etwa doch?« Sie sang ein wenig beim Reden.

»Nee«, sagte ich. »Connewitz. Luft ist nur grad dick. Hatte Sehnsucht nach der Straße. Wollt euch mal besuchen.« Das Mädchen nickte.

»Verstehe. Ärger mit den Eltern?«

»Auch«, sagte ich und zog die Hände aus den Taschen. »Ich bin übrigens Harro.«

»Käthe.« Ich schüttelte ihre Hand. Sie war warm. Ich betrachtete Käthes Gesicht. Alles in ihm schien eine Idee zu klein, das Kinn, die Nase, der Mund. Nur ihre graugrünen Augen stachen hervor. An ihre burschikose Erscheinung musste ich mich gewöhnen. Aber ihr Gesicht gefiel mir. Irgendetwas rührte es an, tief in mir drin, irgendwo versteckt.

Wir liefen die Schlageter Straße wieder hinunter. Die Leute machten uns Platz, als schöbe Käthe einen unsichtbaren Keil vor sich her. Hinter uns zischelte es wie in einem Korb kleiner Schlangen. Käthe schien das nicht im Mindesten zu interessieren.

»Prächtig hier bei euch auf der Reeperbahn«, lenkte ich von dem Getuschel ab.

»Ja, lässt sich aushalten«, sang Käthe. »Wär schön angepisst, der Schlageter, wenn er wüsste, wer sich hier so rumtreibt.«

»Schlageter, Schlageter«, sagte ich. »War gleich wer?«

»Du kennst nicht den Märtyrer aus dem Ruhrkampf?« Käthe blieb stehen und stemmte die Fäuste in ihre Hüften. »Held des Vaterlandes? Erster Soldat des Dritten Reichs?« Sie grinste. Auch ihre Zähne waren klein.

»Ich kenn nur Adolf«, sagte ich. »Nach dem ist meine Straße benannt.« Käthe rieb sich das Kinn.

»War gleich wer?«, fragte sie. Dann gackerten wir los wie zwei Hühner.

Der Nachmittag verging, schnell und schön wie ein Wetterleuchten. Wir spazierten. Wir erzählten Blödsinn. Wir aßen Eis. Ohne uns irgendetwas Persönliches zu fragen, knüpften Käthe und ich ein Band. Ich konnte mit ihr einfach sein. Ohne Vorurteile, ohne Bewertungen. Das war anders als mit der fordernden und ein klein wenig rechthaberischen Hilma und ganz bestimmt anders als mit Josephine, bei der ich nie wusste, woran ich war.

Am frühen Abend wurde es vor den Central-Lichtspielen

innerhalb weniger Minuten voll. Die Lindenauer Clique war bereits größer als unsere, so viel stand fest. Diejenigen, die ich nicht kannte, stellte mir Käthe vor. Durch die Kluft gehörten wir ohnehin zusammen. Der Geheimbund, die neue Familie, sie wuchs. Die Sorgen, die mir meine Eltern bereiteten, schrumpften wie ein Ballon, aus dem Luft entweicht.

Ich war schon am Gehen, als endlich auch Max auftauchte.

»Na, das Abenteuer gesucht?«, fragte er mit seiner silbernen Stimme. »Da waren wir heut zwei! Komm grad aus dem Norden.« Er schüttelte Hände in jede Richtung. »In Gohlis an der Friedenskirche gibt's noch mehr von uns. Heute entdeckt. Wollen uns mal treffen. Alle. Schön zentral. In der Innenstadt!« Max strahlte. Noch mehr von uns. Die Vorstellung von ein paar Dutzend Jugendlichen aus allen Ecken der Stadt, die über die funkelnde Petersstraße flanierten, war großartig. Doch ich war auch ein bisschen skeptisch.

Am nächsten Sonntag wurde in Connewitz etwas gleichsam Aufregendes wie Riskantes diskutiert. Hilma hatte vorgeschlagen, am 9. November zum Tag der Bewegung, an dem das Land der Gefallenen des Hitlerputsches gedachte, aktiv zu werden.

»Fahnen wegsammeln find ich Kappes«, sagte Heinrich. »Kommen doch eh nur an die Erdgeschosse ran. Oder willste nachts mit Leiter durch die Straßen latschen? Da kannste dich ja gleich freiwillig einliefern.« Hilma verschränkte die Arme.

»Stimmt schon«, sagte sie. »Leiter ist blöde.« Ihre Nase tanzte. »Trotzdem. Rund ums Connewitzer Kreuz die Feiertags-Beflaggung an den Erdgeschossen auspusten. Zucker wär das!«

»Wär's«, sagte Josephine, nachdem sie an ihrer Zigarette gezogen hatte. Zwischen ihren Lippen flog Rauch. »Klingt trotzdem nach einer schlechten Idee. Dauert einfach zu lang. So viele sind wir nicht.« Weitere Pläne wurden erörtert. Nichts passte.

»Was'n mit dem Schaukasten vorn, neben der Apotheke?«, fragte Edgar schließlich. »Gucken, ob wir den aufkriegen, den Propagandakram raus und was Eigenes rein.« Richard, dessen Zähne in seinem Kanutengesicht blitzten wie Diamanten in Bratensoße, lachte.

»Genau!«, sagte er. »Und wenn das Ding nicht aufgeht, Scheibe einkloppen!«

»Zum Beispiel«, sagte Edgar förmlich. »Besser wär natürlich, wenn's ohne Glasbruch abgeht. Fällt dann nicht so schnell auf. Verstehste?« Richard lachte noch einmal.

»Und was schwebt dir inhaltlich vor?«, fragte ich.

»Keine Ahnung.« Edgar zuckte mit den Schultern. »'ne Glosse zum Tag. Irgendwas Ironisches. Irgendwas, das man nicht gleich kapiert.« Josephine hatte aufgeraucht. Der Zigarettenstummel landete unter ihren feinen Schuhen.

»Gefällt mir«, sagte sie. »Immer noch gefährlich. Aber möglich. Weiß trotzdem nicht, ob ich mitmachen will.«

»Ich wär dabei«, sagte Heinrich. »Aber lasst uns das Ding noch woanders aufhängen. Ein einziger Schaukasten, dafür find ich den Aufwand zu groß.«

»Am Pädagogischen Institut auf der Elisenstraße gibt's noch einen«, sagte Hilma.

»Und an der Andreaskirche!«, fiel mir ein. Heinrich nickte.

»Andere Vorschläge?«, fragte Edgar. Keiner meldete sich.

»Gut, dann machen wir das. Treffpunkt in der Nacht zum neunten November, Schlag zwölf. Hier an der Kirche. Mit Fahrrädern.«

»Ist ja ganz hübsch«, raspelte Pitt. Er hatte bisher geschwiegen. »Aber wer schreibt den Text?«

»Das mach ich«, sagte Edgar. »Und Harro hilft mir.« Ich hatte keinen Schimmer, wie man eine Glosse schrieb. Aber ich nickte eifrig.

18

Tagelang las ich jedes bedruckte Blatt Papier, das sich auftreiben ließ. Ich wälzte alte Ausgaben der Illustrierten Republikanischen Zeitung, recherchierte in aktuellen Blättern und arbeitete mich an zwei Nachmittagen durch das komplette Archiv von Hilmas Bruder. Ich hoffte, irgendwo Inspiration für das Glossenprojekt zu bekommen. Ich hoffte, dass sie mir irgendwann zufliegen würde. Wie ein Spatz, der sich durchs Fenster verirrt. Doch der Spatz kam nicht.

Ich war mit Edgar bei ihm zu Hause verabredet. Edgars Wohnung befand sich ein Stück stadtauswärts am Connewitzer Bahnhof. Links im Erdgeschoss wurde Milch verkauft. In der rechten Erdgeschosswohnung lebte Edgar mit seinen Eltern und seiner kleinen Schwester. Leni war erst acht, dafür aber sehr aufgeweckt und verständig. Edgars Aufforderung, eine Weile auf der Straße vor dem Haus zu spielen, weil wir Ruhe zum Arbeiten bräuchten, kam sie anstandslos nach. Als sie das Zimmer verließ, wippten ihre Zöpfe.

Die Wohnung war eng, aber komfortabel. An den Wänden der Stube standen ein Sofa, zwei Sessel, ein Näh- und ein Rauchtisch. Auf dem Stubentisch in der Mitte lag, scheinbar bereits vorbereitet, eine Schreibtafel. In der Luft schwang das Echo von Würztabak.

Edgar und ich setzten uns gegenüber. Wir schauten uns in die Augen. Wir lachten.

»Herr Staatsmann, bitte schön«, sagte Edgar. »Verfassen wir den neuen Versailler Vertrag!« Wir prusteten. Dann trommelte Edgar auf das Holz.

»Also, der Tag der Bewegung«, sagte er. »Was fällt uns dazu ein? Woran hängen wir das Ganze auf?«

»Keine Ahnung«, sagte ich. »Hab gelesen und gelesen und gelesen. Doch 'nen Geistesblitz hatte ich nicht.«

»Geduld«, sagte Edgar und zwinkerte mir zu. »Das wird. Lass uns mal was aufschreiben. Alle Stichworte, die uns in den Sinn kommen.« Ich strengte mich an.

»Blutfahne«, begann ich. »Blutorden. Hitlers Helden. Marsch auf die Feldherrnhalle. Putsch. Flaggen.« Edgar nickte und kratzte mit dem dazugehörigen Griffel über die Tafel. Als er fertig war, schaute er mich erwartungsvoll an. Ich zuckte mit den Schultern.

»Gut«, sagte er. »Pflicht. Instrumentalisierung. Umdeutung.« Er schrieb. Ich dachte weiter nach.

Eine Weile sponnen wir herum und schoben einzelne, teils nur halbe Sätze von hier nach dort. Der Nachmittag verging. Leni kam wieder herein und setzte sich zu uns an den Tisch. Edgar brummte, ließ sie dann aber gewähren. Leni spielte mit einer selbst gebastelten Puppe und tat, als schriebe sie auch etwas. Als draußen langsam die Dämmerung herabsank wie ein schwarzes Tuch, kam der Spatz.

»Letztes Jahr wurde auf dem Königsplatz in München doch ein Tempel für die Putschisten errichtet«, sagte ich. »In griechischem Stil. Dazu hab ich 'ne Idee.«

Edgar drehte die Handflächen nach oben und schaute mich neugierig an.

»Kenn ich nicht«, sagte er. »War noch nie in München.«

»Auch nicht«, sagte ich. »Einerlei.« In meinem Kopf formten sich die Sätze. Ich wollte sie unbedingt festhalten, bevor sie wieder verschwanden. »Hab davon in der Zeitung gelesen. Vom Staatsakt zur Einweihung. Gib mal die Tafel. Schnell!« Edgar reichte mir Tafel und Griffel. Dann stand er auf. Kurze Zeit später hörte ich ihn in der Küche hantieren. Während mir Leni über die Schulter sah, brachte ich in immer winziger werdenden Buchstaben folgenden Text auf den Schiefer:

Der Tempel der Blutzeugen

Der Bau monumentaler Tempel war den alten Griechen vor bereits 2600 Jahren zu eigen. Zweck dieser Bauten war zum einen, den verehrten Heiligtümern eine Wohnstatt zu errichten. Zum anderen, und das ist das vielleicht Wichtigere, war der Zweck von Tempeln immer auch der, den großen und kleinen Herrschern eine Fläche zur Darstellung ihrer selbst zu bieten. Je größer, schöner und mit Bedeutung aufgeladener der Tempel, umso sicherer das Trachten der Erbauer nach Macht und Einfluss. Heute nun vor einem Jahr wurde in München, der Hauptstadt der Bewegung, der Tempel der Blutzeugen eingeweiht. Wir freuen uns, dass unser Führer mit der Errichtung dieses Ehrentempels bewiesen hat, dass es sich lohnt, für ihn zu sterben. Selbst als Leiche kann man ihm noch dienen! Nun auf, entrollt alle eure Fahnen! Ein donnerndes, zwischen den Säulen rollendes HEIL!!!!!

Salzig-saurer Geruch von Linsen drang aus der Küche. Ich stand auf, ging zu Edgar und gab ihm die Tafel. Während er mit dem Kochlöffel in einer Hand weiter im Topf rührte, hielt er sie mit der anderen neben sich und studierte das Geschriebene. Falten wuchsen auf seiner Stirn. Sein Rühren wurde mechanisch. Er stand da und las. Und las. Auf der Suppe platzten Blasen.

»Ist das Essen fertig?«, fragte eine kleine, sommerliche Stimme. Leni stand in der Tür. Edgar schaute mich an. Seine Augen leuchteten.

»Harro, du bist ein Fuchs. Wenn wir das hier abtippen und die Kästen beim Aufmachen nicht beschädigen, kapieren das beim Lesen nur die, die es auch kapieren wollen. Gute Arbeit. Gute Arbeit!« Er lächelte. Dann drehte er den Herd ab und nickte seiner Schwester zu.

»Können essen«, sagte er. »Isst du mit?«, fragte er in meine Richtung.

»Klar«, antwortete ich. Vor den Fenstern war es längst dunkel. Wir setzten uns und klapperten mit den Löffeln.

»Wann kommen Mama und Papa?«, fragte Leni nach ein paar Bissen.

»Weiß nicht, mein Liebes«, sagte Edgar. »Mama erst in der Nacht. Hat doch Spätschicht und jetzt immer so einen weiten Weg. Aber Papa taucht sicher jeden Moment auf.« Und, zu mir gewandt: »Nach wie vor auf Arbeitssuche.« Ich schluckte eine Kompanie Linsen herunter. Edgars Suppe schmeckte wie von meiner Mutter.

»Muss schwer sein«, sagte ich. »Immer abzublitzen wegen der falschen Gesinnung.« Edgar seufzte.

»Wenn's nur das Abblitzen wäre. Ich weiß fast nie, wo er ist, was er macht und wann er wiederkommt.» Er legte den Kopf schief. Sein Teller war noch fast voll. »Blödes Gefühl, wenn sich der Sohn um den Vater mehr Sorgen macht als umgekehrt.« Ich schaute zu Leni, doch die malte Kreise in ihre Suppe. Entweder hatte sie nicht zugehört oder sie ließ sich nichts anmerken. Mit einem Mal spürte ich, dass auf Edgars schmalen Schultern die Last der ganzen Familie lag.

»Meine Eltern haben eine Schreibmaschine«, sagte ich nach dem Essen. »Wenn die anderen den Entwurf gutheißen, tipp ich uns drei Exemplare.« Edgar nickte. »Die Tafel brauchen wir aber. Lass uns den Text abschreiben.« Er wühlte im Wohnzimmer, in der Küche und im Schlafzimmer. Er öffnete Schränke und Schubfächer. Er fluchte und begann von Neuem. Schließlich hielt er mir ein Stück Zeitung entgegen.

»Hier. Nimm das. Ist aus einer Roten Fahne. Hat mein Vater aus dem Ausland. Für diesen guten Zweck tritt er sicher ein Stück ab. Aber lass dich nicht damit erwischen!« Ich quetschte den Text auf den Blattrand, faltete das Papier viele Male zusammen, steckte den kleinen Klumpen in meine Hosentasche und wischte die Tafel sauber.

Heinrich lobte die Glosse sehr. Richard und Willi mochten sie ganz gern. Hilma wollte sie schärfer formulieren, Pitt, da er den Text unverständlich fand, noch einmal neu schreiben. Josephine enthielt sich. Wir einigten uns darauf, keine Änderungen vorzunehmen. Ich war stolz.

In einem unbeobachteten Moment nahm ich mir aus den Unterlagen meiner Eltern mehrere Blätter feines Papier und tippte den Text dreimal ab, langsam und sorgfältig. Rechts oben versah ich ihn mit Ort und Datum. Jetzt konnte man wirklich meinen, man habe eine Bekanntmachung des Ortsgruppenleiters vor sich. Die Sache konnte beginnen.

Der Vorabend des neunten Novembers fiel auf einen Sonntag. Bereits am Morgen durchzog hauchzarte Nebelnässe die Luft. Schaute man aus dem Fenster, war die Welt unscharf. Es sah kalt aus. Am Abend begann leichter Niederschlag, wie durch ein Sieb mit winzig kleinen Maschen.

Gegen zehn Uhr wünschte ich meiner Mutter und meinem Vater eine gute Nacht und legte mich ins Bett. Ich starrte in die Dunkelheit. Ich lauschte. Mit der Zeit wurden Augen und Glieder schwer. Meine Eltern schienen nicht daran zu denken, schlafen zu gehen. Im Wohnzimmer spielte das Radio Musik. Ich schnippte mit den Fingern gegen Ohren und Wangen, um mich wach zu halten. Ich war die eine Person, die unter gar keinen Umständen fehlen durfte. Ich hatte die Blätter.

Endlich hörte ich das Klappen von Türen und Schritte auf dem Flur, kurz darauf noch einmal, nur etwas schneller. Die Schlafzimmertür ging. Dann war es ruhig. Ich schaute auf die Uhr. Kurz vor Mitternacht. Ich schlich mich in den Flur, nahm Mantel und Filzhut meines Vaters von der Garderobe und ging zurück in mein Zimmer. Dort zog ich mich an. Die Blätter steckte ich in die Manteltasche.

Im Hausflur herrschte vollkommene Stille. Auf Zehenspitzen lief ich die Treppen hinunter. Anschließend ging es mit dem Fahrrad hinaus auf die Straße. Kein Mensch war unterwegs. Ich hatte das Gefühl, hinter jedem der schwarzen Fenster säße jemand und beobachtete mich.

Ich nahm nicht den direkten Weg, sondern fuhr seitlich die Scheffelstraße bis zur Bayrischen, bog ab Richtung Wiedebachplatz und schlug mich dann über ein paar schmale Gassen bis zur Brandstraße unterhalb der Kirche durch. Zwei Autos und ein Fußgänger begegneten mir auf dem Weg. Dreimal zuckte meine Hand Richtung Manteltasche. Ich begriff, was ich hier tat, könnte Gefängnis bedeuten. Und Schlimmeres. Salz lief mir von den Schläfen, als ich am Treffpunkt anlangte.

Hilma und Heinrich waren schon da, an die Mauer gedrückt wie zwei Schatten. Edgar, Richard und Pitt kamen danach aus verschiedenen Richtungen. Wir warteten bis halb eins. Dann brachen wir auf.

»Zuerst zur Elisenstraße«, sagte Hilma. »Der Schaukasten dort liegt im Dunkeln.« Wir fuhren. Ich hatte das Gefühl, die Situation schon mal erlebt zu haben. Ob ich die Szenerie geträumt hatte, die nächtliche Kolonne mich an den Ausflug zu den Lübschützer Teichen erinnerte oder ob die sonderbare Vertrautheit ganz woanders herkam, konnte ich nicht sagen.

Am Pädagogischen Institut angekommen machte sich Edgar, ohne zu zögern, über das Kastenschloss unterhalb der Abdeckung her. Er sah aus, als mache er etwas völlig Alltägliches. Ein gebogener Draht wuchs aus seiner Hand. Wenige Sekunden später klappte er die Scheibe nach oben.

»Bitte schön«, sagte er und trat zurück.

»Die anderen Sachen raus?«, fragte Hilma. Ich zuckte mit den Schultern. Heinrich nickte. Nachdem sie den Kasten leer geräumt hatte, hielt Hilma wortlos ihre Hand in meine Richtung. Hastig wühlte ich ein Exemplar der Glosse hervor. Hilma nahm es entgegen, hing es in die Mitte der Vitrine und schlug die Abdeckung wieder zu. Die Aktion hatte keine Minute gedauert.

Wir fuhren zur Andreaskirche und wiederholten das Spiel. Die letzte Station befand sich am Connewitzer Kreuz neben der Apotheke. Eine Straßenlaterne leuchtete den Kasten an wie das Rampenlicht eine Theaterbühne. Wir zogen unsere Mützen und Kragen noch tiefer ins Gesicht, stellten uns um Edgar herum auf und ließen ihn machen. Doch es schien ein Problem zu geben. Er hantierte und fummelte. Der Kasten blieb zu.

»Verfluchter Mist«, murmelte er von unten. In der Ferne brummte ein Auto. Das Geräusch schien sich zu nähern.

»Scheiße!«, sagte ich. »Wir müssen hier weg!« Pitt schob Edgar beiseite.

»Vorsicht«, sagte er, während er mit seinem Ellenbogen die Scheibe eindrückte. Das Glas knackte dumpf. Konfetti aus Scherben regnete auf den Boden. Schnell riss Pitt das Papier aus dem Kasten. Während er bereits auf sein Fahrrad stieg, hing ich unser letztes Blatt hinein.

»Und jetzt verduften!«, rief Pitt. »Trennt euch!« Er verschwand um die Ecke. Das Auto war jetzt sehr nah. Ich bekam nicht mehr mit, in welche Richtungen die anderen flohen. Ich hastete über den Fußweg und wie Pitt nach rechts in die Waisenhausstraße. Vor der Gastwirtschaft an der Ecke drehte ich mich noch einmal um. Die Pegauer Straße hoch krochen Lichter und Motorhaube eines schwarzen Mercedes-Benz der Schutzpolizei. Hinter der Frontscheibe blitzte silbern der Hoheitsadler, den die Beamten der Schupo so überdimensioniert an ihren Tschakos trugen.

Am liebsten hätte ich mich auf der Stelle unsichtbar gemacht. Da das nicht ging, fuhr ich. Einhundert Meter, zweihundert, bis zum Park auf dem Wiedebachplatz. Fast verlor ich den Hut meines Vaters. Von Pitt war nichts mehr zu sehen.

In der Mitte des Parks wuchsen kreisförmig angelegte Büsche. Ohne zu überlegen, stürzte ich mich mit meinem Fahrrad hinein. Ein Strauch peitschte mir ins Gesicht. Für einen gellenden Augenblick protestierte der frisch verheilte Bruch an der Nase. Den Rest verschluckte das Adrenalin.

Ich hielt den Atem an. Über mein Fahrrad gehockt, beobachtete ich durch Astgewirr und schmale Blätter die Straße. Zunächst rührte sich nichts. Dann vernahm ich erneut ein Auto. Vielleicht ein Privatwagen? Die Hoffnung erfüllte sich nicht. Langsam rollte der Mercedes heran, ein drohendes, schwarzes Raubtier, das Witterung aufgenommen hatte.

Die Schupos fuhren einmal um den Platz. Dann ein zweites Mal. Sie hielten an. Sekunden verstrichen. Das Auto stand weniger als einen Steinwurf entfernt. Der Motor lief. Sein stotternder Rhythmus zermürbte mich. Dann erstarb er.

Blanke Panik stieg in mir auf, doch jetzt noch zu fliehen war völlig aussichtslos. Zwei kolossale Schattenrisse stiegen aus dem Auto und stapften behäbig, doch unaufhaltsam über die Wiese in den Park hinein. Meine Augen schienen zu platzen. Taschenlampen flammten auf.

Mein behütetes Leben zog an mir vorbei wie der Schirm einer Pusteblume. Ich verfluchte die Dummheit, die mich an diesen Ort gebracht hatte. Kieselsteine knirschten unter den Sohlen dicker Stiefel. Um den Lichtkegeln zu entkommen, duckte ich mich noch tiefer.

»Kein Arsch zu sehen«, murmelte einer der beiden Schupos wie zu sich selbst, blieb keine zwei Meter vor meinem Versteck stehen und zündete sich eine Zigarette an. Der andere wanderte ein Stück weiter und ließ den Strahl seiner Taschenlampe kreisen. Als er sich umdrehte, leuchtete er mir genau über die Stirn. Ich erbrach mich fast.

»Lass gut sein«, sagte derjenige, der stehen geblieben war. »Nimm lieber einen Zug.« Der andere antwortete nicht, kam aber zurück. Seine Lampe baumelte jetzt nach unten.

»Pfui Deibel, ist das ein Kraut«, kommentierte er nach dem Inhalieren.

»Klappe. Du hast einfach keine Ahnung. Rauch schön weiter deine feinen Salems.« Die beiden kicherten grunzend. Danach standen sie eine Weile schweigend nebeneinander und rauchten. Ich war vollauf damit beschäftigt, meinen Magen unter Kontrolle zu behalten. Für Gedanken war kein Platz mehr. Schließlich kam die Erlösung.

»Lass uns weiterfahren«, sagte der Erste. Der andere brummte zustimmend. Dann liefen sie wie zwei große alte Gorillas zurück zu ihrem Wagen und stiegen ein. Ich würgte und erbrach mir zwischen die Füße, bis das Zwerchfell brannte und nur noch galliger Speichel von meinen Zähnen tropfte.

Als ich endlich wieder zu Hause war und in meinem Bett lag, fing ich an zu lachen. Ich lachte und lachte und lachte meine Erleichterung ins Kissen, bis ich einen Krampf bekam.

19

Es war nicht leicht, Richard und Willi zu überreden. Heinrich, der die Ohren gespitzt und sich eingemischt hatte, war mit seiner gewinnenden Art schließlich das entscheidende Zünglein zu meinen Gunsten. Sie erlaubten mir die Benutzung ihres Faltbootes. Ich wollte Josephine an ihrem Geburtstag mit einer Bootstour auf den Elster-Luppe-Kanälen überraschen. Wir verabredeten die Übergabe an der Sachsenbrücke.

Josephines Geburtstag war ein Samstag. Den HJ-Sport schwänzte ich. Meinen Eltern gegenüber fiel er aus. Ich war so glücklich und stolz über meine Verabredung, dass ich nicht an mich halten konnte. Ich berichtete meinen Eltern von meinem Vorhaben. Zu meinem Verdruss waren sie nur sehr mäßig begeistert.

»Pass auf dem Wasser auf, hörst du? Kannst du überhaupt Kanu fahren?«, zweifelte meine Mutter.

»Und mach uns keine Unehre. Du bist ja gut erzogen und weißt, was sich schickt, nicht?«, grantelte mein Vater. Ich zerstreute ihre Bedenken und sah zu, dass ich fortkam.

Indes, das Wetter zeigte sich mir wohlgesonnen. Über einer dünnen Schicht Nebelstaub strahlte die Sonne und wärmte die Luft. Man konnte sich fast noch im Spätsommer wähnen.

Josephine hatte mir erlaubt, sie von zu Hause abzuholen. Die Wohnung befand sich über dem Kolonialwarenladen ihres Vaters. Ich klingelte. Hinter den Schaufenstern neben der Haustür türmten sich Schokoladen, Teepackungen und Gewürze zu kunstvoll geschichteten Bauwerken. Ich klingelte noch einmal. Dann trat ich zurück. Im ersten Stockwerk stand eine kleine Frau hinter der Gardine. Als sich unsere Blicke trafen, verschwand sie wie ein Geist.

Ich wartete eine Minute, dann eine weitere. Gerade als ich die Klingel noch einmal betätigen wollte, hörte ich Stimmen im Treppenhaus, kurz darauf Schritte. Meine Angebetete erschien in der Tür. Ein dreiviertellanger Mantel in hellem Grün schmiegte sich an ihren Körper, als wolle er mich neidisch machen. Unter ihm schaute ein dunkelgrüner Faltenrock hervor. Auf dem Kopf trug Josephine einen himmelblauen Tellerhut, der mehr nach Urlaub in mediterranen Gefilden als nach Samstagsausflug in Sachsen aussah. Wie üblich hatte sie viel Schminke aufgelegt.

»Mein Vater hätte es besser gefunden, wenn du hochgekommen wärst«, sagte sie. »Um dich vorzustellen.« Ob sie es selbst auch besser gefunden hätte, war an ihrem Tonfall nicht auszumachen.

»Entschuldige«, sagte ich. »Daran hab ich nicht gedacht.« Das hatte ich wirklich nicht. »Alles Gute zum Geburtstag«, lenkte ich ab. Josephine lächelte ein wenig. Unentschlossen standen wir uns gegenüber.

»Wollen wir?«, sagte ich. »Es wartet eine Überraschung.« Ich hatte ihr das erst im Park offenbaren wollen. In dieser Situation aber erschien es mir als Trumpf, den ich früher ausspielen sollte. Tatsächlich wurde Josephines Lächeln größer.

Wir fuhren Straßenbahn. Erst mit der Linie elf kurz vor die Innenstadt, dann mit der Fünf am Neuen Gewandhaus und den Neorenaissance-Villen des Musikviertels vorbei bis zum König-Albert-Park. Ich fand es herrlich, so mit Josephine zu sitzen und zwischen Menschen und Häusern hindurchzufliegen. Für den Moment zählte nichts anderes.

Unter Eichen und Linden, in deren weitverzweigtem Geäst letzte Blätterbüschel hingen wie vergessene rote und gelbe Wäschestücke, begannen wir unseren Spaziergang. Unter den Füßen raschelte der Herbst. Familien mit Kindern belebten Wiesen und Wege. Hier und dort sah man junge Pärchen, die sich an den Händen hielten oder, eng aneinandergepresst, Arm in Arm liefen, verschmolzen wie zu einer einzigen Person.

Nach außen lächelte ich. Nach innen grübelte ich. War jetzt ein guter Zeitpunkt, Josephines Hand zu ergreifen? Oder den Arm um sie zu legen? Meine Grübelei brachte kein Ergebnis. So vertagte ich sie; vielleicht auf nach der Fahrt mit dem Faltboot. Ein Eichhörnchen lugte hinter einem Baum hervor. Es schien zu lachen.

Am Ende der Allee sah ich Richard und Willi auf der Mauer der Sachsenbrücke sitzen. Ihr blauer Zweier von Klepper lag fertig zusammengebaut vor ihnen im Gras. Die beiden feixten. Ihr seid ja nur neidisch, dachte ich. Josephine hatte sie noch nicht entdeckt. Ich winkte heftig mit der von ihr abgewandten Hand. Richard und Willi verstanden. Sie sprangen von der Mauer und liefen, ihr Boot nicht aus den Augen lassend, zur Mitte der Brücke. Versteckt zwischen ein paar Dutzend anderen Köpfen, fielen sie von der Allee aus nun nicht mehr auf.

»Die Überraschung liegt dort«, sagte ich zu Josephine.

»Was meinst du?«, fragte sie und sah überall hin, nur nicht auf das Faltboot direkt vor uns.

»Das da!«, sagte ich. Josephine schien immer noch nicht zu verstehen. »Eine herrliche Runde auf dem Wasser. In diesem Boot!« Meine Begleitung legte den Kopf schief.

»Ist das dein Ernst?« Ich nickte eifrig. »Wem gehört das?«, fragte Josephine.

»Geheim«, sagte ich und genoss ihre Verblüffung. Mein Herz hüpfte. Die Überraschung war gelungen. Jetzt hieß es nur noch, das Boot so elegant wie möglich ans Wasser zu wuchten. Ich versuchte, es mit der rechten Hand am Bug anzuheben. Es war schwer. Schnell nahm ich die linke dazu. Fest mit beiden Händen gepackt, bekam ich es langsam den Abhang hinunter. Josephine half mir ein wenig. Aus den Augenwinkeln sah ich Richard und Willi, die auf der Brücke standen und sich fast schlapp lachten.

Auch mit dem Einsteigen war es so eine Sache. Ich ließ Josephine den Vortritt und hielt das Boot dabei fest. Das ging noch ganz gut. Als ich folgen wollte, wackelte der Kahn, als wäre er aus Pudding. Es fehlte nicht viel und ich wäre über Bord gegangen. Einmal auf dem Wasser wurde es jedoch schlagartig besser. Richard und Willi hatten uns ein Doppelpaddel beigelegt, mit dem ich das Boot relativ gleichmäßig in die Flussmitte brachte.

Josephine saß vorn. Sie legte den Kopf in den Nacken und

tauchte die Fingerspitzen ihrer rechten Hand unter. Es war der schönste Anblick auf der ganzen Welt. Auf beiden Seiten schwebten die Ufer vorbei und in den Wellen tanzte die Nachmittagssonne auf und nieder wie tausend kleine Sterne.

Einen halben Kilometer entfernt lag das Obere Elsterwehr. Die Anlage sah aus wie eine Burg. Hinter ihr toste der Fluss mehrere Meter nach unten. Für Boote war diese Stelle unpassierbar. Wir bogen ab. Neben dem Elsterwehr schlängelten sich mehrere Kanäle in den Westen der Stadt, zwischen mächtigen Industrieanlagen mit Klinkerfassaden, freudlosen Mietskasernen und ein wenig verwunschen wirkenden Waldstückchen hindurch.

In der Sage vom Ritterloch hieß es, dass irgendwo hier in der Elster einst zwei Männer mit dem Schwert um die Gunst einer Frau gekämpft hatten und bei ihrem Duell ins Wasser gestürzt und ertrunken waren. Mit wem würde ich um Josephine kämpfen müssen? Gab es da jemanden? Im Moment jedenfalls schien sie mir sehr wohlgesonnen.

»Harro, es ist traumhaft schön hier«, seufzte sie, ganz ohne die sonstige Gefasstheit. Das Boot gluckste unter eine kleine Brücke. Dann kamen wir an eine Stelle, an der die Äste der Bäume am Ufer bis in den Kanal hingen und seine fließende Oberfläche in seltsame Muster zerteilten. Dahinter befand sich ein Anlegesteg.

»Lass uns dort eine Pause machen«, sagte Josephine. Ihre Stimme umarmte mich weich. Leichtfüßig kletterte sie aus dem Boot und band es fest. Ich folgte ihr. Im Schneidersitz ließen wir uns nieder. Das Holz auf dem Steg war trocken und warm.

Für eine Weile sagte keiner von uns beiden ein Wort. Irgendwann fing Josephine an zu lachen, hell wie winzige Glocken, so wie ich es noch nie gehört hatte.

»Und jetzt?«, fragte sie vergnügt. Ich grinste und zuckte mit den Schultern.

»Weiß nicht«, sagte ich. Josephine lachte wieder.

»Du bist nicht so der Mann der Taten, oder?« Und bevor ich antworten konnte, strich sie sich ein paar feine, lockige Strähnen aus dem Gesicht und drückte ihre Lippen auf meine. Ich hatte keine Zeit, darüber nachzudenken, wie das denn nun ginge, das mit dem Küssen. Ich schmeckte rote Schminke und eine kleine Zunge, die sich frech in meinen Mund spielte. Meine Zunge hielt dagegen.

»Sachte«, sagte Josephine und legte ihre rechte Hand in meinen Nacken. Ein Schauer prickelte quer über meinen Rücken. Dann näherten sich ihre Lippen erneut. Wir umtanzten uns und ließen die Zungenspitzen aneinanderklingen, diesmal behutsamer. Der Wind rauschte über uns durch die Baumkronen, doch die Zeit stand still.

20

Den Sportnachmittag meiner Kameradschaft zu schwänzen hatte ich für keine große Sache gehalten. Es kam anders. Beim nächsten Heimabend war ich kaum durch die Tür, da lief Hugo schon auf mich zu, zwei Zentner voller Ärger.

»Jäger, wo warst du am Samstag?«, fragte er. Seine Tenorstimme knödelte noch mehr als sonst.

»Warum?«, fragte ich.

»Warum, warum«, wiederholte er. »Weil Kräftevergleich war! Darum! Die gesamte Gefolgschaft hat sich getroffen! Einhundertfünfzig Jungs! Und wer hat gefehlt?« Ich räusperte mich. Die anderen im Raum schauten neugierig, einige verächtlich.

»Ich hab gefehlt?«

»Als Einziger!«, rief Hugo aus. »Unentschuldigt! Einer aus meiner Gruppe!« Er war wirklich aufgebracht. Bestimmt hatte er böse Rügen über die Disziplinlosigkeit seiner Untergebenen abbekommen, die natürlich, folgte man der Logik der Autoritäten, auf ihn selbst zurückfiel.

»Darüber wird noch zu reden sein«, sagte er leise. Dann ging er nach vorn.

»Nächsten Samstag ist Reichsstraßensammlung für das

Winterhilfswerk«, rief er. »Ihr verkauft Taschenkalender. Appelliert an die Verantwortung für die Volksgemeinschaft! Nehmt so viel Spenden wie möglich ein!« Er blätterte in seinen Unterlagen.

»Harro?«, sagte er dann. Ich meldete mich aus der Ecke. »Dich teile ich hiermit zur Abholung der Kalender und Sammelbüchsen ein. Amt für Volkswohlfahrt, Erdgeschoss. Jetzt gleich! Und ein bisschen plötzlich! Die Kollegen haben nicht die ganze Nacht auf!«

Ich fand es nicht schlimm, Hugos Sermon über das Werden der Bewegung und über die Blutsgemeinschaft zu entfliehen. Mich störte, dass er über mich bestimmen, mich zu Botengängen schicken konnte, wie es ihm passte. Doch mir schien dies nicht der richtige Zeitpunkt zum Rebellieren. Ich ließ meinen Stuhl über den Boden sägen, stand auf und verließ den Raum.

Die Geschäftsstelle des Amtes befand sich neben dem Neuen Rathaus am südwestlichsten Zipfel der Innenstadt. Ich lenkte mein Fahrrad über den nördlichen Teil der Adolf-Hitler-Straße. Einzelne nasskalte Windböen jagten um die Häuser und mir unter die Kleidung. Am Peterssteinweg standen mit einem Mal dünne, weiße Flocken in der Luft. Der erste Schnee. Ich fuhr schneller.

In wenigen Fenstern der Verwaltungsburg brannte noch Licht. Ich brauchte eine Weile, bis ich den scheinbar einzigen nicht verschlossenen Eingang gefunden hatte. Hinter mir fiel die Holztür mit einem Krachen ins Schloss, das bestimmt bis unter das Dach zu hören war. Das Geräusch hallte nach. Dann war es still. Vom Lärm der Straße drang kein Mucks in das sich über lange Flure erstreckende Gebäude. Jetzt musste ich nur noch das richtige Zimmer finden. Oder überhaupt irgendjemanden.

Ich lief einen Korridor entlang, der so endlos schien wie in einem sonderbaren Traum. Steinerne Löwenköpfe glotzten mich von den Wänden an. Nach einer Biegung stieß ich auf zwei Jungs. Sie standen vor einer Tür.

»Bin ich hier richtig, wenn ich die Sachen für die Straßensammlung abholen will?«, fragte ich. »Für das Winterhilfswerk?«

Die beiden nickten. Zwei sympathische Gesichter. HJ-Kameraden, ging es mir durch den Kopf. Was wohl in deren Köpfen steckte? Wie sahen sie mich? War ich für sie einfach nur einer von ihnen? Ein weiteres Glied der stählernen Staatsjugend, voller Aufopferungsbereitschaft und Disziplin? Bestimmt hatten auch sie ihre Geheimnisse. Ich stellte mich neben sie und wartete, bis ich dran war.

Wenig später lief ich den Flur zurück. In einem Säckchen in meiner Hand schellten die Sammelbüchsen aneinander. Sie klangen wie ein Milchkübel, der die Straße hinabrollt.

Wieder am Ausgang, passierte es. Durch die Tür trat ein weiterer Hitlerjunge. Er war eine Spur kleiner als ich, wirkte aber wie ein Erwachsener. Sein Gesicht schien nach unten zu fließen. Irgendetwas hatte er an sich, dass ich ihm auswich.

Unsere Blicke trafen sich. Wir liefen aneinander vorbei. Du siehst aus wie eine Dogge, dachte ich. Die Klinke bereits in der Hand, fiel es mir ein.

»Kennen wir uns nicht?«, hörte ich seine Stimme hinter mir. Der Tonfall war nicht böse oder aggressiv. Eher anzüglich. Ich zögerte. Wir waren allein. Auf dem Weg zu den Lübschützer Teichen hatte Pitt diesen Burschen beiseitegeschoben wie nichts. Ich wollte nicht immer derjenige sein, der wegrannte und einsteckte. Aber ich war nicht Pitt, obwohl ich seit Kurzem mit ihm trainierte. Ich glaubte mich nicht bereit für eine ernsthafte körperliche Auseinandersetzung. In Bruchteilen von Sekunden überlegte ich hin und her. Schließlich setzten sich meine Füße in Bewegung.

»Bleib stehn, du Schwein!«, bellte die Dogge. Doch ich war schon aus der Tür. Mein Fahrrad, das an der Mauer aus grauem Muschelkalk lehnte, musste ich dalassen. Das Schloss öffnen, aufsteigen und genug Fahrt bekommen hätte zu lange gedauert.

Ich floh Richtung Süden. Ich wollte raus aus der Innenstadt. Dorthin, wo ich die Schleichwege und Hinterhöfe kannte. Der Schneeregen hatte den Bürgersteig glatt poliert. Immer wieder rutschte ich, mehrmals ging ein Ruck durch meinen Körper. Ich rannte und rannte. Meine Lunge quietschte wie ein aufgespießter Vogel. An einer Ecke schaute ich mich um. Der Doggenjunge war mir auf den Fersen, wütend und grinsend.

Kurz hinter dem Floßplatz war Schluss. Dort, wo ich wenige Tage zuvor noch fröhlich mit Josephine vorbeigefahren und noch fröhlicher zurückgekommen war, konnte ich nicht mehr. Ich lief in einen Hof. Mauern, zum Erklettern zu hoch, empfingen mich. Rechts gab es eine Tür. Ich rüttelte an ihr. Sie war abgeschlossen. In der linken Ecke befand sich ein zweiseitig offener Schuppen mit ein paar in der Dunkelheit nicht auszumachenden Gerätschaften. Zu wenige, um sich hinter oder zwischen ihnen zu verstecken.

Schraubzwingen pressten meine Seiten zusammen. Das Atmen brannte. Meine Knie glichen zwei Schüsseln Wackelpeter. Eine gewisse Schicksalsergebenheit befiel mich. Dann sollte es eben so sein. Eine Straßenlaterne schien trübe in den Hof. Ich stellte mich an den Rand ihres Lichts und versuchte, meinen Puls zu beruhigen. Und dann war mein Verfolger da. Der Hitlerjunge schnalzte mit der Zunge, als er mich erblickte.

»Musste das sein?«, fragte er, fast väterlich. Ich konnte nur seine Umrisse erkennen. Ich antwortete nicht.

»In Ordnung«, sagte er. »Kommst du freiwillig mit zur Wächterburg? Oder muss ich nachhelfen?« Wieder sagte ich nichts. Noch immer atmete ich schwer. Ich konnte nicht begreifen, warum die Stimme meines Gegenübers so beiläufig klang. Warum war er nicht auch außer Puste? An der vormilitärischen Ertüchtigung des Jungenkörpers schien etwas dran zu sein. Langsam kam er auf mich zu.

»Wächterburg?«, fragte ich schließlich und verschluckte dabei die Hälfte des Wortes.

»Polizeigefängnis, Mann!«, rief die Hitlerdogge. »Wirst schon sehen!«

»Vergiss es«, sagte ich. Ich rief ab, was ich von Pitt gelernt hatte. Deckung, breite Basis. Locker bleiben. Alles an mir schien aus Gummi. Der Hitlerjunge lachte. Fast nachlässig versuchte er, mir mit seiner Linken einen Schlag zu versetzen. Ich wehrte ab. Eine ganze Explosion aus Fäusten folgte. Meine Aufstellung zerbrach wie Glas auf einem Felsen. Ich krallte mich in die Arme meines Gegners. Er riss mich zur Seite. Mehr aus Reflex als aus irgendetwas sonst brachte ich mein rechtes Knie in die Gegend seiner Weichteile. Jäh taumelte er rückwärts.

Ohne nachzudenken setzte ich hinterher. Führhände, Schlaghände, linke Haken, rechte Haken. Aufwärtshaken. Wie bei einem Hamster im Rad flogen meine Gliedmaßen. Ein Tritt in die Innenseite meines rechten Knies stoppte den Ausbruch. Wie in Schmiedekesseln kochte das Adrenalin, dennoch spürte ich den bestialischen Schmerz. Ich zerbiss die Innenseiten meiner Wangen. Ich kämpfte weiter.

Wieder zogen und zerrten wir aneinander. Schließlich verkeilten wir uns und fielen aufeinander wie zwei gefällte Bäume. Wir rollten ein Stück. Dann erwischte ich den Hitlerjungen mit meinem rechten Ellenbogen genau im Gesicht.

Sofort ließ er von mir ab. Ich rutschte ein Stück zur Seite. Mein Gegner hielt sich Mund und Nase. Zwischen seinen Fingern quoll es schwarz. Ich rutschte noch ein Stück weiter, schob mit dem Fuß seinen Körper von meinem und erhob mich. Der unförmige Haufen vor mir gurgelte und stöhnte. Ich konnte es nicht fassen.

Ich suchte das Säckchen mit den Sammelbüchsen. Dann humpelte ich aus dem Hof hinaus.

»Verfluchte Drecksau!«, hörte ich aus dem Durchgang, als ich schon zwei Ecken weiter war, gleich darauf noch einmal, laut wie ein Zug: »Verfluchte Drecksau!« Ich rannte, humpelnd.

Mein Knie schmerzte, ebenso mein Ellenbogen. Eigentlich tat so ziemlich alles weh. In meinem Kopf drehte es sich. Den gesamten restlichen Weg zurück wischte ich mechanisch an meiner Kleidung herum. Als ich schließlich, Unschuldsmiene aufgesetzt und um feste Stimme bemüht, vor Hugo stand und die Büchsen und Kalender abgab, kam ich mir erbärmlich vor.

21

»Was zum Donnerwetter soll das heißen?« So viel Aufruhr in der Stimme meines Vaters hatte ich noch nie vernommen. Die Adern an seiner Stirn zitterten. In der Hand hielt er einen Brief.

»Was denn?«, fragte ich. Ich hatte keine Idee, was in dem Brief stand. Aber ich hatte genug Geheimnisse, die auf unangenehme Weise entdeckt werden konnten. In meinem Bauch hob röhrend ein Flugzeug ab.

»Das hier!« Mein Vater ließ das Papier auf den Tisch knallen. Ich rückte das Blatt zurecht und studierte es. Links oben war der Absender verzeichnet, die HJ-Bannführung Leipzig-Süd, darunter ihr Stempel. Das Datum war von vorgestern. Die unterstrichene Überschrift lautete schlicht »Schriftliche Mahnung«. Dann folgte in umständlicher Beamtensprache eine lange Mitteilung an meine Eltern, dass ich den sportlichen Wettstreit der Kameradschaften geschwänzt hatte und im Wiederholungsfall vom HJ-Dienst ausgeschlossen werden würde.

Ich schaute meinen Vater an, dann wieder den Brief. Ich war überrascht. Ich hatte Hugo falsch eingeschätzt. Irgendwie hatte ich gedacht, er mache diese Angelegenheit mit mir persönlich aus. Die Drohung, vom Dienst ausgeschlossen zu werden, verfing bei mir nicht. Dass ich mich jetzt mit meinem Vater über diesen Brief auseinandersetzen musste, umso mehr.

»So was Dummes! Ich dachte, das wäre diesen Samstag!«, sagte ich. Mein Vater verzog keine Miene.

»Das glaubst du doch wohl selbst nicht.«

»Doch! Muss ich verwechselt haben. Den Wettstreit und den freien Nachmittag. Tut mir leid«, beharrte ich. Mein Vater schüttelte den Kopf und rieb die Nasenpartie zwischen seinen Augen mit Daumen und Zeigefinger, bis sie rot leuchtete.

»Irgendetwas stimmt mit dir nicht«, sagte er. »Du verhältst dich merkwürdig. Trägst nur noch diese seltsame Kleidung. Und sogar einen Ring. Bist ständig nicht zu Hause. Deine Mutter und ich, wir wissen gar nicht, was du machst.«

»Mit Leuten treffen?«, sagte ich.

»Was denn für Leute, Harro. Was sind denn das für Leute. Niemand kennt die. Gut, Heinrich ist dabei, aber …«

Mein Vater brauchte nicht weiterzusprechen. Seine Frage, warum ich mich mit so einfachen Leuten wie Heinrich umgab, stand noch immer zwischen uns.

»Im Viertel wird geredet«, fuhr er fort. »Hier passieren komische Sachen. Jungs stehen auf der Straße und pöbeln herum. Vor Kurzem wurden in die Schaukästen der Gegend Pamphlete gegen die Regierung gehängt.« Ich gab mir größte Mühe, nicht breit zu grinsen. Sogar meine Eltern hatten also davon erfahren.

»Und?«, zuckte ich mit den Schultern.

»Deine Mutter hat mir von Dr. Hausmann erzählt. Er meint, er hätte dich gesehen mit diesen Kriminellen. Das gefällt mir ganz und gar nicht. Besonders nicht in Verbindung mit dem hier.« Mein Vater schwenkte den Umschlag des Briefes wie eine feine Dame ihren Fächer.

Ich hatte eigentlich keine Lust, meine Freunde als kriminell bezeichnen zu lassen. Nach den Maßgaben des Staates entsprach es den Tatsachen. Aber es machte mich wütend, den Ausdruck von meinem Vater zu hören.

»Keine Ahnung, wovon du sprichst«, sagte ich. Mein Vater nickte. Ohne mich anzuschauen, sagte er: »Stubenarrest bis nach Weihnachten. Dann sehen wir weiter.« Ich versuchte, seine Augen mit meinen zu fangen. Es gelang mir nicht. Ich schüttelte den Kopf. Nach allem, was sich in den letzten Wochen ereignet hatte, war die Bereitschaft, mir etwas gefallen zu lassen, stark geschwunden.

»Mir egal«, sagte ich. »Ich mache, was ich will.« Nun schaute mich mein Vater immerhin an. Aber er schaute, als kenne er mich nicht. Ich sah, dass es in ihm brodelte wie im Krakatau. Doch er schwieg. Ich ließ ihn stehen.

In meinem Zimmer starrte ich erst eine Weile an die Wand, dann aus dem Fenster. Unten drehte sich die Welt, gleichförmig und banal. Interessierte sie sich für mich? Warum war mein Vater so? Er war doch gar nicht angepasst, früher zumindest nicht gewesen, und ein Nazi schon gar nicht. Der Gedanke, dass sein Sohn seinen eigenen Kopf hatte und damit auch nicht hinter dem Berg hielt, hätte ihn doch auch stolz machen können. Oder? War er so anders als ich? War ich so anders als er? Oder war es nur seine Angst um mich? Ich fand keine Antwort.

Der Rest des Jahres schleppte sich dahin, schwelend unruhig daheim, merkwürdig gedämpft auf der Straße. Vor der

Reichsbank am Connewitzer Kreuz standen eine Weile fast täglich auffällig unauffällig gekleidete Männer, die nach links und rechts zu den Kinos starrten. Keiner von uns besaß die Traute, sie zu konfrontieren. Für den emsigen Erich, der nach wie vor versuchte, uns vom Union-Theater fernzuhalten, war nicht viel zu tun.

Ab Mitte Dezember traf sich die Clique ein paarmal in einer Spelunke namens Zankapfel. Von ihr hieß es, dass dort früher die kommunistische Jugend ein und aus gegangen war. Die Kneipe versteckte sich weitab von den großen Connewitzer Wirtschaften, auf der Probstheidaer Straße, direkt um die Ecke von Edgars Wohnung. Das Ausschankverbot für Minderjährige wurde sehr lasch gehandhabt. Mein Vater, der meist schon schlief, wenn ich heimkam, unternahm keinen neuen Versuch, den angedrohten Hausarrest durchzusetzen.

Heiligabend gaben sich im Zankapfel all diejenigen die Klinke in die Hand, die mit der süßen Besinnung auf den Kreis der Familie nichts anfangen konnten. Oder die keine Familie hatten. Auch mich hielt nach dem Pflichtprogramm nichts zu Hause.

In der Kneipe angekommen meinte ich erst, es wäre niemand von uns da. Gerade wollte ich mich zum Gehen wenden und vielleicht später noch einmal wiederkommen, da erblickte ich in der allerhintersten Ecke Josephine. Das Licht war gedämpft und dichter Rauch von Zigaretten hing im Raum. Josephine saß allein an einem kleinen runden Holztisch. Vor ihr stand ein noch zur Hälfte gefülltes Bierglas. Ich bahnte mir meinen Weg durch die Leute.

»Wollte dich gerade herrufen«, sagte sie. »Du bist ja umhergeirrt wie ein Maulwurf.« Dann lächelte sie, aber in ihren Augen lag Kummer.

»Fröhliche Weihnachten, Harro.« Ich setzte mich und nahm ihre Hand.

»Dir auch«, sagte ich. Dann nahm ich meine Hand wieder weg. Ich wusste nicht, was das jetzt war. Das zwischen uns. Seit unserem Ausflug hatte Josephine kein Wort darüber verloren, dass unsere Zungen eine gefühlte Stunde lang verknotet gewesen waren. Auch sonst hatte sie sich nicht anders mir gegenüber verhalten als zuvor.

Ich reckte den Kopf. Von der Bedienung war nichts zu sehen. Das war der Nachteil am Zankapfel. Guten Service konnte man nicht erwarten. Doch die Bauer-Biere aus der Stadtteilbrauerei waren billig und die Gläser immerhin geputzt.

»So allein hier?«, fragte ich Josephine, nachdem ich mich an den Gedanken gewöhnt hatte, erst einmal auf dem Trockenen zu sitzen. »Alles in Ordnung?« Josephine schaute mich an.

»Geht so«, sagte sie. Dann fuhr sie sich mit beiden Händen von der Stirn über die Locken bis in den Nacken und seufzte. Wie gern ich diesen Hals kosen würde, funkelte es mir durch den Kopf.

»Heiligabend. Der Tiefpunkt des Jahres«, sagte sie dann. »Mutter zündet eine Kerze an für Hans, sitzt bis drei Uhr nachts davor und starrt in die Flamme. Vater muss nach dem Abendessen plötzlich ganz dringend etwas für die Arbeit erledigen. Und Karla verschwindet in ihrem Zimmer. Nicht ansprechbar bis zum nächsten Tag.« Josephine leerte den Rest ihres Bieres in einem Zug. »Das ist mein Weihnachten, seit sieben Jahren.« Sie klopfte mit dem Glas auf den Tisch. »Und bei dir?«

»Kann nicht mithalten«, versuchte ich mich in Zynismus. »Meine Eltern stinken nur rum. Weil ich mich nicht so verhalte, wie sie es wollen. Offiziell hab ich Stubenarrest.«

Die Bedienung, ein dürres Männlein in viel zu großem Frack, rauschte an unserem Tisch vorbei. Ich zeigte auf Josephines leeres Glas und formte mit Zeige- und Mittelfinger ein V. Das Männlein nickte. Nachdem zwei neue Gläser vor uns standen, hielt ich die Gelegenheit für gekommen, das zwischen Josephine und mir Unausgesprochene auszusprechen. Die ersten Worte wollten gerade von meiner Zunge rollen, als die Tür aufschwang. Zwei große Kerle stolperten herein. Heinrich und sein Vater. Beide waren bezecht.

»Fröhliche Weihnachten! Gott erhalte Hitler!«, sang Heinrich mit belegter Stimme in die Runde. Ich traute meinen Ohren nicht. Einige Leute winkten ab, einige lachten. Einige runzelten die Stirn. Für wenige Herzschläge lag Ärger in der Luft.

»Den Röhm und den Loeper hat er ja schon erhalten!«, löste Heinrich die Spannung. Der Schankraum bebte vor Lachen. Ich lachte auch. Nur zweifelte ich, dass es klug war, solche Witze in die Öffentlichkeit hinauszubrüllen. Und sei es nur hier. Ich rief und winkte die beiden heran. Auf dem Weg verlor Heinrich seinen Vater an eine Gruppe angegrauter, Karten spielender Herren.

»Na, ihr zwei Zuckerhasen?«, fragte er und fiel auf den Stuhl wie ein Sack Kartoffeln.

»Bestell dir mal ein Wasser«, antwortete ich. Heinrich sah

mich schief an. Dann haute er mir seine Hand auf die Schulter wie den Setzhammer auf einen Amboss.

»Mein Harro«, sagte er. »Mittlerweile ganz schlagfertig!« Sein Griff wurde sanft. Er schaute an mir vorbei, merkwürdig leer, als fiele ihm etwas Wichtiges ein. Dann schüttelte er den Gedanken wieder ab. Seine Hand löste sich.

»Kennt ihr den schon?«, fragte er, kicherte und wartete nicht auf die Antwort. »DAF-Leiter Ley erkundigt sich beim Direktor einer Fabrik nach der Haltung der Arbeiter. ›Haben Sie noch Sozialdemokraten?‹, fragt er. ›Ja, 50 Prozent!‹ ›Haben Sie auch Leute vom Zentrum?‹ ›Ja, 50 Prozent!‹ ›Na was denn‹, fragt da der Ley. ›Haben Sie gar keine Nationalsozialisten?‹ ›Doch, doch‹, sagt der Direktor. ›Das sind sie jetzt alle!‹«

Ich grinste und schüttelte den Kopf. Heinrich war ulkig, aber ich nicht in der Stimmung. Josephine ließ sich von seiner Ausgelassenheit anstecken. Ich nicht. Als Friedrich anfing, Tische zusammenzurücken, und dabei auch unseren mit einschloss, machte ich mich auf den Heimweg. Heinrichs Protest stimmte mich nicht um.

Es hatte geschneit. Außer dem kauenden Geräusch der weißen Decke unter meinen Schuhen war die Welt totenstill. Seltsam, dass ich dennoch das Gefühl hatte, verfolgt zu werden.

22

»Das soll wohl ein Witz sein?« Karl Brand warf seinen Schatten auf mich. »Was in Dreiteufelsnamen machst du hier in Oberhof?« Gleichmäßig verteilte ich das Wachs auf meinen Skiern. Eine unwillkommene Begegnung. Aber das hier war sein Territorium. Ich schaute nach oben.

»Dasselbe wie du, nehme ich an«, sagte ich. »Gemeinschaft erleben. Trainieren. Hast du eine Uhrzeit?«

»Hab ich nicht«, sagte Karl. Sein Schal verdeckte seinen Mund. »Und wenn, würde ich sie dir nicht verraten. Ich bin nicht dein Kumpel, kapiert? Du bist für mich eine Verunzierung der Uniform! Ein Schandfleck der Volksjugend! Einfach widerlich!« Er zog den Schal noch höher. Vielleicht meinte er, er sähe damit gefährlich aus. Lass ihn nur reden, dachte ich. Hunde, die bellen, beißen nicht.

»Alles klar, Karl«, antwortete ich. »Jetzt lass mich weitermachen. Sonst steh ich nachher zu spät am Hang.« Karl zog ab. Im Gehen trat er gegen meine Wachsdose, die davonschwirrte wie der Diskus von Willy Schröder. Wie gern hätte ich ihm meine Faust mit dem Totenkopfring zwischen die Zähne geschlagen. Doch ich trug den Ring hier nicht. Ich war ja nicht völlig wahnsinnig.

Hätte ich vorher gewusst, was mich im Winterlager der HJ

erwartete, hätte ich mir etwas einfallen lassen. Das Ganze Massendressur zu nennen war eine glatte Untertreibung. Mindestens zwei Gefolgschaften kleckerten allmorgendlich aus den flachen Bungalows der Jugendherberge zum Appell. Angetreten wurde auf dem Vorplatz. In U-Form mussten ein paar Hundert Jungs strammstehen wie Reiterlanzen. Kleinste Verfehlungen im Bild wurden von den Gefolgschaftsführern gnadenlos korrigiert. Sogar die Sauberkeit unserer Hände wurde geprüft. Wer den Ansprüchen nicht genügte, musste Liegestütze im grauen Schnee machen, danach zum erneuten Waschen und wieder zurück. So ging es weiter bis zum Abend. Eigentlich war es zum Lachen. Doch in Wahrheit schüchterte es ein. So viele hielten die Klappe und man selbst sollte der eine sein, der sich beschwert? Ich hielt die Nägel knapp wie nie, die Hände stets frisch gewaschen und spielte auch sonst brav mit. Jetzt war auch noch Karl hier. Den an mir abperlen zu lassen fiel mir schwer.

Ich bemühte mich. Zwei Tage hielt ich es aus. Zwei Tage Langlauf und Abfahrt, zwei Tage Geländeübungen und Schulungen, zwei Tage Singen und Lagerfeuer. Zwei Tage Karl, der um mich herumschlich und auf irgendeinen Fehler wartete.

Am dritten Morgen rebellierte ich. Ich stellte mich krank. Die anderen Jungs zogen zum Appell. Ich blieb im Bett. Am Fenster kratzte ein Fichtenzweig. Es war noch nicht einmal richtig hell.

Kurze Zeit später stand Hugo in der Tür, massig wie ein alter Braunbär. Er schwitzte.

»Und? Du?«, fragte er, als hätte ihn meine Meldung nicht erreicht.

»Geht heute wirklich nicht«, knarzte ich und zog die vor Wäschestärke ganz klamme Bettdecke über meine Nase.

»Simulieren ist Befehlsverweigerung. Du weißt, was das in deinem Fall heißt?«

»Kein Entlassungsgeld?« Fast tat mir Hugo leid, wie er sich um Autorität bemühte. Aber ich hatte vor ihm keine Angst. Außerdem war ich stinkig, dass er mein Fernbleiben vom Sportnachmittag weitergeleitet hatte.

»Du gibst es also zu?«, fragte er.

»Gar nichts geb ich zu«, sagte ich. »Fühl mich wie ein nasser Waschlappen. Kann kaum aufstehen.«

»Mir gleich, Jäger«, sagte Hugo. »Entweder du kommst jetzt raus oder du wirst beurlaubt.« Ich hatte damit gerechnet, dass er die nächste sich bietende Möglichkeit nutzen würde, mich loszuwerden. Trotzdem zögerte ich. Bot ich jetzt meinem Kameradschaftsführer die Stirn, gab es kein Zurück mehr. Befehlsverweigerung wurde mit Rausschmiss bestraft. Dafür gab es keine Entschuldigung. Schon gar nicht für jemanden wie mich. Ich war so unentschlossen, dass ich schwieg. Für Hugo reichte das als Antwort.

»Deine Entscheidung«, sagte er und verschwand aus dem Türrahmen, als hätte man ihn ausgeknipst. Das war es nun.

Den ganzen Tag verbrachte ich mit Sinnlosigkeiten wie dem Zählen der Holzstreben über mir. Ein Wunder, dass diese dürren Dinger unter der Matratze sechzig, siebzig Kilo und mehr aushielten. Ich stellte mir die verschiedensten, spektakulären Abstürze der oberen Doppelstockbettetage vor und wie ein Haufen aus krachendem Holz und steifer Bettwäsche die unten schlafende Person begräbt. Ob man dabei umkommen konnte?

Gegen Mittag fing ich an, mich ernstlich zu langweilen. Ich hatte keine Lektüre eingepackt. Kein Karl May, kein Jules Verne, kein Jack London. Schade. Aber das passte vielleicht ganz gut. Ich war an einem Punkt angekommen, an dem ich nicht mehr flüchten konnte. Nicht in der Fantasie, und in der Realität schon gar nicht. Ich war auf mich selbst gestellt. Für einen Moment lachte ich in das leere Bettenzimmer hinein. Es war kein Hochmut, der von den schmutzig-kahlen Wänden widerhallte. Nur die Ahnung turbulenter und schmerzlicher Ereignisse. Was wäre gewesen, hätte ich Paul Seligmann und Heinrich Umrath nie kennengelernt? Auf welcher Seite stünde ich? Wie viel in meinem Leben war Zufall, wie viel eigene Tat?

Und dann wurde es mir klar. Es war eine Erkenntnis, die plötzlich und scharf konturiert in meinem Kopf stand, als lüfte sich der schwere, purpurne Samtvorhang der Staatsbühne mit einem einzigen Ruck: Wäre ich einer der zahllosen Mitläufer, die dieses Land in den vergangenen vier Jahren hervorgebracht hatte, ich würde nichts so sehr hassen wie die Leute, mit denen ich mich jetzt umgab – meine Clique.

Am Abend beorderte mich einer der Gefolgschaftsführer zu sich ins Zimmer. Beim Betreten des Raumes würgte ich kurz. War ich wirklich krank? Wahrscheinlich lag es nur an dem durchdringenden Geruch nach Likör und zweitklassigen Zigarren.

»Setz dich, Jäger«, sagte der Mann, so, als ob wir uns schon lange kennen würden. Er war hager und seine Gliedmaßen wirkten zu groß für seine Uniform. Das Gesicht dazu war undurchdringlich.

»Du hast also Streit«, sagte er. Ich zuckte mit den Schultern.

»Weißt du«, sagte er, »der Volkskörper braucht auch Burschen wie dich. Burschen, die ihren Platz in der Befehlskette noch finden müssen. Nicht alle sind als Soldaten geboren.« Der Mann ging zum Schrank und kam mit einer breiten Flasche wieder, in der es rötlich schwappte.

»Daran ist nichts verwerflich«, sagte er. »An dem hier auch nicht!« Er hielt die Flasche hoch und lachte, als hätte er einen großartigen Witz gemacht. Seine Zähne waren ebenso lang und dünn wie der Rest seines Körpers.

»Willst du auch?«, fragte er. Ich schüttelte den Kopf. Die Freundlichkeit des Mannes irritierte mich. Draußen auf dem Platz hatte ich ihn ganz anders kennengelernt. Er füllte das Glas vor sich auf dem Tisch bis zum Rand und schloss den Likör wieder weg. Er prostete mir zu. Zwei rosa Tropfen liefen über seine Finger.

»Du verbaust dir die Zukunft«, sagte er. »Legst dir Steine in den Weg, die dir niemand zur Seite räumen kann. Du selbst schon gar nicht.« Ich nickte. Ich wusste das. Und in den folgenden Minuten vergrößerte der Mann meine Zweifel immer mehr: ob es tatsächlich das war, was ich wollte. Seine Worte waren verständnisvoll, seine Behauptungen schmeichelnd. Er gab mir Anerkennung, wo ich keine erwartet hätte. Das wog doppelt. Erst ein ganz bestimmter Satz weckte mich wieder auf. Ein Satz, den ich von meinem Vater kannte.

»Es ist einfach weiser, mit der Zeit zu gehen. Das wirst du sicher wissen.« Mein Gegenüber lächelte, nachdem er das gesagt hatte. Vielleicht glaubte er, mich überzeugt zu haben.

»Kann ich doch etwas davon bekommen?«, fragte ich und

zeigte auf das Glas mit dem Likör. Es war fast leer. Der Gefolgschaftsführer nickte, stand auf, holte die Flasche und ein weiteres Glas und schenkte uns ein. Dann ließ er die Flasche auf dem Tisch stehen.

»Sie haben Ihre Prinzipien«, sagte ich und hob das Glas. »Ich habe meine.« Ich trank. Das Gebräu schmeckte nach Kirschen und Zucker. Ich stellte das Glas ab.

»Kann ich jetzt meinen Beurlaubungsschein haben?« Mein Gegenüber lachte und wiegte den Kopf. Dann lachte er noch einmal.

»Schade um dich«, sagte er. Er seufzte. Dann unterschrieb er einen Zettel, der, wie ich jetzt erst sah, die ganze Zeit vor ihm gelegen hatte. Er reichte ihn mir.

»Reisende soll man nicht aufhalten«, sagte er. »Schade, dass du uns nicht überleben wirst.« Den schicksalhaften Schein in der Hand, verließ ich den Raum. Bevor ich die Tür schloss, schaute ich mich noch einmal um. Der Gefolgschaftsführer trank und sah ins Leere. In seinem Gesicht hätte ein Kriegsschiff versinken können, krachend und splitternd.

23

Nach einer Phase Tauwetter meldete sich der Winter Ende Januar mit rauer Kraft zurück. Eiszapfen hingen schwer von den Dachrinnen wie die Gebisse prähistorischer Monstren und die Schornsteine darüber dampften dicke Schwaden in die Luft, als lieferten sie sich einen Wettstreit. Auf der Straße stapften die Fußgänger, bis zur Unkenntlichkeit in Mützen, Schals und Mäntel verpackt, durch tiefen Schnee.

Edgars Schwester war für ein paar Stunden in meiner Obhut. Den ganzen Nachmittag schon rodelten wir an den Hängen hinter der Paul-Gerhardt-Kirche. Lenis ausdauerndes entzücktes Kreischen wärmte mir das Herz und ließ mich vergessen, dass meine Hosenbeine bereits völlig durchnässt waren. Die Dämmerung war lange hereingebrochen und die Straßenlaternen tauchten die Umgebung in rostiges Licht. Zum ungefähr einhundertsten Mal zog ich den mit Leni beladenen Schlitten die Böschung wieder hinauf.

»Hallo Harro!«, vernahm ich, oben angekommen. Ich erkannte die Stimme, die Person dazu aber nicht sofort. Sie steckte in einer sehr dicken Jacke mit sehr dicker Kapuze, die sich, hochgeschlagen, um ihr Gesicht legte wie eine Höhle. Aus der Höhle schaute eine Stupsnase. Von der Kälte war sie ganz rot.

»Käthe?« Ich übertrieb ein bisschen, als ich ganz nah an sie herantrat und im Schatten der Kapuze nach ihren Gesichtszügen forschte. »Rodel mal kurz allein weiter, Leni«, sagte ich.

»Deine Schwester?«, fragte Käthe.

»Nee.« Ich war fasziniert von der plötzlichen Erscheinung und hätte sie am liebsten umarmt. Ich hatte lange nicht mehr an unseren gemeinsamen Nachmittag im Herbst gedacht.

»Max und ich, wir versuchen schon seit Wochen, jemanden von euch zu erwischen.«

»Mussten bisschen abtauchen«, sagte ich. Käthe legte den Kopf schief.

»Wir wollten euch einladen«, sagte sie. »Erster Sonntag im Februar, Treff vorm Capitol in der Stadt, so um drei. Wird ein dickes Ding! Alle sind dabei!«

»Du auch?«, fragte ich. Käthe schnaufte. »Werde es weiterleiten«, nickte ich dann. Leni erreichte, den Schlitten etwas unbeholfen hinter sich herziehend, wieder die Spitze des Hangs. Anschließend stemmte sie ihre Hände in die Hüften.

»Bist du fertig mit deiner Freundin?«

»Freches Biest!«, zischte ich, ein bisschen zu unfreundlich. »Gleich.« Leni stieg wieder auf und sauste aus unserem Blickfeld. Käthe schob ihre Kapuze ein kleines Stück zurück.

»Hast du eine?«, fragte sie. Eine Sekunde war ich versucht, ihr die Situation mit Josephine zu schildern. In der nächsten erschien mir das unsinnig.

»Nein«, sagte ich. Die Wangenknochen unter der Kapuze bebten.

Zehn Tage später war es so weit. Die Kälte hatte die Stadt so fest im Griff wie sonst nur die Nazis. Einem Expeditionszug in der Arktis gleich, bewegte sich ein knappes Dutzend knirschender und knackender Fahrräder Richtung Zentrum. Außer Pitt waren alle eingepackt wie Eskimobabys. Hilma fluchte in einem fort über den Fahrtwind. Josephine, mit der ich noch immer keinen einzigen Schritt weitergekommen war, radelte mit Richard vorneweg.

Ich war lange nicht mehr in der Innenstadt gewesen, in den Straßen mit den großen Messe- und Warenhäusern, den glitzernden Passagen dazwischen und den versteckten Gässchen, in denen man alles bekam, was man sich nur denken oder wünschen konnte. Sie hatte sich in den letzten Jahren nur wenig verändert, sah man einmal von den allgegenwärtigen Hakenkreuzbannern ab, die sich wie schwarz-weiß-roter Mehltau an den Fassaden der Gebäude entlangfraßen.

Vor dem Capitol im Petershof, dem bis weit über die Stadtgrenzen bekannten Aushängeschild der Leipziger Filmbühnen, herrschte dichtes Gedränge. Damen und Herren in feinen, langen Mänteln und zahlreiche Familien mit kleinen Kindern, die zwischen den Hosenbeinen der Erwachsenen hindurchschlüpften, verschmolzen zu einer sich über die gesamte Breite der Petersstraße ausdehnenden Menschentraube.

Wir schlossen unsere Fahrräder aneinander. Dann versuchten wir, uns an der Seite vorbeizukämpfen. Mit einem Mal zog sich die Menge zusammen wie eine Schar Schwalben im Formationstanz. Begeisterte Rufe ertönten. Ich reckte mich, konnte die Ursache der Begeisterung aber nicht erkennen.

»Kannst du was sehen?«, fragte ich Heinrich, der mich

locker um einen halben Kopf überragte. Er stellte sich auf die Zehenspitzen.

»Aha«, sagte er.

»Was, ›aha‹?« Heinrich schaute mich ernst an.

»Adolf.«

»Wie bitte?« Ich traute meinen Ohren nicht. Heinrich prustete los.

»Susanne Bach, um genau zu sein.«

»Blödmann.« Susanne Bach war Sprecherin beim Leipziger Reichssender. Möglicherweise gab es eine Veranstaltung mit ihr. Wir ignorierten den Aufruhr, den diese städtische Berühmtheit verursacht hatte. Vom Gedränge befreit, schauten wir uns auf der Petersstraße um. Plötzlich ertönte die markante, viel zu helle Jungenstimme von Max.

»He, ihr Blindschleichen! Hier drüben!«

Schräg vor uns, im Eingang der Messehauspassage zwischen Marktplatz und Capitol, bot sich ein unglaublicher Anblick. Mindestens dreißig Jugendliche lehnten mit verschränkten Armen am Rand oder standen, die Hände in den Hosentaschen, in kleineren Pülkchen zusammen. Alle waren ähnlich gekleidet wie wir: Slalomblusen, Mäntel, Skihosen, Wanderschuhe. Viele trugen rote Tücher. Einige rauchten. Ein gutes Fünftel waren Mädchen. Max stand vor ihnen wie Kapellmeister Abendroth vorm Gewandhausorchester.

»Feinstens!«, grinste er uns an. »Jetzt fehlt nur noch das Seeburgviertel, dann sind wir komplett. Typisch, die mit dem kürzesten Weg lassen sich am meisten Zeit!«

Hände wurden geschüttelt, Schultern geklopft und man stellte sich vor. Käthe kam gleich am Anfang auf mich zu und wich dann nicht von meiner Seite. Josephine lachte mit Hilma irgendwo anders. Ich konnte nicht sagen, ob ihr Käthes Okkupation eine Regung entlockte. Ich hoffte es. Und irgendwie auch wieder nicht. Merkwürdig war das.

Kurze Zeit später tauchten noch einmal Neuzugänge auf, drei Jungs, von denen zwei aussahen wie Zwillinge. Der dritte war der bulligste Bursche, den ich je gesehen hatte. Die Nähte seiner dicken Winterkleidung schienen jeden Moment reißen zu wollen, so sehr spannte der Körper darunter. Ich hätte ohne Übertreibung zwei Mal in ihn reingepasst. Und ich hielt mich nicht für total schmächtig.

»Mehr haste nicht dabei, Harry?«, fragte Max. Für einen grotesken Moment dachte ich, er meinte die Muskeln. Der Ankömmling schüttelte Max' ausgestreckte Hand. Dabei schaute er sich um, als gefiele es ihm nicht, in der Öffentlichkeit mit Namen angesprochen zu werden.

»Weißt doch, warum«, sagte er und wärmte seine Fäuste vor seinem Mund. Dann lief er weiter und musterte unsere Versammlung. Die beiden mutmaßlichen oder auch echten Zwillinge nickten stumm zum Gruß und folgten ihm.

»Was war das denn?«, fragte ich Richtung Max. Der winkte ab.

»Bisschen speziell, die von der Seepiepe. Tun gern subversiv. Wollen sich mehr organisieren.« Dann feixte er und verschränkte die Arme. »Dabei find ich uns hier ganz schön ansehnlich.«

»Geht ihm vielleicht genau darum. Zu ansehnlich!«, sagte ich. Käthe und Max lachten.

Eine Weile standen wir zusammen. Max erzählte, was es

Neues aus Spanien gab, von Francos vergeblichen Versuchen, Madrid zu erobern, und wie die Auseinandersetzungen eine immer internationalere Dimension bekamen – sehr zu Ungunsten des Freiheitskampfes. Als sich Richard zu seinem früheren Kumpel gesellte und mit ihm auch Heinrich und Josephine, stieg eine gewisse Befangenheit in mir auf. Ich merkte, so zwischen Käthe und Josephine eingekeilt konnte ich nicht ungeniert und locker sein. Dafür war zu viel ungeklärt. Zum Glück klatschte Max bald darauf in die Hände, dass es in der Passage nur so schallte, und wandte sich an die Gesellschaft.

»So, Leute, wenn ihr dann genug gequatscht habt! Wollen wir uns aufwärmen gehen? Schneeballschlacht im Schillerpark?«

Wir setzten uns in Bewegung. Erst langsam, dann immer schneller. Im Park zwischen Rossplatz und Schillerstraße schwärmten alle aus, johlend wie eine Kompanie Vorschulkinder. Der alte Friedrich schaute mit wallendem Haar und hohlem Blick von seinem Podest aus Marmor auf uns herunter. »Es gab schönre Zeiten als die unsern«, soll er einst gesagt haben. Das passte. Aber daran wollte ich gerade nicht denken.

Untereinander verquirlt wie Salat in einer Schüssel, verteilten sich unsere Cliquen links und rechts auf den Wiesen, bis zwei etwa gleich starke Kompanien entstanden waren. Dann begann eine so stürmische wie herzliche Auseinandersetzung.

Schneekugeln fatschten auf Arme, Bäuche und Beine, von Zeit zu Zeit auch mitten rein in die Gesichter. Ein besonders harter Ball erwischte Max unter dem Auge und hinterließ einen dunklen Fleck. Max lachte und interessierte sich nicht die Bohne dafür, wer ihn beworfen hatte.

Ich selbst pendelte hin und her und versuchte, allem Ankommenden auszuweichen, konnte dafür aber kaum eigene Treffer landen. Ganz anders Käthe, die wie eine berauschte Hornisse in die gegnerischen Linien stach und massenhaft Ziele abschoss. Rechts neben einem Baum sah ich Heinrich, der Edgar zu Hilfe kam. Ein Junge, der in seiner Armbeuge eine ganze Schneeballpyramide hielt wie ein Baby, attackierte ihn.

Mit einem Mal heulten Mannschaftstransporter auf der Schillerstraße heran. Es waren lange, dunkelgrüne Karossen der Marke Horch mit mehreren offenen Sitzreihen. Es war so absehbar gewesen. Eigentlich. Doch der Anblick der grimmigen Uniformierten, die aus den Autos sprangen, noch bevor diese überhaupt standen, lähmte meine Glieder. Die anderen stoben auseinander wie Guppys, in deren Aquarium ein Felsbrocken kracht. Der erste Polizist war bereits erschreckend nah.

»Steh nicht rum! Komm!«, schrie mir Käthe ins Ohr und zerrte an meiner Jacke. Endlich überwand ich die Starre. Ich rannte. Erst neben der Zentralmarkthalle unterhalb vom Rossplatz sah ich mich um. Zu blöd, dass die Halle am Sonntag geschlossen hatte. Im Gewimmel zwischen den Verkaufsständen hätte man vielleicht untertauchen können. Hinter mir flog Käthe den Fußweg entlang und puffte Kondenswölkchen in die Luft. Ihr dicht auf den Fersen drei, vier Schupos, die Hände an den Tschakos, damit sie im Laufen nicht herunterpurzelten.

An der Brüderstraße schaute ich nach links. Auf der Parallelstraße rannten Lindenauer vorbei. Weiter ging es über die

Kreuzung und rein in eine Gasse. In der Ferne hörte ich es knallen. Waren das etwa Schüsse?

Wieder sah ich mich um. Käthe schleuderte ihre kleinen Beine unverzagt über den Asphalt, doch in ihrem Gesicht stand Panik. Es war nur noch ein Polizist direkt hinter ihr, aber auch der war zu viel. Sich mit Hitlerjungs zu schwarten war eine Sache. Mit der Staatsmacht in direkte Konfrontation zu geraten etwas ganz anderes. Darauf wollte ich es auf gar keinen Fall ankommen lassen. Ich war mir sicher, das Laufduell würden wir über kurz oder lang verlieren. Bestimmt wimmelte es hier bald von Schupos.

Ich bog nach rechts.

Auf dem Peterssteinweg schwirrten weitere Reste unserer Versammlung stadtauswärts. Noch einmal schaute ich zurück zu Käthe. Sie hatte den Abstand zu mir verringert. Dafür sah sie jetzt aus wie eine Maus am Ertrinken. Kurz entschlossen packte ich sie, rannte um die Ecke und warf mich mit ihr in einen Hauseingang.

Die Tür fiel ins Schloss und verschluckte den Trubel der Straße. Hastig sah ich mich nach einem Gegenstand um, mit dem ich den Eingang blockieren konnte. Als ich keinen entdeckte, eilten wir in den Hof, auf der Suche nach einer Möglichkeit zu entkommen. Doch irgendwie hatte ich mit Fluchtwegen kein Glück: Mauern und ein offener Schuppen. Aus der Ferne hörte ich jemanden Befehle brüllen.

»Dach!«, sagte ich und zeigte wie zur Bekräftigung in die Luft. Wir rannten zurück ins Haus und eilten, zwei Stufen auf einmal nehmend, die Treppen hinauf. Die Tür zum Boden war unverschlossen. Zwischen steif gefrorener Wäsche und vergitterten Verschlägen prüften wir die Fenster auf einen Zugang nach draußen. In der linken Ecke fand Käthe eine Holzleiter, keine zwanzig Zentimeter breit, die auf die winzige Plattform eines Giebelreiters führte. Käthe voran kletterten wir die Leiter hoch. Dann zogen wir sie nach oben und schlossen die Luke.

Es war ein absurder Ort, ein romantischer Ort. Die Silhouette der Stadt breitete sich vor uns aus wie bei einem Schattenspiel. Rote Wolkenschiffchen verteilten sich im Halblicht über den dunkelblauen Himmel. Mein Herz stürmte in meiner Brust, aber nicht nur aus Sorge, entdeckt zu werden. Ich konnte nicht sagen, ob es nur wegen des seltsamen Abenteuers war, das wir teilten. Aber ich fühlte mich Käthe auf einmal schrecklich nah.

»Hast du Angst?«, fragte ich. Käthe zog ihre Stupsnase hoch.

»Ein bisschen?«, sagte sie. Noch mal hörte ich von weit weg jemanden etwas rufen, das wie ein grimmiger Befehl klang. Dann erstarben die Geräusche in meinen Ohren. Ich drehte mich zu Käthe und dachte nur noch an eins. Wenn das jetzt das Schicksal ist, hier und jetzt mit ihr geschnappt zu werden, dann durfte ich diesen Moment nicht verschwenden.

Ich spürte Käthes Überraschung, als sich unsere Lippen trafen. Sie zitterte leise, als streife der Wind durch ein Birkenwäldchen. Doch sie wich keinen Millimeter von mir. Ihre Fingerspitzen gruben sich links und rechts unter meinen Schal. Schnell, aber gleichmäßig pochte das Blut unter ihrer Berührung durch meinen Hals.

Später sahen wir dicht aneinandergepresst zu, wie sich das Abendrot vom Himmel davonschlich. Einmal klang es, als würde sich im Dachstuhl unter uns jemand streiten. Aber das währte nur kurz. Niemand störte uns. Niemand kam uns holen. Ich fror wie noch nie zuvor im Leben, aber mir war nicht kalt.

24

Mein Berg an Problemen bot mittlerweile einen imposanten Anblick. Und er wuchs kräftig weiter. Nicht nur, dass ich mir den Rausschmiss aus der HJ eingehandelt hatte. Auch meinen Eltern musste ich das noch erzählen. Den neuerlichen Brief der HJ-Bannführung, der eine Woche später kam, hatte ich abgefangen. Damit war die Sache natürlich nicht gelöst. Das Winterlager hatte ich allein verlassen müssen, im Zug. In Leipzig war jeder Mut geschwunden. Ich war nicht nach Hause gefahren, sondern zu Edgar. Dort hatte ich mich die restlichen Tage verkrochen. Danach war ich in die elterliche Wohnung marschiert, als wäre nichts passiert.

Ein anderer Teil des Berges war die Unklarheit, ob es in der Innenstadt Verhaftungen gegeben hatte. Von uns Connewitzern waren alle davongekommen. Wie es mit den Jungs und Mädchen der anderen Viertel aussah, wusste keiner. Unsere Clique stand hinter der Kirche und beriet sich.

»Morgen fahr ich nach Lindenau und hör mich um«, sagte ich, nicht ohne Eigennutz. In der klirrend kalten Nacht hatte ich Käthe durch den Park bis zur Plagwitzer Brücke begleitet. Dort hatte sie darauf bestanden, allein weiterzugehen.

»Wir haben mit Leuten aus Reudnitz gequatscht«, ergänzte Hilma und nickte dabei in Josephines Richtung. »Charmante

Kerle. Wir haben leider nicht genau mitbekommen, wann und wo sie sich treffen. Hat kaum Sinn, die zu suchen.«

Über die Betonung des Wortes »charmant« wunderte ich mich. Erst jetzt fiel mir auf, dass Hilma weit weg von Heinrich stand und an einer Zigarette zog. Was war denn da los? Und seit wann rauchte sie?

»Dann lasst uns abwarten, was Harro zu hören bekommt«, sagte Richard. »Wenn jemand Infos hat, dann Max.«

»Ist doch sowieso alles halb so wild«, platzte Hilma heraus.

»Was ist halb so wild?«, fragte Edgar.

»Na, was soll den Leuten nachgewiesen werden? Werfen von Schneebällen?«

»Meinste nicht ernst, oder?« Edgar sah gereizt aus. Hilma schob ihr Kinn vor.

»Wir gehen mal ein Stück«, sagte Josephine und nahm ihre Freundin beim Ellenbogen. Sie liefen. Die Ecke der Kirche verschluckte sie. Verlegenes Schweigen setzte sich in unsere Mitte, breitbeinig und mit dicken Hinterbacken.

»Tja«, raspelte Pitt schließlich.

»Tja?«, fragte ich.

»Wird Zeit, uns besser auszurüsten!«

»Was fehlt uns denn?« Für eine halbe Sekunde blitzte in Pitts Augen seine alte Herablassung.

»Waffen. Ich meine Waffen.«

»Willste gegen die Schupos ins Gefecht ziehen? Dann haben wir sofort Sicherheitsdienst und Gestapo am Hals. Junge, du bist nicht Billy Jenkins!«, sagte Willi. Pitt saugte an seinen Zahnlücken und schüttelte den Kopf.

»Keine Schusswaffen. Nur was zum Verteidigen. Um eine Option mehr zu haben. Du verstehst?«

»Soll was genau sein?«, fragte Heinrich. Pitt zuckte mit den Schultern.

»Gummiknüppel zum Beispiel. Nimmst dir einen alten Schlauch her, vom Fahrrad oder Mofa, und wickelst vorn was rein. Was Schweres, Steine oder fette Schrauben. Isolierband drum, fertig. Passt in jede Tasche!« Heinrich sah nicht überzeugt aus.

»Kann ich mir als kleinen Engel gegen Hitlerjungs vorstellen«, sagte er. »Aber sonst?«

»Ist doch alles Quatsch«, sagte Edgar. »Wir müssen uns einfach mehr zusammenreißen. Ich will mich nicht verstecken. Nicht vor der HJ und auch nicht vor anderen. Aber durch die Straßen rennen und schreien: ›Bitte verhaftet mich‹?«

»Komm schon«, sagte Heinrich. »Ist doch jetzt auch übertrieben.« Edgar schniefte und wischte sich die vom Frost feuchte Nase mit dem Ärmel ab.

»Hast leicht reden«, sagte er. »Ich weiß jeden Tag aufs Neue nicht, ob mein Vater wieder nach Hause kommt. Meine Mutter haben sie auch auf dem Kieker. Wer kümmert sich um Leni, wenn ich weg bin? Du etwa?« Heinrich antwortete nicht. Um Edgar aufzumuntern, hob ich die Hand. Das Angebot meinte ich durchaus ernst. Aber er sah an mir vorbei.

»Mann, sind hier heut alle gut gelaunt«, sagte Ludwig, der sich sonst im Hintergrund hielt. Er hatte Segelohren wie ein kleiner Schimpanse und war erst ganz frisch dabei.

»Alles halb so wild«, sagte ich und imitierte dabei Hilmas

Stimme. Ich wollte sie nicht lächerlich machen, bloß die anderen aufheitern. Es gelang nur leidlich.

Am Dienstag fuhr ich mit dem Fahrrad nach Westen. Der Frühling grüßte in Form eines Temperaturanstiegs und verwandelte die Straßen in eine Hindernisbahn aus Schneebrei. Matschperlen klatschten mir beim Fahren ins Gesicht. Bereits auf halber Strecke war ich gesprenkelt wie ein Dalmatiner.

In Lindenau angekommen sicherte ich mein Fahrrad am selben Laternenpfahl wie beim letzten Mal. Dann brachte ich meine Garderobe mithilfe von Taschentuch und Ärmel wieder in einen vorzeigbaren Zustand. Ich war fast durchgeweicht.

Im Durchgang zu den Central-Lichtspielen stand niemand. Wahrscheinlich war es wieder zu früh. Ein paar Hundert Meter lief ich die Reeperbahn entlang und behielt meine Umgebung im Auge. Weder Polizei noch Hitlerjungs fielen mir auf.

Hinter dem Diakonissenhaus, einer von Leipzigs großen Kliniken, dünnten die Geschäfte aus. Weniger Leute waren unterwegs. Ich drehte um. Doch auch auf dem Rückweg sah ich keinen einzigen Jugendlichen, bei dem mir ein Ansprechen sinnvoll erschienen wäre. Ich hoffte und hoffte auf den erlösenden Pfiff aus einer Seitengasse. Aber er kam nicht. Nicht an diesem Tag. Und auch nicht am nächsten.

So schnell wollte ich nicht aufgeben. Am Samstag hatte ich Glück. Der Laternenpfahl am Anfang der Schlageter Straße und ich, wir waren bereits Kumpels. Langsam fühlte es sich an wie auf Streife zu gehen.

Noch im unteren Teil der Straße entdeckte ich auf der gegenüberliegenden Seite Max mit zwei anderen Jungs. Nacheinander traten die drei durch die viel zu enge Tür einer Konditorei nach draußen. Tafeln mit Tagesangeboten flankierten den Eingang. In den Händen hielten sie drei kleine Tüten. Diesmal pfiff ich. Prompt schauten sechs Augen zu mir. Argwohn und Geistesgegenwart sprachen aus dieser blitzartigen Reaktion. Die gerunzelten Stirnen wurden jedoch schnell wieder glatt. Max schnippte mit den Fingern und kam über die Straße.

»Harro! Alles in Butter?«

»Das wollte ich von euch wissen.« Max nickte.

»Lass uns zum Kino gehen. Kuchen?« Er hielt mir seine Tüte unter die Nase. Darin wabbelte ein kleines Gewürm aus Randstücken, vermutlich Eierschecke. Ich nahm ein Teilchen. Auf der anderen Seite verschwanden seine Begleiter in einem Haus.

Im Durchgang zum Kino sang der Wind eine klagende Melodie. Außer uns war niemand da.

»Stand ist folgender«, sagte Max und fischte in seiner Tüte herum. »Ich hab mit fast allen gesprochen. Sind alle davongekommen. Ein Problem gibt es aber noch.«

»Welches wäre?«

»Das Wörtchen ›fast‹. Die von der Seepiepe sind wie vom Erdboden verschluckt. Hab die ganze Woche versucht, Kontakt herzustellen. Nichts.« Er schob sich zwei Teigklumpen in den Mund und hielt mir die Tüte noch einmal hin.

»Sind die überhaupt mitgekommen in den Park?«, fragte ich. So sehr ich auch nachdachte, ich konnte mich nicht erinnern. Max schob die Unterlippe vor und trommelte auf dem Papier in seiner Hand herum.

»Gute Frage. Sehr gute Frage. Scheiße, ich hab keine Ahnung.«

»Dann waren sie nicht da. Wenn du dich nicht entsinnen kannst, sie gesehen zu haben, und ich mich auch nicht? Auffälligere Gestalten als Harry und seine Zwillinge waren an dem Tag ja wohl kaum unter uns.« Mit abwesendem Blick wiegte Max seinen Kopf.

»Wahrscheinlich hast du recht«, sagte er. »Würde auch zu ihnen passen. Ich bleib trotzdem dran.«

Wir plauderten noch eine halbe Stunde. In Gedanken bereits auf dem Heimweg überraschte mich Käthes Auftauchen umso mehr. Sie erschien im Durchgang wie ein Wesen aus dem Zauberwald. Genauso zauberhaft kam sie auf mich zu, fasste mich am Arm und küsste mich vor Max auf die Wange.

25

Mindestens zehn Zentimeter schwebten die Reifen meines Fahrrads über dem Straßenbelag, als ich von Lindenau zurück nach Connewitz fuhr. Käthe hatte es einfach getan. Sie hatte für klare Verhältnisse gesorgt. Ich fühlte mich wie ein Taucher, der unter größter Anstrengung die Luft anhält, um die Schönheit unter Wasser nicht zu verpassen – nur um beim Auftauchen festzustellen, dass die Welt an Land auch schön ist. Am liebsten hätte ich es von meinem Sattel herunter gebrüllt: Ich habe eine Freundin!

Später gesellte sich Verwirrung zu meinem Hochgefühl. Wie war das möglich, dass Käthe Josephine einfach so überlagern konnte? War verliebt sein vor allem ein Gefühl, das unabhängig von bestimmten Personen existierte? Ging es um sie tatsächlich erst in zweiter Linie? Es kam mir sonderbar vor. Aber ich hatte keine Ahnung, konnte nur das spüren, was eben da war.

Wem hätte ich solche Fragen stellen können? Meinen Eltern? Friedrich? Der Mutter von Edgar? Oder doch meinen Freunden? Gab es da jemanden, der bereits so viel Erfahrung hatte? Edgars Vater war ich noch immer nicht über den Weg gelaufen, obschon ich zwei Nächte in der Wohnung seiner Familie verbracht hatte.

Ich spürte, wie fern mir die Welt der Erwachsenen geworden war; jetzt, wo ich selbst fast als einer zählte. Ich erinnerte mich, wie ich als kleiner Junge groß werden wollte, so schnell wie möglich. Mittlerweile sah ich in den Erwachsenen vor allem diejenigen, die die Freiheit zerstörten. Ich wollte nicht zu ihnen gehören.

Die kommunikative Katastrophe daheim dauerte an. Ich hatte den Eindruck, dass selbst meine Eltern untereinander kaum noch redeten. Gleichwohl entschied ich, dass ich nicht jedem schwierigen Gespräch aus dem Weg gehen konnte. Bei der nächsten Gelegenheit an der Kirche versuchte ich mich Josephine gegenüber in furchtloser Direktheit.

»Kann ich mal kurz mit dir sprechen? Allein?«, fragte ich und sah, wie ihre hellblauen Augen für einen Moment grau wurden.

»Bin gleich wieder da«, sagte sie zu Pitt, der neben ihr an der Mauer lehnte. Pitt warf mir einen hämischen, aber nicht unfreundlichen Blick zu.

Wir gingen ein paar Schritte, dann blieb ich stehen. Josephine wandte sich zu mir und hob den Kopf.

»Also?«, sagte sie. Das Gras unter meinen Füßen war weich wie bei unserer ersten Begegnung.

»Ich bin jetzt mit Käthe zusammen. Käthe aus Lindenau.« Josephine nickte.

»Und?«

»Ich fand, das solltest du wissen. Wir haben ja nie …« Der Wortfluss verebbte. Ich hob hilflos die Schultern.

»Du meinst, besprochen, wie es weitergeht? Mit uns?« Ich bejahte stumm.

»Hast recht, Harro. Das haben wir nicht.« Josephine schloss die Lider und bewegte den Kopf, als wolle sie einen Gedanken abschütteln.

»Dumm, nicht wahr?«, sagte sie dann. Ich bejahte noch einmal. Hellblaue Augen schauten mir bis unters Zwerchfell.

»Ich hatte schon zwei Jungs. War nie das Richtige. Vielleicht deshalb die geringe Initiative meinerseits.« Sie lächelte, fast entschuldigend.

»Und ich hatte noch kein Mädchen. Vielleicht deshalb die geringe Initiative meinerseits.« Wir lächelten beide. Dann schwiegen wir lange.

»Zigarette?«, fragte Josephine schließlich und holte ihre unvermeidlichen Ecksteins hervor. Ich nahm eine.

»Weißt du, das war mir schon nicht recht, dass du auf einmal schäkerst mit dieser Kleinen«, sagte sie, nachdem sie uns beiden mit demselben Holz Feuer gegeben hatte. »Da hab ich gemerkt, dass es mir nicht ganz egal ist. Was passiert oder nicht. Zu spät wohl.« Ihre himbeerroten Lippen lächelten wieder. »Aber alles gut. Sollte wohl nicht sein.« Dann lachte sie, nicht ganz so ausgelassen wie damals auf dem Steg am Kanal, aber fast.

»Was meinst du? Seit er die Schuppenflechte los ist, sieht Pitt richtig flott aus. Oder?«

Und dann war auf einmal alles gut. Die nervöse Beklemmung war weg, die Anspannung, die Angst. Ich quatschte mit Josephine so unbeschwert wie nie. An diesem Tag wurden wir Kumpels.

Zwei Wochen später war der Winter vorbei. Amseln und Rotkehlchen ziepten ihre Lieder vom ankommenden Frühling bis in die Stadt hinein. Sogar in den Wohnungen roch es nach Veilchen und nasser Erde. Käthe und ich sahen uns so oft wie möglich. Da ich nicht mehr zum HJ-Dienst ging, hatte ich wieder viel Zeit. Wir trafen uns auf der Straße, im Park oder im Wald und machten lange Spaziergänge. Schule und Elternhaus waren mir so einerlei wie noch nie. Das war gar kein bewusster Widerstand, neben Käthe war alles andere einfach nur blass und unwichtig. Dementsprechend genervt war ich, als Herr Frank einen mehrtägigen Luftschutzkurs ankündigte.

»Teilnahme ist Pflicht! Wer fehlt, hat den Kurs nachzuholen. Wer unentschuldigt fehlt, wird sich zu Ostern wundern, dafür werde ich sorgen! Haben das alle verstanden?« Die Art, wie Herr Frank das verkündete, ließ keinen Zweifel daran, wie ernst es ihm war. Ebenso gut hätte er sagen können: Wer fehlt, bleibt sitzen. Zwar machte ich mir wenig Gedanken um die Zukunft. Trotzdem war es mir wichtig, auf dem Zeugnis passable Noten vorweisen zu können. Oder wenigstens in die nächste Klasse versetzt zu werden. Und sei es nur, um den Schein zu wahren. Im Inneren des Hauses, das einmal mein geordnetes Leben gewesen war, bröckelte das Mauerwerk. Aber das musste ja nicht jeder wissen.

Der Kurs fand in einem Kasernenkomplex in Gohlis statt. Am Morgen tröpfelte die Klasse durch das dunkle, eiserne Tor. Der wachhabende Soldat hatte keine Lippen, so ernst und verkniffen sah er aus. Ich stellte mir vor, dass er es selbst gewesen war, der das ihn vor Wind und Wetter schützende Holzhäuschen im schwarz-rot-weißen Streifenmuster gestrichen hatte – die Farben des Reiches hatten doch eine andere Reihenfolge. Wenigstens das Hakenkreuz über seinem Kopf hatte er nicht vergessen.

Karl Brand, Hans Stawicke und ihre Speichellecker blühten in der militärischen Umgebung schnell auf. Mit breiter Brust und stolzem Hohlkreuz, das sie allerdings eher an watschelnde Erpel als an schlagkräftige Truppenteile erinnern ließ, liefen sie über den Exerzierplatz.

In einer der zahllosen Baracken des Komplexes befand sich ein provisorisches Schulungshaus. Am Vormittag bemühte sich ein heiserer blondschöpfiger Rekrut, die vor ihm sitzenden und stehenden Jungs in die grundlegenden Geheimnisse der Ersten Hilfe einzuweihen. Beim Thema Atemspende kicherte es in unseren Reihen. Herr Frank verschoss Blicke wie Pfeile.

Der Nachmittag stand im Zeichen chemischer Kampfstoffe. Wir mussten die Anwendung älterer und neuerer Maskenmodelle gegen Gasangriffe üben. Zwei Unteroffiziere leiteten das Training. Sie lieferten ein Bild wie Pat und Patachon. Besonderes Interesse zeigten sie daran, wie uns die Handhabung einer bestimmten, sehr einfachen Haube gelang. Ich war es mittlerweile gewöhnt, Augen und Ohren offen zu halten, daher bekam ich eine Ahnung, weshalb.

»Volksgasmaske«, und: »Verteilung soll im Sommer beginnen«, belauschte ich Patachon, den Kleineren, wie er etwas abseits in Richtung Herrn Franks raunte. Der nickte, als höre er das Selbstverständlichste der Welt. In diesem Moment dachte ich wieder daran, wie Freunde meiner Eltern schon im Frühjahr 1933 davon gesprochen hatten, dass es mit Hitler einen neuen Krieg geben würde. Ein ferner Schauder durchlief mich.

Mit Käthe schwebte ich auf einer weichen Wolke von wachsendem, gegenseitigem Verlagen. Wir küssten und schmusten, wann wir nur konnten, doch immer sehr vorsichtig. Ich war ein unaufgeklärter sechzehnjähriger Junge mit scharrender Sehnsucht und Neugier, aber ohne jegliche Ahnung oder irgendeinen Plan. Im Gegensatz zu dem, was ich von einigen aus der Clique mitbekommen hatte, war das Thema Sexualität bei mir zu Hause tabu. Ich hatte nur meine Vorstellungskraft, und was in dieser vor sich ging, ließ sich mit Worten nicht beschreiben. Ich war bis ins tiefste Innere meines Körpers fasziniert und gefangen von der Vorstellung, Käthe nackt vor mir zu haben. Doch davon waren wir noch einige Schritte entfernt.

Außerdem gab es vorher noch zwei ganz praktische Probleme zu lösen. Das erste war, wie man eine ungewollte Schwangerschaft verhinderte. Mein fragmentarisches Wissen reichte exakt bis zu dieser Stelle – dass es erforderlich war, sich darüber Gedanken zu machen. Irgendwo hatte ich den geheimnisvollen Begriff Knaus-Ogino gehört. Darüber musste ich nähere Erkundigungen einholen. Vielleicht könnte mir Josephine behilflich sein. »Ich hatte schon zwei Jungs«, stand in meinem Kopf wie die Lichtpause einer verbotenen Zeichnung. Wie weit war sie mit den beiden Jungs gegangen?

Der zweite Punkt war die Frage nach einem passenden Ort. Meine Eltern waren nachmittags zwar oft unterwegs. Aber darauf konnte man sich nicht verlassen. Und den Abend verbrachten sie nahezu grundsätzlich zu Hause. Selbst wenn unser Verhältnis nicht so angespannt gewesen wäre: Mich mit Käthe auf Entdeckungsreise zu begeben, während meine

Eltern nebenan saßen? Das konnte ich mir beim allerbesten Willen nicht vorstellen.

Bei Käthe daheim sah es nicht viel besser aus. Nicht, dass wir darüber geredet hätten. Aber ich wusste, dass ihr Vater als Maschinensetzer arbeitete und ihre Mutter im Haushalt, dazu kamen zwei nur wenig ältere Schwestern und ein jüngerer Bruder. Es stand überhaupt nicht zur Debatte, dass wir jemals ungestört sein könnten. Doch ganz als ob das Schicksal testen wollte, ob ich mich die Sache mit Käthe in günstigem Licht trauen würde, kam es eines Tages unverhofft mit einem Lächeln um die Ecke.

Seit einer Woche trafen sich wieder Leute vor dem Union-Theater. Der lockende Frühling zog die Menschen auf die Straße und unsere Clique bekam stetig Zuwachs. Den Fall Erich hatten Richard, Willi, Pitt und einer von den Neuen mit einem Gespräch unter zehn Augen gelöst. Am Ende waren es nur noch acht und zwei geschwollene. Danach ließ uns der Mann mit dem Seidenschal gewähren. Auch die Kundschafter der Polizei schienen sich ein anderes Betätigungsfeld gesucht zu haben.

Während ich mit Edgar vor dem Kino plauderte, hypnotisierten mich die blauen Augen von Hans Albers auf einem Filmplakat. Daneben hing ein Bild mit einer schmachtenden Dame.

»Was denkst du«, sagte ich gedankenverloren. »Wo würde man hingehen, wenn man es mal kuschelig haben will? Mit einem Mädchen, meine ich.« Edgar sah durch mich durch. Vielleicht zweifelte er, ob ich tatsächlich gemeint hatte, woran er als Erstes dachte. Dann glitzerte es in seinem Gesicht.

»Da biste bei mir genau an der richtigen Adresse«, sagte er. »Ich weiß da was. Kurz vor der Dübener Heide gibt es ein Nest, das heißt Durchwehna. Keine zweihundert Einwohner. Im örtlichen Gasthof, Zur Linde, kann man ohne Eintrag ins Buch übernachten. Den Wirtsleuten ist es Jacke wie Hose, dass sie sich als Kuppler betätigen. Mein Vater hat unverheiratete Kumpels, die schwören auf den Laden.«

Ich überschlug die Sache im Kopf. Bis zur Dübener Heide waren es vierzig, fünfzig Kilometer, etwa doppelt so viel wie zu den Lübschützer Teichen. Nicht gerade ein Pappenstiel, als Wochenendausflug mit Übernachtung, aber trotzdem im Rahmen des Machbaren. Aufregung stieg mir vom Bauch bis in den Hals.

»Was meinst du, gehen Käthe und ich als volljährig durch?«, fragte ich. Edgar blies ein paarmal die Backen auf. Dann nickte er.

»Richtet euch ein bisschen her. Dann seh ich keine Probleme.«

Und so nahm die Sache Gestalt an. Natürlich war es nicht sonderlich romantisch, in dieser Form zu planen. Ich hätte den Dingen lieber ihren eigenen Lauf gelassen. Nur, wir hatten in unserer Situation wenig Alternativen, wollten wir wirklich einen Schritt weiter gehen. Aber sollten wir einen Schritt weiter gehen? Vielleicht missdeutete ich Käthes zarte, suchende Hände und Lippen? Auch darüber musste ich mir dringend Klarheit verschaffen.

Ende März, am Samstag des Osterwochenendes, erzählte ich ihr von dem Gasthof. Das Schuljahr war vorbei und entgegen meinen Befürchtungen war ich in die elfte Klasse versetzt.

Ein Obersekundander sollte genug Traute haben, seine Angebetete übers Wochenende einzuladen, dachte ich. Wir lehnten an einer üppigen Kastanie im König-Albert-Park, deren weiße Blüten bereits ungeduldig aus den Knospen drängten.

»Dübener Heide? Über Nacht? Nur du und ich?«, fragte Käthe und blinzelte in die Frühlingssonne. Die Fältchen um ihre graugrünen Augen tanzten. Sie wusste, woran ich dachte. Ganz eindeutig.

»Nur du und ich«, wiederholte ich. Käthe ließ ihren Blick zufrieden in der Umgebung schweifen, so als hätte sie den Park entworfen und just in dieser Sekunde fertiggestellt. Dann nickte sie.

»Mit Freude, Harro. Muss mir nur was überlegen, für meine Eltern. An wann hattest du gedacht?« Ich zuckte mit den Schultern. Ganz so konkret war ich nun auch wieder nicht.

»Um den ersten Mai, Himmelfahrt und Pfingsten ist sicher viel los«, sagte ich vorsichtig. »Noch davor? Irgendwann bald? Im April?« Und dann, als Käthe nicht gleich reagierte: »Oder danach. Müssen ja nichts überstürzen.« Käthe schwieg. Für Sekunden war es, als drehe sich die Welt weiter, nur nicht wir. Dann fasste sie meine Hand und schaute mich feierlich an.

»Wir meinen es ernst miteinander, oder? Bitte, antworte nicht gleich. Echtheit und Aufrichtigkeit sind keine Selbstverständlichkeit, auch in unseren Kreisen nicht. Ich zweifle nicht an dir. Aber ich habe auch Angst. Verstehst du? Die Menschen sind nicht immer das, was sie vorgeben zu sein.«

Wir schwiegen beide. Dann schüttelte Käthe den Kopf und lachte.

»Ach, vergiss das. Vergiss das, unbedingt.«

»Ich meine es ernst mit dir«, sagte ich nach einer Pause. »Die Clique und du, ihr seid überhaupt das Einzige, was mir ernst ist.« Mit einem ausgedehnten Kuss schnitt Käthe mir das Wort ab. Hätte sie das nicht getan, hätte ich angefügt, dass auch ich Angst verspürte. Jede Menge sogar. Und bei Weitem nicht nur in Bezug auf sie und mich.

26

Sie erwischten Heinrich an einem Mittwochabend auf der Elisenstraße, direkt vorm Pädagogischen Institut. Genau dort, wo wir damals eine der Glossen aufgehängt hatten. Es waren nur zwei, aber trainierte Jungs, die gezielt zuschlugen, im doppelten Sinn. Nur auf sich gestellt, hatte Heinrich keine Chance. Sogar seinen Totenkopfring nahmen sie ihm ab.

Danach ging Heinrich nicht nach Hause oder zum Arzt, wie es jeder normale Mensch gemacht hätte. Er kam zum Kino. Als befände ich mich in einem mit zu schneller Kurbel gedrehten Film, konnte ich zuschauen, wie seine Augenlider immer dicker wurden. Ich zweifelte, ob er überhaupt noch etwas sah. Auch der Rest von Heinrichs Gesicht bot einen jämmerlichen Anblick. Die Haut seiner Stirn war an mehreren Stellen aufgeplatzt. Sein linkes Ohr war eingerissen. Aus Mund und Nase pumpten unablässig dunkelrote, fast schwarze Klümpchen.

»Was zum Teufel?«, sagte ich und Heinrich erzählte, was passiert war. Er sprach sehr langsam.

»Verfluchte Lumpen«, zischte Edgar, als Heinrich zu der Stelle kam, bei der sie ihm den Ring vom Finger zerrten. Dass sein Kumpel einem Salat aus Roter Bete glich, schien ihn wenig zu beeindrucken. Das mit dem Ring aber nahm er geradezu persönlich. Neben ihm ließ Pitt den Handrücken seiner Rechten in die Linke knallen.

»Sag was, Mann. Irgendeine Chance, dass wir sie noch kriegen?« Heinrich machte eine sonderbare Verrenkung. Vielleicht hatte er mit den Schultern zucken wollen und dabei einen plötzlichen Schmerz gespürt.

»Sind bestimmt über alle Berge«, sagte er. »Schau stadteinwärts, wenn es dich juckt. Ich muss mich erst mal setzen.« Pitt hob die Brauen und schaute in die Runde. Wir waren nur wenige.

»Dabei«, sagte Willi.

»Ich auch«, sagte ich. Edgar, auf dem Pitts Blick hängen blieb, schüttelte den Kopf.

»Ich würde ja«, sagte der kleine Ludwig. »Aber ich glaube, ich muss vorher noch ein paar Kartoffeln mehr essen.« Pitt nickte.

»Dann wir drei.« Und schon eilte er Richtung Kreuz. Willi und ich setzten ihm nach.

»Kühl das mal«, rief ich Heinrich noch zu und deutete ihm ins Gesicht. »Sieht echt furchtbar aus.«

Im Laufen stieg ein eigentümlicher Rausch in mir auf. Mit jedem Schritt, den meine Füße auf den Boden setzten, wurde er stärker. Ich war mir sicher, dass wir die Hitlerjungs einholen würden. Ich sah es direkt vor mir. So klar war das Bild, dass ich gezögert hätte, wären nicht Pitt und Willi dabei gewesen. Die beiden gaben mir ein sicheres Gefühl. Ich ging davon aus, dass ich an ihrer Seite nicht allzu viel zu tun bekommen würde. Über die Bornaische Straße quietschte eine Straßenbahn heran.

»Geld dabei?«, rief Pitt über die Schulter. Ich klopfte an den Taschen meiner Hose herum und spürte ein paar kleine Münzen.

»Jawoll«, rief ich nach vorn. Pitt zeigte mit dem Kopf auf die Elf mit zwei Hängern, die gerade an der Kreuzung anhielt.

»Los, los!«, trieb er uns vorwärts. Nur knapp erreichten wir die Bahn. Der Schaffner kniff die Brauen zusammen und zeigte auf das Schild mit den Fahrpreisen.

»Er zahlt«, sagte Pitt und zeigte mit dem Daumen nach hinten. Dann drängte er sich an dem Mann mit den riesigen weißen Knöpfen auf der Uniform vorbei. Meine Pfennige wechselten den Besitzer.

Die Uhrzeit war bereits fortgeschritten und der Wagen fast leer. Pitt hielt sich an der oberen Haltestange fest und spähte aus den Fenstern, mal nach links, mal nach rechts. Bereits an der nächsten Station wollte er wieder raus. Ich schüttelte den Kopf.

»Lass uns weiterfahren. Bis zur Kronprinz.« Pitt rieb sich das Kinn.

»Sicher?«, sagte er.

»Sicher.« Die Bahn rollte weiter. Spät von der Arbeit kommende Männer und Frauen mit Hüten und Taschen bevölkerten die vorbeiziehenden Fußwege. Auf einer Litfaßsäule schaute ein Mann in Motorradkluft in den Himmel, die Hände am Lenker einer dicken Zündapp. Von Hitlerjungs keine Spur. Ich sog die Innenflächen meiner Wangen ein und kaute nervös auf ihnen herum. Willi hatte die Lippen gespitzt und schaute nach draußen wie ein Raubvogel von einer Baumkrone. An der nächsten Haltestelle angekommen verließen wir den hinteren Hänger.

»Wir verteilen uns«, stellte Pitt fest. »Einer läuft die Hauptstraße zurück, einer nimmt von der Kronprinz die Elisen und einer die Bayrische. Eins, zwei, drei«, sagte er und zählte uns dabei ab. Sein Finger hatte zuerst in meine Richtung gezeigt. Also blieb ich auf der Adolf-Hitler-Straße.

»Blickkontakt halten, über die Querstraßen!«, rief ich den anderen hinterher. Willi hob die Faust. Seine Knöchel blinkten weiß. Dann war ich allein. In zügigem Schritt lief ich zurück Richtung Süden. Am Alexis-Schumann-Platz beglotzte mich der spitze Turm der Andreaskirche. Wie er da so stand, in der Dunkelheit, empfand ich den Turm als etwas Bedrohliches.

An der nächsten Kreuzung prüfte ich den Anschluss zum Rest. Reichlich einhundert Meter entfernt sah ich Willi auf der Elisenstraße. Er winkte mir zu. Pitt sah ich nicht, aber mir war, als winkte Willi auch zur anderen Seite.

Dennoch, die Situation wurde unbehaglich. Eigentlich hatte ich ja gerade nicht allein sein wollen bei der Suche nach diesen Kerlen. Ich war mir noch immer sicher, dass wir Erfolg haben würden. Überrascht wurde ich trotzdem.

Die Angreifer waren weder besonders groß noch besonders breit. Doch sie waren alt, deutlich älter als ich. Sie sahen geradezu merkwürdig aus in den Uniformen der Hitlerjugend. Wie verkleidet. Unmissverständlich lag in ihren Augen das Schlimmste überhaupt: blanke Lust auf Gewalt.

Mittlerweile hatte ich einige Kenntnisse darüber gesammelt, was sich an den Augen der Beteiligten vor einer Schlägerei ablesen ließ. Wie erfahren sie waren, wie sicher, ob sie mutig waren oder tollkühn, lässig oder einfach nur dumm. Es gab ein paar, bei denen sah man schlicht ins kalte Nichts. Das waren die Gefährlichsten. Die jungen Männer, die wenige Meter vor mir aus einem Hauseingang traten, gehörten dazu.

Mein Kopf schrie Flucht. Auf der linken Ferse schnellte ich herum und warf mein Gewicht in die entgegengesetzte Richtung. Die Bewegung war so unkontrolliert, dass ich fast stürzte. Ich torkelte ein paar Schritte. Dann taten meine Glieder, was ich von ihnen verlangte.

Ich eilte zurück in die Seitenstraße. Hinter mir klackten Stiefel auf Asphalt wie ein hektisches Metronom. Die Hitlerjungs – wenn sie denn welche waren und nicht nur die Kleidung trugen – sagten kein Wort. Stumm jagten sie hinter mir her. Neben den Boxeinheiten mit Pitt sollte ich wohl auch Lauftraining machen. Langsam hatte ich den Überblick verloren, wie oft ich in den letzten Monaten hatte rennen müssen.

»Hilfe!«, schrie ich und hielt mir die Seite, weil das plötzliche Luftausstoßen schmerzte. Eine Frau in Hemd und weißer Nachthaube schaute aus einem Fenster im ersten Stock. Links thronte das Langhaus der Andreaskirche, schweigsam wie die Häscher hinter mir.

Eine Hand griff in den Stoff auf meinem rechten Schulterblatt. Mit scheußlicher Kraft riss sie mich zu Boden. Der Aufprall auf dem Stein raubte mir den Atem. Im selben Moment sah ich Willi an der nächsten Straßenecke, eine blauschwarze Silhouette der Hoffnung.

Steiß und Ellenbogen machten dumpfe Geräusche, während sie das Gewicht meines Körpers fingen. Sofort rollte ich zur Seite. Halb auf dem Hosenboden rutschend und halb im

Krebsgang versuchte ich, eine Lücke zwischen mir und den Angreifern zu schaffen. Ich musste aufstehen, sonst hatte ich keine Chance. Doch vier Knie und vier Füße auf Höhe meiner Augen verhinderten das. Hin und her stießen und piesackten sie mich, fest und gleichzeitig spielerisch. Ich kam mir vor wie eine Maus in den Fängen zweier Katzen. Dann traf mich ein kräftigeres Knie genau an der Schläfe. Ich spürte ein Stechen und verlor das letzte bisschen Gleichgewicht.

Zusammengekrümmt wie ein Fötus gab es jetzt nur noch Instinkt und Überleben. Fast gleichgültig nahm mein Körper die monotonen Tritte auf. Ich wollte es nur überstehen. Wieder rauskommen aus dieser Situation, ohne bleibende Schäden. Für mehr war es zu spät. Warum kam mir niemand zu Hilfe? Zwischen meinen Unterarmen hindurch sah ich nichts außer schwarzen Stiefeln. Irgendwann gab es in meinem Kopf einen Laut, als platze ein kleiner Luftballon. Dann wurde es dunkel.

Als ich wieder zu mir kam, hatte sich die Lage bedeutend verändert. Ich konnte nicht sagen, ob ein Tag oder eine Sekunde verstrichen war. Ich brauchte ein bisschen, um zu verstehen, was ich sah.

Auf dem Straßenpflaster rang Pitt mit einem der Hitlerjungs. Pitt lag unten, hatte aber Fäuste und Beine des anderen mit seinen eigenen Gliedmaßen festgekeilt und gab eine Salve von Kopfstößen ab. Direkt vor mir kämpfte Willi mit dem zweiten Kerl. Beide standen. Mäßig erfolgreich versuchte Willi, sich zu decken und zu verteidigen. Ein Schlag gegen das Kinn ließ ihn rückwärts taumeln.

Sein Gegner setzte hinterher. Ich sprang hoch. Ich sprang ihn an. Mir war schwindelig. Doch Denken und Handeln vereinigten sich wie zwei Arme eines Flusses. Den Harro, der sich einfach so vermöbeln ließ, gab es nicht mehr. Sollte es nicht mehr geben.

Mit allem, was wir hatten, deckten Willi und ich den Kerl ein. Seine grobe Miene bekam Risse. Als er sich nach einem Tritt zusammenkrümmte, brachte ich ihn zu Boden. Wohin es nur ging, regneten unsere Sohlen. Es war ein hässlicher, rauschhafter Tanz.

»So, Jungs«, weckte mich Pitts Stimme auf. »Ich denke, er hat genug.« Pitt stand neben mir und hatte sich eine Zigarette angesteckt. Gleichmütig ließ er den Rauch über den Fußweg schweben. Der Bursche vor uns rührte sich nicht. Atmete er noch?

Ich wandte den Kopf. Pitts Gegner lag auf der Straße. Mit trägen Bewegungen versuchte er, sich aufzurichten. Ohne Erfolg.

»Was für 'ne Scheiße«, stöhnte Willi. Sein Gesicht blutete aus sämtlichen Öffnungen. Er ließ einen Zahn in seine Hand tropfen. Pitt klopfte ihm auf die Schulter.

»Mach dir nix draus«, sagte er. »Ich komm auch noch gut an, bei den Damen.«

Zurück am Kino sog die Clique begeistert jede Silbe unseres Berichts auf. Nur Heinrich blieb in der merkwürdigen Stimmung, in der ich ihn in letzter Zeit häufig erlebt hatte. Er saß auf dem Bordstein und sah aus, als hätte er sich in der letzten Stunde keinen Millimeter bewegt. Ziellos schienen seine Gedanken umherzuirren.

»Soll ich dich heimbringen?«, fragte ich. Heinrich hob sein geschwollenes Gesicht.

»Du? Mich? Heimbringen?« Es klang, als mache ihn dieser Vorschlag nervös. Dann nickte er. Das Laufen fiel ihm schwer. Ich stützte ihn. An der Steinsäule am Connewitzer Kreuz sprach Heinrich aus, was ich mir schon gedacht hatte.

»Mit Hilma ist Schluss.«

»Warum das denn?«, fragte ich.

»Weiß auch nicht. Hat nicht funktioniert.« Ich hatte das Gefühl, als wüsste er den Grund ganz genau, wollte ihn nur nicht verraten. Ich entschied, ihn nicht weiter zu drängen.

»Gut siehste aus«, sagte er. »Dafür, dass du so viel abgekriegt hast.«

»Obenrum vielleicht«, sagte ich. Jeder Zentimeter meiner Gliedmaßen feuerte. Ich wollte nicht wissen, wie ich nackt vorm Spiegel aussah. Aber Heinrich hatte recht, mein Gesicht hatte nicht so viel abbekommen. Dieses Mal. Nur die Schläfe sang noch, von dem Kuss mit dem Knie. Mir war es ganz lieb so. Es bedeutete weniger Rechtfertigungszwang daheim.

Längst schon im Bett fiel mir auf, wie komfortabel mein Zuhause war. Nicht in Bezug auf mein weiches, warmes Federbett. Vor allem in Bezug auf die Tatsache, dass mich meine Eltern gewähren ließen. Auch wenn sie missbilligten, was ich trieb. Es war klar, dass sie ungefähr Bescheid wussten. Sie mussten. Sie sprachen nur nicht darüber, genauso wenig wie ich. Mit einem Mal fühlte ich mich schlecht und undankbar.

Und noch etwas beschäftigte mich. Ich dachte an den reglosen Körper auf dem Fußweg neben der Andreaskirche. Was, wenn wir ihn umgebracht hatten? Und wenn wir ihn umgebracht hatten, wieso war das so leicht? So leicht, etwas Böses zu tun? Oder war nur die Tat wirklich böse, der auch ein Plan vorausging? Wer würde darüber richten?

Ich bekam das Bild des Kerls auf dem Weg nicht aus dem Kopf. Draußen dämmerte bereits der Morgen, als ich in einen friedlosen Schlaf fiel. Ich träumte von Josephine und mir. Wir saßen am Wasser. Und wieder das Bild des Hitlerjungen mit dem Doggengesicht. Er stand hinter uns. Seine Kehle klaffte, blutlos. Er lachte.

27

»Ich bin ganz Ohr.« Josephine saß auf der Mauer an der Paul-Gerhardt-Kirche und ließ ihre Beine baumeln, die unter dem Saum eines bunten Frühlingskleids hervorschauten. Ich hatte mir ein Gespräch unter vier Augen gewünscht. Das Thema war peinlich, doch nicht ganz so unangenehm wie das unserer letzten Unterredung. Es ging um Käthe. Und um Durchwehna.

»In Ordnung. Also, sag mal …«, begann ich, kämpfte dann aber erfolglos gegen ein unsicheres Lachen. Ich schaute auf Josephines Hände in ihrem Schoß und zählte die Falten, die sie in den Stoff drückten.

»Machst es ja ganz schön spannend«, sagte Josephine. Dann lachte auch sie. Ihre hellen Locken winkten mir zu. Ich räusperte mich.

»Ich brauche … ich muss …«, fing ich erneut an und schaffte es wieder nicht, den Satz weiterzuführen. Josephine zeigte ihre Zähne. Ich kratzte mich an Kopf und Hals.

»Knaus-Ogino. Kannst du damit irgendetwas anfangen?«, hörte ich mich schließlich sagen. Jetzt lachte Josephine so laut, dass zwei unten auf der Straße vorbeigehende Herren stehen blieben und verwirrt nach oben schauten.

»Alles in Ordnung«, rief ich hinunter. »Nur einen Scherz

gemacht!« Der Jüngere der beiden machte eine Bemerkung, woraufhin der andere den Kopf schüttelte und mir einen missbilligenden Blick zuwarf. Dann liefen sie weiter.

»Soso, nur ein Scherz«, grinste mich Josephine an und öffnete ihre braune Unterarmtasche. »Hier. Rauch erst mal eine.« Wir rauchten. Josephine strich sich die Haare zurecht.

»Monatsblutung. Kannst du damit irgendetwas anfangen?« Ich nickte. Mein Gesicht war heiß.

»Ausgezeichnet«, sagte Josephine. »Nicht selbstverständlich. Bei euch Jungs.« Sie warf ihre erst zur Hälfte gerauchte Zigarette ins Gras und machte ihr rechtes Bein lang, um sie auszutreten.

»Mit der Methode von Knaus und Ogino lässt sich errechnen, wann die fruchtbaren Tage sind. Also wann ein Mädchen schwanger werden kann. Und wann nicht.« Sie zwinkerte. »Ist eigentlich ganz einfach. Musst du mal deine Käthe fragen. Ob sie einen Kalender führt, meine ich.« Ich spürte, wie noch mehr Wärme in mein Gesicht stieg, und nickte wieder. Josephine stand auf und strich ihr Kleid glatt.

»Ganz unter uns«, sagte sie und kam dabei sehr dicht an mich ran. »Dass du dir darüber Gedanken machst, ist echt süß.« Sie tippte mir auf die Brust, gleich über dem Herz. »Bist ein Guter, Harro.«

Bei meinem nächsten Gespräch mit Käthe stellte ich fest, dass sie sich längst selbst mit diesem Thema beschäftigt hatte. Beruhigend nickte sie mir zu. Ich verstand das Prinzip dieser geheimnisvollen Methode noch nicht ganz, Käthe gab mir jedoch zu verstehen, dass sie die Sache überblickte.

»Else nimmt mich schon ständig in die Mangel«, sagte sie.

Else war ihre älteste Schwester. »Im Moment reicht es mir ein bisschen. Ich bin doch kein Kind mehr.« Sie sah mich an und knetete meine Hände. »Alles im Griff, Harro.«

Wir fuhren am letzten Wochenende im April, kurz nach Hitlers achtundvierzigstem Geburtstag. Die ganze Stadt war ein Flaggenmeer. Ein paar Tage zuvor hatte mich Hilma gefragt, ob ich am Wochenende mit ihr Siegelmarken kleben gehen würde. Ihr Bruder hatte ihr ein ganzes Briefchen voller kleiner, runder Klebesiegel der bündischen Jugend überlassen. Vielleicht wollte sie sich mit diesem Aktionismus von Heinrich ablenken.

»Kann nicht. Bin mit Käthe in der Dübener Heide.« Hilma grinste. Weder Neid noch Schwermut lag in ihrem Gesicht. Mehr als jedes Wort machte mich das glücklich. Ich brauchte Zusammenhalt.

Am nördlichsten Ende der Stadt, dort, wo die Landstraße nach Bad Düben beginnt, stieg Käthe von ihrem Rad.

»Ist noch ganz schön weit«, sagte ich.

»Ich weiß. Aber ich muss erst einmal innehalten. Und genießen. Der Winter war lang!« Käthe hatte recht. Die Düsternis und Trübseligkeit der Stadt voller Uniformen und Schwarzweiß-rot blies der Frühling hier draußen einfach fort. Auf den Feldern leuchtete der Raps.

Käthe lehnte ihr Fahrrad an einen Baum und holte ein sorgfältig verpacktes Schälchen und zwei Löffel aus ihrem Korb.

»Picknick!«, flötete sie und schwenkte die beiden Löffel wie einen Fächer. Ich schaute mich nach einem Platz zum Niederlassen um, doch Käthe pflügte kurzerhand durch das kniehohe Gras am Straßenrand. Dann setzte sie sich. Ich tat es ihr gleich.

»Halt mal«, sagte sie und hielt mir die Löffel vors Gesicht. In ihrem Schälchen wackelte Grießpudding, braun gesprenkelt mit Zimtstaub und Rosinen. Den Deckel legte Käthe neben sich ins Grün.

Abwechselnd tauchten wir unsere Löffel ein. Die Süßspeise war traumhaft. Trotzdem schmeckte ich nur jeden zweiten Bissen. Die Lippen gegenüber, die sich voller Genuss um den Löffel schlossen, lenkten mich ab. Käthe trug dieselbe Strickjacke, die sie bei unserem ersten Zusammentreffen getragen hatte. Zu feierlichen Anlässen trugen Angehörige des BDM oft eine ähnliche Tracht.

Gleichwohl, Käthe war unverkennbar alles, nur nicht vom Mädelbund. Davon zeugte schon allein ihre Frisur, die sie gewissenhaft kurz hielt. Der Vorteil an diesem ganz und gar nicht damenhaften Haarschnitt war, dass ich jederzeit jeden Zentimeter von Käthes Hals beobachten konnte. Die feinen Bewegungen der Partie zwischen Nacken und Ohren kribbelten und lockten mich.

»Irgendwann muss ich dich meinen Eltern vorstellen«, sagte sie und kratzte an den letzten Puddinghäufchen. »Von meiner Mutter kommen schon komische Fragen. Zum Glück deckt mich Else. Jetzt, am Wochenende. Aber nur dieses eine Mal, hat sie gesagt.« Ich nickte.

»Das ist dran. Auch umgekehrt. Ich muss vorher nur noch ein paar andere Dinge klären. Zu Hause.«

»Ich weiß«, sagte Käthe und stach die Spitze ihres Schuhs in die schwarze Erde unter dem Gras. »Ich weiß.«

Wir fuhren. Wäldchen, Wiesen und Felder wechselten sich ab mit kleinen Ortschaften. Der Weg war lang, aber behaglich. Pferdekoppeln und Kuhweiden zogen an uns vorbei, einmal sahen wir sogar ein paar Rehe am Rand eines Tannenhains. Die meiste Zeit traten wir still nebeneinander in die Pedale und ließen uns den Frühlingswind um die Gesichter wehen.

Hinter Bad Düben wechselte ich meine Fahrtenkleidung in den Ersatz-Zweireiher meines Vaters. Die Vorstellung, im Gasthof wegen Minderjährigkeit abgewiesen zu werden, hatte die gesamte Reise grinsend auf meiner Schulter gesessen. Der Anzug wird helfen, hatte ich mir gesagt.

Durchwehna war winzig. Ein paar Dutzend Häuser und Gehöfte duckten sich zusammen, wie Spielzeug sahen sie aus. Mit weichen Knien trat ich die letzten Meter. Lang und stumm stand der Gasthof hinter der Dorfkirche. Ich stieg ab, schüttelte mich und strich mir die Hosenbeine glatt. Die Aufregung brach sich ihre Bahn. Ich atmete ein paar Mal tief ein und wieder aus, um mich nicht zu übergeben. Dann blinzelte ich zu Käthe. Ihr Kopf verdeckte die Nachmittagssonne und ich sah nichts von ihrem Gesicht. Weißgoldene Haare aus Licht wuchsen dort, wo keine waren.

»Sind wir da?«, fragte das Lichtwesen. Ich hatte mir von Edgar, der wiederum seinen Vater ausgequetscht hatte, alles ganz genau erklären lassen.

»Sind wir.«

»Dann gehen wir rein. Oder?« Ich nickte, ein paar Mal zu viel.

Die Fahrräder lehnten wir an einen Holzzaun, der aus lauter kleinen Kreuzen bestand. An der Längsseite des Fachwerkbaus sah ich einen Schankraum durch zwei niedrige, gardinenlose Fenster. Der Raum schien leer. Die Klinke an der Tür neben den Fenstern klemmte. Ich nahm meinen Fuß zu Hilfe und mit einem Mal schwang die Tür nach innen. Dabei schrie sie kurz auf, wie eine Katze, der man versehentlich auf den Schwanz tritt.

In einer durch die Vorderfenster nicht einsehbaren Ecke saßen mehrere Männer und spielten Karten. Sie musterten uns eine Weile. Dann schauten sie wieder in ihre Blätter und legten ab, ohne erneut aufzusehen.

Wir gingen nach links zum Tresen. Es gab viele Tische. Insgesamt war um einiges mehr Platz, als man von außen erahnen konnte. In der Luft hing der typische Gaststättengeruch nach Zwiebeln, Bier, kaltem Rauch und Kiefernholz. Ich bekam Lust auf Rotkraut mit Klößen.

Statt einer Klingel stand auf der Bar ein kleiner, messingfarbener Gong. Käthe griff Richtung Klöppel. Ich auch. Wir lachten, als unsere Hände aufeinandertrafen.

»Nach dir«, sagte ich. Käthe hob ihr Kinn und ihren Arm und stieß den Klöppel wie einen Taktstock in die Höhe. In diesem Moment kam eine Frau aus dem Durchgang hinter der Bar hervor.

»Schon zur Stelle, ihr Hübschen. Heil Hitler!«

»Heil Hitler«, murmelte ich, überrascht von der Erscheinung. So elegant, wie es die Situation zuließ, legte Käthe das Schlaginstrument zurück. Die Frau vor uns war so groß, dass der Saum ihrer Barschürze kaum bis zur Tresenfläche reichte. Ihre linke Faust in die Hüfte gestemmt, kraulte sie mit der rechten Hand die Zapfanlage.

»Bier? Was zu essen?«, fragte sie.

»Zwei Kleine«, sagte ich. »Und noch eine Frage, bitte schön. Wir würden hier gern übernachten. Haben Sie ein Zimmer?« Der Blick der Frau ging von mir zu Käthe, dann zu den Männern in der Ecke und wieder zu mir zurück.

»Hab ich«, sagte sie und hob ein zerfleddertes Buch, so dick wie die Bibel, auf den Tresen.

»Name?«

»Jesewitz«, sagte ich und hätte fast meinen richtigen Namen genannt.

»Sie auch?«, fragte mich die Frau und zeigte mit dem stumpfen Ende ihres Stifts auf Käthe.

»Ja«, sagte ich.

»Nein«, sagte Käthe. Die Frau hob die Brauen und schaute noch einmal in Richtung Ecke. Dann klappte sie das Buch wieder zu.

»Wenigstens volljährig?«, fragte sie. Ich schwieg.

»Ja«, sagte Käthe. Die Frau kniff ein Auge zu und wiegte ihren Kopf.

»Setzt euch hin und trinkt euer Bier. Die Burschen da drüben, die hauen bald ab. Das Zimmer kriegt ihr nachher. Klar?«

Wir bekamen zwei Kleine mit einer sacht zischenden Schaumkrone. Dann verschwand die Frau wieder im Durchgang. Wir suchten uns einen Platz am Fenster, weit von den Männern entfernt, schauten nach draußen und tranken in winzigen Schlucken. Als es dämmerte, schaltete irgendjemand von hinten das Licht an. Kurz danach brachen drei der Männer auf. Zwei blieben sitzen. Von ihrer Unterhaltung verstand ich nichts, sie saßen zu weit entfernt und sprachen zu leise. Trotzdem hatte ich das Gefühl, es ging um Käthe und mich.

»Zum Wohl, ihr zwei. Seid ihr aus der Gegend?«, fragte einer der beiden plötzlich quer durch den Raum. Dabei prostete er uns zu. In meinem Glas schwappte nur noch ein kümmerlicher Rest. Ich hob es leicht und nickte.

»Gewissermaßen.«

»Torgau? Wittenberg?« Beim Sprechen presste der Mann seine Zähne zusammen. Was er fragte, klang dadurch lauernd und streng. Um Zeit zu gewinnen, schüttelte ich den Kopf.

»Oder aus Leipzig, aus dem roten Leipzig?«, fragte der andere und lachte. Seine Stimme war schwer und belegt. Er hatte zu viel getrunken.

Ich überlegte kurz. Die Männer hatten nichts an sich, womit sie sich zuordnen ließen. Es hätten Kommunisten aus dem Untergrund genauso wie Funktionäre der NSDAP sein können. Natürlich, wir waren hier auf Empfehlung von Edgars Vater, aber was hieß das schon in Bezug auf die anderen Gäste?

»Und wenn?«, blieb ich vage. Der Betrunkene ließ seinen Bierdeckel kreiseln. Das runde Stück Pappe kippte sofort wieder um.

»Frag ja bloß«, sagte er.

»Redest nicht so gern, was?«, sagte der andere. Ich zuckte mit den Schultern und schüttelte die letzten Tropfen Bier in meinen Mund.

»Wir hatten einen anstrengenden Tag«, sagte Käthe.

»Danke für die Information, Junge«, sagte der andere und stieß den Betrunkenen mit dem Ellenbogen an, als hätte er einen guten Witz gemacht.

»Lass mal, Ernst«, sagte der und tippte, nachdem er ihn noch einmal recht kümmerlich hatte kreiseln lassen, auf seinen Bierdeckel. »Ich muss jetzt auch los.«

Ernst murmelte eine Antwort, die ich nicht verstand. Ohne weiteren Kommentar legten die beiden ein paar Münzen auf den Tisch, nahmen ihre Hüte von der Garderobe und verließen das Lokal. Durchs Fenster sah ich sie auf die Straße gehen. Der Betrunkene verdrehte sein linkes Bein bei jedem Schritt nach außen; ob das an einer Verletzung lag oder an seinem Zustand, konnte ich nicht sagen.

»Komische Gestalten«, meinte Käthe. Auch ich war froh über ihren Abgang.

»Ausgetrunken?«, hörte ich die Stimme der Frau. Sie schaute nicht weit von uns aus einer Tür, wo ich keine vermutet hätte.

»Vielen Dank«, sagte ich.

»Dann bitte. Hier entlang.« Käthe und ich erhoben uns. Hinter der Tür führte eine Treppe nach oben. Auf der Wand gegenüber dem Geländer reihten sich Gemälde mit waidmännischen Motiven aneinander. Ein Hirsch röhrte auf einer Lichtung, zwei Jäger beugten sich über einen Hasen, eine Windmühle duckte sich im Schnee. Ganz oben wachte ein Mann mit russisch aussehender Jagduniform und Gewehr in der Hand. Es war eine Fotografie.

»Hier rechts«, sagte die Frau und führte uns in eine Diele, die so schmal war, dass man hintereinander gehen musste.

»Bitte schön«, sagte sie und zeigte in das erste Zimmer. Weitere Türen lugten verstohlen aus dem Halbdunkel des engen Korridors.

»Waschraum ist unten neben der Treppe. Meldet euch, wenn ihr noch etwas braucht.« Käthe und ich betraten das Zimmer. Tief in den Nasenflügeln kitzelte der Geruch nach alten Teppichen. Die Frau blieb in der Tür stehen. Auf einmal sah sie sehr müde aus.

»Eins noch«, sagte sie. »Ich mach das eigentlich nicht mehr. Das hier. Sind hässliche Zeiten.«

»Verstanden«, sagte ich. »Danke.« Doch die Frau war schon wieder auf der Treppe.

28

Käthes Augen waren zwei schwarze Perlen. Nur noch dumpfes Halblicht fiel durch das kleine, gardinenlose Doppelfenster, durch das man gerade so seinen Kopf stecken konnte. Wir lagen auf dem Bett und schauten uns an. Minutenlang. Ich fuhr durch Käthes Haare. Sie waren nicht einmal so lang wie mein kleiner Finger, aber weich wie Federn. Strähne für Strähne zeichnete ich ihre Frisur nach. Die Jungs aus meiner Klasse schwärmten für die Lockenpracht von Hilde Hildebrand und Marlene Dietrich, doch ich fand Käthe großartig, so wie sie war. Sie atmete sanft. Sanft und zufrieden und gar nicht aufgeregt.

Ich selbst versuchte sehr, mir nichts anmerken zu lassen. Aber ich war nervös. Ich dachte darüber nach, was ich am besten als Nächstes tat. Sicher, unter Hemd und Bluse hatten wir unsere Körper schon oft erkundet, aber das hier war etwas anderes. Heute war alles möglich und genau das hemmte mich.

»Du bist schön«, flüsterte Käthe und mein Herz klopfte gegen meine Brust, als wolle es einen Satz nach draußen machen.

»Du bist schöner«, sagte ich und ärgerte mich, denn die Antwort hallte unbeholfen von den Wänden. Käthe lächelte. Ich rückte näher. Unsere Decke war dünn und das Zimmer unbeheizt, aber ihre Stirn glühte wie im Fieber. Lippen suchten und fanden sich. Zwei Zungen tanzten, erst langsamen Walzer, dann Lindy Hop. Für eine Weile wich die Aufregung einem Wohlgefühl. Dann lösten wir die Lippen. Käthe wollte mir das Hemd abstreifen. Ich half ihr, sehr ungeschickt. Ich zitterte.

»Schämst du dich?«, fragte Käthe und strich von meinem Kinn über die Mitte meiner Brust bis hinunter zum Bauchnabel. Es kitzelte. »Brauchst du nicht. Nicht im Mindesten.« Ich fand keine Worte und verschloss unsere Münder mit weiteren Küssen.

So blieben wir lange. Vielleicht hatte Käthe darauf gewartet, dass ich es tue. Nach einer Weile zog sie erst die Bluse aus, die sie unter ihrer Jacke getragen hatte, dann ihr Hemdchen. Ich konnte gar nicht hinschauen. Ich schaute hin. Vor dem Fenster war jetzt Nacht, aber Sterne und Mond gestatteten mir eine verschwenderische Sicht. Ich hatte keine Ahnung gehabt, wie schön das ist, ein Mädchen, eine junge Frau – in ihrer nun schon fast vollständigen Nacktheit. Zögernd bewegten sich meine Hände, leicht kosten die Spitzen meiner Finger. Nun war es Käthe, die lachte.

»Nicht so zahm. Ich bin kitzelig.« Ich versuchte es mit etwas weniger Schüchternheit. Sie schloss die Augen. Sie öffnete die Augen. Sie nickte. Mit einem Ausdruck im Gesicht, den ich noch nie gesehen hatte.

Ganz in der Nähe, vielleicht auf dem Dach, stritten zwei Katzen. Ihr Schreien und Fauchen klang seltsam in der Stille. Ich hatte in den vergangenen Stunden kein einziges Geräusch im oder vor dem Haus wahrgenommen. Ob wir die einzigen

Nachtgäste waren? Ganz geheuer schien mir dieser Ort nicht. Aber ich war hier mit Käthe, und Käthe war wichtiger als meine wunderlichen Gedanken. Warm und weich floss sie durch die Innenflächen meiner Hände hindurch. Ihr Atmen war nun gar nicht mehr sanft. Alles an ihr wollte zu mir, alles wurde von mir erwidert. Auf einmal ging es ganz leicht. Wie von selbst fand mein Körper die richtigen Antworten.

Dann dachte ich wieder daran, dass uns nur noch sehr wenig Stoff von dem trennte, was ich nicht kannte, und mein brennendes Echo wurde schwächer.

»Stimmt irgendetwas nicht?«, fragte Käthe. Sie hatte die Veränderung bemerkt.

Ich bin unsicher, sagte ich in Gedanken. »Nein. Alles ist gut«, sagte ich wirklich.

Ich spürte, wie Käthe unter der Decke werkelte. Schließlich warf sie etwas über mich in Richtung Raummitte. Mit einem Rascheln landete es auf dem Boden. Der Rest ihrer Sachen.

Käthe bewegte sich jetzt anders. Langsamer. Vorsichtiger. Ich glaubte, nun auch von ihr ein Zittern wahrzunehmen. Auf irgendeine Weise erleichterte mich das. Und auf eine andere Art machte es mich noch aufgeregter. Ihre Hände waren auf den Taschen meiner Hose und pflückten an dem Stoff herum.

»Willst du nicht?«, fragte sie.

»Doch«, sagte ich. Rau und schwer rollte das Wort aus meiner Kehle. Ich schlüpfte aus allem, was ich noch trug und platzierte es säuberlich neben dem Bett, wie ein Vorleger gegen kalte Füße.

Auf einmal war Käthe in meinem Rücken. Ihre Brüste

neckten die Haut über meinen Schulterblättern. Eine kleine, feste Hand glitt von hinten über meine Hüfte dorthin, wo mich noch niemand außer mir selbst berührt hatte. Funkelnder Genuss kribbelte bis in die Zehenspitzen. Nass und glühend war Käthes Atem an meinem Hals. Doch ich dachte nach, dachte viel zu viel nach, und plötzlich schwand die Bereitschaft, die sich gegen ihre Finger gedrängt hatte. Meine Versuche, dagegen anzukämpfen, machten die Sache noch schlimmer. Ich drehte mich um. Die Bettfedern sangen, eine nach der anderen.

»Was ist?«, fragte Käthe. »Mach ich was falsch?«

»Nein«, sagte ich. »Nein, ganz bestimmt nicht.« Ich legte meine Hand auf ihre Schläfe. Wir schwiegen. Zwischen meinen Beinen war alles still.

»Wenn ich … wenn ich irgendetwas …«, fing Käthe noch einmal an, aber ich ließ meinen Zeigefinger auf ihre Lippen nieder und sie verstummte.

»Nein«, sagte ich. »Du bist wundervoll.« Das war nun das Allerletzte, was ich wollte, dass sich Käthe für diese dumme Entwicklung verantwortlich fühlte. Wir schwiegen. Draußen besang eine einzelne Amsel ihr Revier, erst ganz zögerlich, dann immer lebhafter. Die hellen Tonfolgen hatten etwas Beruhigendes. Bald würde die Nacht vorüber sein.

Ich begann, Käthe zu streicheln. Sie war wirklich wundervoll. Der Süden unter ihrem Bauchnabel zog meine Hand magisch an, ich näherte mich ihm in immer kleineren Abständen. Käthe hauchte mir ins Ohr. Ich spürte ihre Zähne. Auf einmal war meine Hand da. Käthes Wünschen und Verlangen drückte sich gegen sie. Voller Ernst und Ergebenheit versuchte ich, ihren Reaktionen nachzuspüren und das zu tun, was ihr Vergnügen bereitete. Und irgendwann, ich bemerkte es erst hinterher, war der Moment gekommen, in dem das Fühlen endlich den Kopf bezwang. Ein Rausch. Aus dem ich erst erwachte, als Käthe erschauderte und sich ein paar gemeine Spitzen fest in meine Ohrmuschel bohrten.

Es wurde hell. Käthes Fingernägel rieben über die Wölbung meines Beckenknochens.

»Und du?«, fragte sie. Ich vermute, es war merkwürdig. Aber ich wollte es dabei belassen. Ich war froh über die Wendung, die die Nacht noch genommen hatte. Froh und zufrieden. Ich schüttelte den Kopf.

»Nein. Nicht heute.« Und um erneuten Zweifeln zuvorzukommen, dass irgendetwas an ihr lag, küsste ich sie. Lange. Mit all der Zärtlichkeit, die ich für sie empfand.

Ich hatte vielleicht eine halbe Stunde geschlafen, als es klopfte. Noch einmal und noch einmal und dann war ich richtig wach.

»Ja?«, rief ich und stützte mich auf die Ellenbogen. In meiner Schulter zwickte es.

»Entschuldigung. Wollt ihr was frühstücken?« Der Junge vor der Tür klang schief, nach Stimmbruch und Verlegenheit. Womöglich hatte er uns in der Nacht belauscht, der Windbeutel.

»Wir kommen gleich. Bald«, rief ich zurück. Es murmelte, dann entfernten sich Schritte. Neben mir atmete Käthe in langen, tiefen Abständen, das Gesicht auf Kissen und Unterarmen. Ich massierte meine Brauen, streckte mich und stand auf. Mehrere Personen unterhielten sich, irgendwo vor dem

Haus. Ich öffnete das Fenster und schaute nach draußen, doch ich konnte die Leute nicht sehen, sie standen unterhalb des Vordachs. Die Morgenluft war frisch und angenehm und ich nahm ein paar kräftige Züge.

»Hübsch«, sagte Käthe hinter mir und kicherte. Erst jetzt fiel mir auf, dass ich noch nicht angezogen war.

»Verdammt«, rief ich und versuchte, meine Blöße mit den Händen zu bedecken.

»Zeig dich, zeig dich doch«, neckte Käthe und sprang in meine Richtung. Die Decke rutschte von ihr herunter wie von einer verhüllten Marmorstatue. Sie war ebenso vollständig nackt wie ich. Wir rangen. Wir lachten.

»Heil Hitler«, spottete Käthe und imitierte meine Stimme. »Heil Hitler, Frau Wirtin, Frau Gastwirt!« Sie lachte und lachte und bekam kaum noch Luft. Stolpernd fielen wir aufs Bett. Das Holzgestell klagte überrascht.

Wir küssten. Wir schmusten. Und fast und unverhofft wären wir doch noch eins geworden, wenn es nicht erneut an der Tür geklopft hätte.

»Kommt mal runter zum Essen. Und nehmt eure Sachen mit.« Die Frau von gestern klang freundlich, aber ungeduldig. Einen Moment hielt ich Käthe noch fest, doch sie schüttelte den Kopf.

»Nein. Nicht so.« Wir schauten uns in die Augen. Helles Grau und das Grün von Ahornblättern im Frühling blickten mir direkt ins Herz. Wir lösten den Blick. Wir zogen uns an und suchten unser schmales Gepäck zusammen. Käthe strich das Bett glatt und schüttelte die Kissen auf. Dann gingen wir.

Am Sonntagmorgen, oder war es schon Vormittag, zählte

der Schankraum ein paar Gäste mehr. Die meisten sahen nach Fahrt und Wanderung aus, vielleicht Frühaufsteher, die eine erste Stärkung brauchten. Ich bezweifelte, dass irgendeiner von ihnen in dem Haus übernachtet hatte. Sie machten weder den Eindruck, gerade aufgestanden zu sein, noch, schon lange gesessen zu haben. Vielleicht wussten die Leute in der Gegend ja gar nicht, dass man hier überhaupt ein Zimmer nehmen konnte. Der Gedanke gefiel mir.

Die Frau des Hauses brachte uns das, was auf allen Tellern zu sehen war: dunkles Brot und ein paar Zacken Wurst, dazu warmen Tee.

»Mittag wird es hier voll. Und dann kommt auch die Belegschaft aus dem Ort. Wäre gut, wenn ihr bis dahin verschwunden seid«, sagte sie, während das Geschirr auf den Tisch klapperte.

Wir nickten schweigend und aßen. Käthe sah heute sehr erwachsen aus. Wenn ich sie nicht gekannt hätte, ich hätte sie auf wenigstens zwanzig geschätzt. Ich dachte an Josephine, bei der mir Ähnliches schon einmal durch den Kopf gegangen war.

»Wonach sehe ich aus? Jünger oder älter? Als ich bin, meine ich«, brach ich das Schweigen. Käthe wischte, etwas unbedacht, ihre Finger am Tischtuch ab. Sie musterte mich und grinste. So richtig fiel mir erst heute die Lücke zwischen ihren Vorderzähnen auf und wie attraktiv diese war.

»Ehrlich gesagt, sahst du gestern in deinem Anzug aus wie verkleidet. Wie so ein Fünfzehnjähriger.« Die Zahnlücke tanzte. »Heute, in deinen normalen Sachen …«

»Ja?« Käthe drückte sich um eine schnelle Antwort und

trank, Schluck für Schluck. Das Wellenmuster auf ihrer Tasse erinnerte an Fernost. Ich dachte an den Karpfen in der Heldenfibel. Wie er im Wasser schwamm. Gegen den Strom.

»Es ist verschieden. Sehr. Eigentlich kenne ich niemanden, bei dem es so verschieden ist wie bei dir.«

Ich hörte Käthes Stimme, aber ich konnte nicht einordnen, was sie sagte. Ich hatte meine Frage vergessen.

»Verzeih, dass es nicht geklappt hat«, sagte ich. »Letzte Nacht.«

»Unsinn«, sagte Käthe mit verwundertem Blick und tippte ihre Fingerspitzen gegen meine, quer über den Tisch. »Unsinn. Wir haben doch Zeit.«

Ich war mir da nicht so sicher. Der Karpfen in meinem Kopf verschwand unter einer schwarzen Welle.

29

»Die Unglücksstelle in Lakehurst gleicht einem Schlachtfeld. Von der einst so stolzen Königin der Lüfte liegt nur noch ein verkohlter Haufen auf dem verbrannten Gras, wie ein riesenhaftes Skelett aus grauer Vorzeit. Heinrich Bauer, der Luftschiffkapitän, ist eines der Besatzungsmitglieder, die das Inferno überlebt haben. Er hat dem Tod direkt in die Augen gesehen und ist nun …«

Die Stimme des Radiosprechers bebte vor konzentrierter Ergriffenheit. Allerorten hatte es seit dem Mittag kein anderes Thema als den Absturz der Hindenburg in Amerika gegeben.

Über eine Stunde schon hörte ich gemeinsam mit meinem Vater und meiner Mutter im Wohnzimmer die neuesten Nachrichten zu dem Unglück. Wir hatten sogar ausnahmsweise vor dem Radio zu Abend gegessen. Trotz der dramatischen Geschehnisse ertappte ich mich bei dem Gedanken, wie angenehm es war, mit meinen Eltern zusammenzusitzen. Gemeinsam Anteil an etwas zu nehmen. Ohne ermüdende Fragen über mich und mein Leben. Ohne Fragen, in denen nicht Interesse steckte, sondern Kritik. Zum ersten Mal seit Langem fühlte ich mich in meinem Zuhause auch zu Hause.

Die Klingel schrillte. Leise, wie ein ferner Alarm in dem Radiobericht. Mein Vater runzelte die Stirn und schaute auf die Uhr.

»Erwartest du jemanden?«, fragte er mich. Ich erwartete niemanden. Natürlich war es möglich, dass jemand von der Clique klingelte. Heinrich vielleicht, oder Hilma, oder sogar Käthe? Die Klingel schrillte noch einmal. Länger.

»Eigentlich nicht«, sagte ich. Ich stand auf und ging zur Tür. Die Diele knarzte wie gewohnt. Durch das trübe Glas der Türfenster zeichneten sich zwei dunkle Umrisse ab. Sie waren mir fremd. Größe und Körperhaltung passten zu nichts und niemandem. Ein saurer Geschmack breitete sich in meinem Mund aus.

Ich öffnete. Speckiges Schwarz von Ledermänteln schob sich in mein Blickfeld und ich wusste Bescheid. Gestapo.

»Harro Jäger?«, fragte einer der beiden knapp. Er trug Handschuhe. Ich nickte. Hatte ja keinen Zweck, meine Identität zu leugnen.

»Geheime Staatspolizei. Kommen Sie bitte mit. Wir haben einige Fragen zu klären.« Natürlich hatte ich gewusst, dass so etwas passieren könnte. Vorbereitet war ich trotzdem nicht. Vielleicht kann man sich darauf auch nicht vorbereiten. Auf dieses Gefühl, dass einem alles unter den Füßen weggezogen wird, was eine Minute zuvor noch selbstverständlich schien. Wie ein altes Stück Teppich.

»Brauche ich etwas?«, war das einzig Sinnvolle, was mir einfiel.

»Wird sich zeigen«, sagte der Mann mit den Handschuhen. »Gegebenenfalls werden wir alles veranlassen. Ziehen Sie sich jetzt an. Und dann folgen Sie uns.« Mechanisch schlüpfte ich in meine Schuhe und nahm eine Jacke.

»Moment mal!«, rief mein Vater, der plötzlich hinter mir stand. »Wer sind Sie? Was wollen Sie von meinem Sohn? Können Sie sich ausweisen?« Die Gestapisten musterten ihn von Kopf bis Fuß und zogen ihre Metallmarken hervor.

»Hier«, sagte der Behandschuhte. »Der Rest geht Sie nichts an. Ihr Sohn ist erwachsen genug.«

»Selbstverständlich geht mich das etwas an! Bis er achtzehn ist! Und auch darüber hinaus! Er ist mein Kind!«

»Wollen Sie mir etwas Bestimmtes mitteilen?«, fragte der Handschuh-Mann und ging einen Schritt auf meinen Vater zu. Sein Mantel knirschte. »Dass Sie meine Anordnungen nicht befolgen wollen, zum Beispiel?« Für lange Sekunden passierte nichts. Die beiden standen sich gegenüber wie zwei Hunde, die noch nicht so genau wissen, ob sie sich nur beschnuppern wollen oder anfallen. Ich war verblüfft. Die etwas kleinmütige Wetterfahne, für die ich meinen Vater sonst hielt, zeigte gerade ein ganz anderes Gesicht. Trotzdem war klar, dass es an dieser Stelle nicht weiterging.

»Nein«, sagte mein Vater. »Nein, das will ich nicht. Ich möchte nur wissen, was mit meinem Sohn passiert.«

»Wir nehmen ihn jetzt mit zur Befragung. Alles Weitere ergibt sich.« Der Handschuh nahm mich am Ellenbogen. Sein Griff war übertrieben fest, duldete keinen Widerspruch. Er drückte mich Richtung Treppe. Hinter meinem Vater machte meine Mutter große Augen, sie selbst sah ganz klein aus. Der zweite Gestapist beugte sich zu meinen Eltern.

»Ich rate zu mehr Vorsicht. Man zweifelt an Ihrer Zuverlässigkeit als treue Volksgenossen. Mäßigen Sie sich also.« Er tippte jovial an seine Mütze. »Guten Abend.«

Unten vor der Tür verstärkte der Handschuh noch einmal seinen Griff, als ob ich den Plan hätte zu fliehen. Die Finger bohrten sich bis in die Knochen. Auf dem Gehweg parkte ein schwarzer Mercedes. Es waren nur wenige Meter.

»Wo werde ich hingebracht?«, fragte ich, als der Motor startete. Ich saß mit dem Handschuh-Mann hinten, er hatte losgelassen. Die zerdrückten Muskeln brannten. Das Innere des Wagens roch nach Rauch und Stiefelwachs.

»Sei still«, sagte mein Nachbar, während er aus dem Fenster schaute.

»Wohin wir wollen«, sagte der andere von vorn. Ich sah ein, dass hier nichts zu holen war. Ich musste abwarten.

Wir fuhren Richtung Innenstadt. Nur nicht ins Gestapo-Hauptquartier, dachte ich. Dort wurde gefoltert, das wusste ich. Jeder wusste das. Es war nur sehr leicht, nicht daran zu denken, wenn man nicht selbst auf dem Weg dorthin war. Langsam begriff ich, was hier gerade geschah. Ich musste mich aufs Alleräußerste zusammennehmen, um nicht loszuheulen. In Bauch und Brust schien kein einziges Organ mehr an seinem ordnungsgemäßen Platz.

Wir passierten die Stelle, an der vor einiger Zeit der Hitlerjunge auf der Straße liegen geblieben war. Der reglose Körper, sichtbar nur für mich, lag auf dem Pflaster, aber dann waren wir auch schon vorbei. Jetzt weinte ich doch. Lautlos.

Am Polizeigefängnis in der Wächterstraße war die Fahrt zu Ende. Es gab wenig Grund, darüber erleichtert zu sein. Trotzdem war ich es. Das Torgitter zwischen den Mauern öffnete sich. Wir parkten im Hof. Der Mercedes schüttelte sich kurz, als der Fahrer den Motor abstellte. Für einen Moment blieben wir schweigend sitzen. In der Nähe schlug ein Schäferhund an. Der Handschuh-Mann notierte etwas in einem Büchlein. Weiß der Himmel, wie er in der Dunkelheit genug sehen konnte. Dann verließ er den Wagen, kam auf meine Seite und öffnete die Tür.

»Aussteigen«, sagte er. Zaghaft folgte ich der Aufforderung. Sogleich war der strenge Griff wieder an meinem Arm und führte mich in Richtung des Baus. Der Fahrer blieb sitzen.

In dem Gebäude thronte ein einzelner Wachmann hinter einer Glasscheibe. Dem Handschuh nickte er zu, mich würdigte er keines Blickes. Neben ihm führte eine lange Kaskade aus Eisentreppen nach unten. Durch die Flure hallte das Knallen von Schlössern und fernes Rufen. Zu sehen war niemand. Plötzlich wurde ich nach rechts geschoben und stand in einem gefliesten, hell erleuchteten Raum. Zwei Wärter spielten an einem Tisch Karten.

»Jäger, Harro, Connewitz«, sagte mein Begleiter. Zwei kalte, aber müde Augenpaare trafen mich. Der jüngere der beiden Wärter stand auf. Sein Stuhl kreischte über den glatten Boden.

»Heil Hitler! Nacht!«, rief der Handschuh und salutierte. Eifrig taten es ihm die anderen nach. Dann verschwand der Gestapist und ich war allein mit den Wärtern.

»Arme und Beine auseinander!«, hieß mich der Jüngere der beiden. Dann klopfte er mich ab, eher sorglos. Der Ältere räumte die Spielkarten zur Seite und blätterte in einer Akte. Dabei klickte er mit seiner Zunge am Gaumen herum, als könne er sich nichts Gemütlicheres vorstellen. Schließlich notierte auch er sich etwas und schaute auf seine Armbanduhr.

»Wolff! Fragen Sie mal nach beim Kommissar, ob wir den hier schlafen schicken sollen. Oder zu ihm.« Der Jüngere verließ den Raum. Durch die angelehnte Tür hörte ich, wie sich seine Schritte entfernten. Die beiden schienen sich ziemlich sicher zu sein, dass von mir keine Gefahr ausging. Damit hatten sie sogar recht. Ich hätte mich nur gern weniger wie ein Häschen in der Falle gefühlt.

Breitbeinig lehnte sich der Ältere auf seinem Stuhl zurück und legte die Hände auf seine Gürtelschnalle. Ein Stück seiner schwarzen Pistole lugte aus dem Halfter. Nein, von mir ging wirklich keine Gefahr aus. Weswegen war ich hier? Wer hatte gequatscht? Hatte überhaupt jemand gequatscht? Fast mischte sich Neugier in mein Gefühl der Lähmung. Oder zumindest der Wunsch nach Klarheit, worum es hier ging. Was mir vorgeworfen wurde. Der junge Wärter kam zurück und zeigte auf den Gang.

»Wenn ich bitten darf.«

»Gute Unterhaltung«, rief mir der Ältere zu und grinste, die Zunge auf den oberen Zähnen.

30

Ich lag auf einer Matratze, die das Drahtgestell darunter nur sehr dürftig von meinen Knochen fernhielt. Die Decke roch nach Schimmel und Scheiße, weswegen ich sie mir nur bis zur Hüfte gezogen hatte. Eine matte Birne warf unwirkliches Licht. In der Zelle gab es keinen Schalter, aber sie war auch nicht hell genug, um wirklich beim Schlafen zu stören – wenn ich denn hätte schlafen können. Ich war unendlich erschöpft, aber das hier war kein Ort, an dem man einfach einnickte. Ich wusste noch immer nicht, worum es eigentlich ging. Darum, dass wir uns auf der Straße trafen? Um unsere Auseinandersetzungen mit der HJ? Um die Massenversammlung in der Stadt? Um die Aktion mit der Glosse?

Zum wiederholten Mal führte ich meine linke Hand vor das Gesicht und prüfte die Beweglichkeit der Finger. Der gesamte Handrücken glänzte rot und schwarz von der Misshandlung des Kommissars mit seinem Feuerzeug. Die Wunde stach erbärmlich, aber die Funktionstüchtigkeit der Gliedmaßen schien intakt. Was mit meinem Ohr war, wusste ich nicht. Es gab keinen Spiegel. Wenn ich das rechte Ohr zuhielt, hörte ich noch etwas, immerhin. Mehrfach veränderte ich meine Position auf der Suche nach ein bisschen Komfort, aber es war zwecklos. Das als Bett verkleidete Drahtgestell machte Töne, als fiele es jeden Moment in sich zusammen. Zu guter Letzt kam doch noch ein dunkler, gallenbitterer Schlaf.

Das Erste, was ich am Morgen spürte, war meine Hand. Das Zweite waren saure Bröckchen, die mir am Zäpfchen kitzelten. Ich rutschte von meiner Matratze – was nicht schwer war, denn das Drahtgeflecht darunter war fast ebenerdig – und kroch zu der Holzvorrichtung in der Ecke, dem Klo. Ich versuchte, die Luft anzuhalten, doch die Ausdünstungen aus der Dunkelheit unter dem Deckel waren so abscheulich, dass ich mich gleich zweimal erbrach. Danach kratzte und klopfte ich mehrere Minuten an der Tür und rief nach Wasser, bis mir tatsächlich welches gebracht wurde. Den Wärter, der den Krug in der Hand hielt, hatte ich noch nicht gesehen. Er war klein und hatte Anflüge von Freundlichkeit im Gesicht, sodass ich es wagte, ihn anzusprechen.

»Was wird mir vorgeworfen? Weswegen bin ich eingesperrt?« Der Wärter lachte nur und schüttelte den Kopf.

»Ich bring dir gleich dein Frühstück«, sagte er und schloss die Tür.

Ich setzte den Krug an die Lippen und trank. Das Wasser schmeckte muffig, erfrischte Geist und Körper trotzdem ein wenig. Ein winziges Fenster direkt unter der Decke spendete ein Stück Himmel. Wirklich hinausschauen konnte ich nicht, es war zu hoch. Das Essen kam: eine Scheibe Brot von undefinierbarer Farbe, dazu Marmelade von undefinierbarem Geschmack. Auch das war allemal besser als nichts, ich wollte mich nicht beschweren. *Ohne Wenn keine Hoffnung*, stand dünn an der schmutzigen Zellenwand, eingeritzt vielleicht mit einem Fingernagel. Ich kaute.

Minuten vergingen. Stunden. Manchmal waren da Stimmen und klingelnde Schlüssel auf dem Gang, die meiste Zeit jedoch herrschte ernste, drückende Stille. Nichts passierte. Ich zählte die Ziegel, die zwischen dem Mörtel an der Wand hervorschauten. Ich dachte an Käthe, ihr Gesicht, ihre Haare und ihre Hände. Ich dachte an meine Familie. Ich versuchte, mich selbst mit meinen Fingernägeln in der Zelle zu verewigen, gab aber schnell wieder auf. Zunehmend verklebte stumpfe Langeweile die Angst, die ich eigentlich verspürte.

Es begann zu dämmern. In meinem Bauch gähnte ein tiefes Loch. Wenn es hier überhaupt Mittagessen gab, dann jedenfalls nicht für mich. Ich stellte mir vor, wie entsetzlich es wäre, hier an diesem Ort an Hunger zu sterben und auf dem Laken zu verrotten.

Ohne Wenn keine Hoffnung, las ich wieder und musste lachen. Dann hörte ich Schritte. Ein Riegel schlug zur Seite.

»Abendessen!« Ich tauschte den Teller vom Morgen gegen einen neuen. Eine Scheibe trockenes Brot, ein Stück faulige Wurst und eine als Apfel verkleidete, angedörrte Murmel rutschten auf weißer Emaille hin und her. Es war ein fast himmlischer Genuss.

Die Nacht dehnte sich noch mehr als der Tag. Irgendwann ging die Glühbirne aus und ich hatte nur noch mich und die dunkelblaue Finsternis. Meine Gedanken kippten zurück, tief hinein in früheste Kindheitserinnerungen. Meine Mutter am Küchentisch, die Stirn wegen der Inflation in Sorgenfalten gelegt. Mädchen in Sonntagskleidern unter einer Weide im

Park. Mein Vater beim Schach. Einzeln und unbewegt flammten die Bilder auf und erloschen. Irgendwann träumte ich und bemerkte es nicht.

Auch am zweiten Morgen in der Zelle meldete sich als Erstes meine linke Hand. Unter widerlichem Schmerz zog ich ein Stück Laken aus der eiternden Wunde. Wieder hämmerte ich an die Tür, diesmal verlangte ich nach Wasser zum Waschen. Der Wachmann wiegte erst den Kopf, nickte dann aber, als ich ihm die Verletzung unter die Nase hielt. Ich bekam eine glucksende Schüssel und einen Schwamm, den ich nicht benutzte. Er war grau und roch unbeschreiblich.

Am Ende des zweiten Tages war ich sicher, dass es nicht mehr lange dauern würde, bis mich der Wahnsinn hatte. Die vergangenen achtundvierzig Stunden fühlten sich an wie ein ganzes Zeitalter. Es war mir unbegreiflich, wie Menschen Wochen, Monate und Jahre im Gefängnis verbringen konnten, ohne verrückt zu werden. Fast mischte sich ein klein wenig Erleichterung in die Angst, als ich am dritten Morgen erneut zum Verhör gerufen wurde.

Statt einer Zigarette dampfte vor dem Kommissar diesmal eine Tasse Kaffee. Der Tisch war voll mit Akten, losen Blättern und schwarzen Bögen, auf denen kleine Fotografien hafteten.

»Bitte«, sagte er und deutete auf den Stuhl, von dem er mich drei Tage zuvor heruntergeprügelt hatte.

»Was macht die Hand?« Sein Blick wanderte an mir entlang wie der eines Kunstlehrers, der die Zeichnung seines Schülers taxiert. Ich antwortete nichts.

»Kennst du die hier?«, fragte er und reichte mir einen der Fotobögen. Zwei Jungs in meinem Alter saßen im Gras, einer der beiden spielte Gitarre. Zwischen den Zähnen des Zuhörers reckte sich eine Roggenähre in die Luft. Sie waren mir gänzlich unbekannt.

»Nie gesehen«, sagte ich und spürte ein Stück meiner Anspannung weichen. Es tat gut, die eigene Stimme zu hören. Der Kommissar nahm den Bogen zurück, formte ihn mit den anderen zu einem Stapel, fast liebevoll, und ließ die Bilder in einer Schublade verschwinden. Dann faltete er die Hände und legte die Spitzen von Daumen und Zeigefinger aufeinander.

»In Ordnung. Also, Heinrich Umrath.« Er schien kurz nachzudenken. »Lass es mich so ausdrücken. Uns interessiert, wie nah ihr euch seid.« War das eine Falle? Wenn ja, worauf zielte sie ab? Ich entschied, höflich, aber unbestimmt zu bleiben.

»Nun, ich weiß, dass er nebenan wohnt. Man grüßt sich, auf der Straße oder im Hof, und wechselt mal ein paar Worte.« Ich rieb mir den Wangenknochen. »Aber sehr nah? Nein, so könnte man das nicht bezeichnen.«

Der Kommissar schwieg und betrachtete mich. Nach einer Weile wurde das sehr unangenehm.

»Was ist denn mit ihm?«, fragte ich, halb aus Interesse und halb, um die Stille zu brechen. Der Blick des Polizisten blieb rätselhaft. Schließlich nahm er einen Schluck aus seiner Tasse.

»Wir wissen sowieso alles«, sagte er. »Du weißt das, nicht wahr?«

»Ich weiß ja nicht einmal, weshalb ich hier bin«, sagte ich. Der Mundwinkel des Kommissars zuckte. Das war wohl sein Lächeln.

»Natürlich.« Er betrachtete mich noch einige Zeit. Dann

nahm er den Hörer seines Telefons in die Hand und rief den Wärter, der mich in die Zelle zurückbrachte. Insgesamt war ich kaum eine Viertelstunde weg gewesen. Wenigstens hatte es keine neuen Prügel gegeben.

Wieder wartete ich. In meinem linken Ohr klingelte es. War heute Sonntag? Das Gefühl für Wochenstruktur war bereits dahin. Was hätte ich für ein warmes Mittagessen gegeben! Einfachste Bedürfnisse hatten schon jetzt das Gewicht von Welten. Der Höhepunkt des Tages war der kleine Wärter, der mich Zelle und Flur fegen ließ und mir am Ende den Rest seiner Kippe gab, drei kratzende Züge Freiheit.

31

Am Morgen darauf wurde ich entlassen. Ich dachte erst, der Wachmann würde einen üblen Scherz mit mir treiben. Es war schon wieder ein anderer, ein düsterer Kerl mit Überbiss und breiten Schultern.

»Na komm schon, Bettchen machen und ab! Ich hab noch mehr zu tun!« Ich tat das Verlangte, es blieb mir ja ohnehin nichts anderes übrig. Wirklich glauben konnte ich trotzdem nicht, dass ich jetzt gehen durfte. Auf dem Hof erwartete ich jeden Moment, dass jemand aus dem Fenster rief, es handele sich um ein Missverständnis und ich solle sofort zurück. Doch der Breitschultrige öffnete das Torgitter und ließ mich passieren.

»Man sieht sich«, sagte er und zeigte mit der rechten Hand ans Auge.

»Hoffentlich nicht«, sagte ich, die Füße schon auf dem Gehweg. »Die Wahrheit« winkte mir von der Kuppel des Reichsgerichts herunter. Auf der Straße fuhren Autos.

Ich lief Richtung Süden. Erst unsicher, dann immer schneller. Noch immer hatte ich Angst, Opfer einer Hinterlist zu werden. Ich hatte das Gefühl, hinter jedem einzelnen Fenster der Wächterburg stünde ein Wärter und schaute mir nach. Aber da war nichts, als ich mich umdrehte. Nichts außer Stein.

Ein Hauch von Sommer spielte in der Luft. Einzelne Passanten musterten mich. Sicher bot ich keinen erbaulichen Anblick. Ansonsten war alles wie gewohnt, die Häuser, die Straßenbahnen, die Geschäfte. Doch ich nahm die Umgebung viel intensiver wahr. Den Geruch von Flieder und Motorenöl. Das Rasseln der Markisen. Die Glocke eines Eisverkäufers, der gerade sein Wägelchen öffnete. Eigentlich war ich so erschöpft, dass ich kaum laufen konnte. Der Gang nach Hause war trotzdem wunderschön, ein Erlebnis. Es gab zahllose Kleinigkeiten, die mich begeisterten.

Als das Connewitzer Kreuz in Sicht kam, kroch eine merkwürdige Mischung aus Beklemmung und Freude in mir empor. Wie würden meine Eltern reagieren? Waren sie überhaupt daheim? Oder hatten sie sich bereits abgefunden mit meiner Abwesenheit? Mein Herz klopfte laut und ich spürte die Leere in meinem Magen. Und ein bisschen auch dort, wo es laut klopfte.

Ich stand vor der Wohnungstür. Dahinter war es dunkel und still. Ich klingelte. Von innen knarrte die Diele. Und dann war meine Mutter im Türrahmen, mit Schreck und Glück und Durcheinander im Gesicht. Sie war elegant gekleidet und frisiert, sogar noch ein bisschen feiner als sonst, aber ihre geröteten Augen sprachen ihre eigene Sprache. Wortlos nahm sie mich in die Arme. Dann hielt sie mich von sich weg, wie einen Säugling, der von der Hebamme begutachtet wird.

»Du bist aber nicht weggerannt, Harro, nein?« Ich lächelte.

»Unsinn. Ich bin vielleicht dumm. Aber nicht so dumm.« Meine Mutter seufzte und weinte ein bisschen an meiner Schulter.

»Papa zu Hause?«, fragte ich.

»Nein, der ist unterwegs. Seit du weg warst, hat er kaum stillgesessen. Wollte unbedingt rausfinden, was mit dir ist.« Sie seufzte noch einmal und tupfte sich ihre Wangen mit den Fingern ab.

»Mein Gott«, sagte sie und schüttelte den Kopf. »Mein Gott.« Dann wurde sie meiner Verletzungen gewahr.

»Was in aller Welt ist denn das?«, rief sie aus und zog mich in die Küche zu unserer kleinen Hausapotheke. Ich schwieg und ließ mich verarzten. Meine Mutter fragte kein zweites Mal, wie die Wunden entstanden waren. Stumm behandelte sie mich, säuberte die offenen Stellen und legte eine Bandage darüber. Schließlich sank sie auf einen Küchenstuhl.

»Die haben dein Zimmer durchsucht«, sagte sie. »Da kamen noch mehr von der Sorte. Keine fünf Minuten nachdem du weg warst.« Heiß stieg mir das Blut ins Gesicht. Kalt lief eine Hand an meinem Rücken entlang. Die Rote Fahne. Die Glosse.

»Wart mal kurz«, sagte ich und rannte in mein Zimmer. Ich hatte das verräterische Stück Papier in einer Spieldose verstaut, einer großen runden Blechbüchse mit Messingkurbel und prächtigen gemalten Pfauen auf der Seite. Sie stand oben auf meinem Schrank, weil sie so schön war oder weil ich sie mit den Jahren vergessen hatte.

Auf der Suche nach einem Versteck war sie mir ins Auge gesprungen und hatte mir regelrecht zugerufen: Nimm doch mich! Mich kann man unten öffnen! Und so war ich auf einen Stuhl gestiegen, hatte den Staub, der wie dünne Schneeflocken durch die Luft tanzte, von der Spieldose gepustet und das zusammengefaltete Papier hineingesteckt. Da hatte es nun gelegen, monatelang. Ich hätte es genauso gut vernichten können, aber nein, im Herbst hatte ich noch nicht so weit vorausgeschaut. Die Idee, dass die Gestapo einfach in mein Zimmer kommen und meine Habseligkeiten durchwühlen könnte, war mir damals nicht gekommen.

Von unten sah die Spieldose aus wie immer. Gelbe Sonne spiegelte sich im Griff der friedlich herabwinkenden Kurbel. So ein Quatsch, dachte ich. Wenn sie das Papier darin gefunden hätten, wäre ich nie und nimmer freigekommen. Oder doch? Wieder witterte ich eine Falle. War das schon Paranoia? Mein Denken und Handeln hatte sich verändert. Nicht nur, aber ganz besonders in den letzten Tagen.

Ich stieg auf den Stuhl. Das Polster gab nach wie Moos auf einem Waldweg. Ich fummelte den Verschluss ab. Das Blech piekste unter meinen Nägeln. Ich schaute hinein. Still schimmerten mir Walze und Tonkamm ins Gesicht. Die Rote Fahne war weg.

Schweißtropfen sammelten sich auf meinem Rücken und liefen in den Bund meiner Hose. Wieder und wieder wendete ich die Spieldose. Wieder und wieder prüfte ich die obere Ablage des Schranks. Meine Beine zitterten. Erneut spürte ich die alles verschlingende Erschöpfung.

»Suchst du was Bestimmtes?« Mein Vater stand in der Tür. Er lächelte. Das war zu viel. Ich rutschte zusammen wie ein Haufen Kies und fing an zu weinen. Mein Vater hockte sich neben mich. Dann war seine Hand auf meiner Schulter, fest und seltsam und beruhigend.

»Dein Stück Zeitung habe ich«, flüsterte er. »Willkommen

zu Hause.« Ich weinte noch mehr, und dass ich mich dafür schämte, spielte irgendwann keine Rolle mehr.

»Wie lange schon?«, fragte ich.

»Eine Weile«, sagte mein Vater. Das hieß, er hatte hinter meinem Rücken versucht, Zugriff auf mein Leben zu erlangen. Aber auch das war in diesem Augenblick egal. Ich war befreit und erleichtert.

Bis weit in den Abend hinein schlief ich. In der Nacht saßen wir zusammen, meine Eltern und ich, bei Tee, gebackenen Kartoffeln und Schokolade, und ich erzählte. Es wurde keine chronologische Beichte und auch kein detailliertes Bekenntnis – vor allem von den Schlägereien ließ ich vieles aus – aber ich teilte ein Stück mit ihnen von dem, was mich bewegte. Es fühlte sich gut an.

Ein paarmal stand mein Vater auf und schaute aus dem Fenster, die Hände auf dem Rücken, die Schultern gebeugt. Ich drang nicht wirklich vor zu dem, was er dachte, auch wenn ich es versuchte. Aber er hörte mir zu.

Am Mittwoch ging ich wieder zur Schule.

Wie so oft traf ich dort zuerst auf Karl. Er lehnte am Treppengeländer. In den Händen hielt er den Stürmer, das »Deutsche Wochenblatt zum Kampf um die Wahrheit«, das in Wirklichkeit auf jeder Seite log, dass sich die Balken bogen. Es hatte eine Zeit gegeben, in der Paul und ich uns über das Blatt lustig gemacht hatten. Wie ernst und traurig es war, dass sich weite Teile unserer Landsleute tatsächlich ihre Meinung aus dieser üblen Gazette bildeten, hatte unser noch kindliches Gemüt nicht erfasst. Unter Karls linkem Arm klemmten Bücher.

»Schon wieder da?« Er sah nicht auf bei der Frage. Ich lief weiter.

»Hätten dich dabehalten sollen!« Noch immer saß sein Blick fest in der aufgeschlagenen Zeitung, aber möglicherweise tat er auch nur so, als lese er. Ich lief weiter, an Karl vorbei, Richtung Klassenzimmer. Es war und blieb mir ein Rätsel, über welche Wege er Informationen über mich bekam.

»Euresgleichen gehört weggesperrt, sämtlichst! Und zwar für immer!« Ich blieb stehen. Dann lief ich zurück und riss Karl den Stürmer aus den Händen. In seiner Rechten blieb ein Fetzen Papier zurück, mit der Linken versuchte er, seine Bücher festzuhalten, ohne Erfolg, sie kippten vorn und hinten über sein Handgelenk und prasselten herunter. Ein Ruf der Empörung folgte.

»Du hältst jetzt endlich deine Fresse«, sagte ich. »Und zwar für immer!« Ich hatte keine Angst. Höchstens vor Karls Macht und seinen Handlangern. Aber die waren nicht da. Mir selbst wäre niemand zu Hilfe gekommen, davon ging ich aus. Es gab in der Schule zwar noch immer einzelne Jungs, die mich nicht mieden, die sogar ähnliche Ansichten hatten, aber sie hätten mich nicht unterstützt. Nicht in der Öffentlichkeit. In diesem Moment, hier auf der Treppe, brauchte ich jedoch niemanden. Ich hatte es genau gesehen. Ein kurzes Flackern des Zweifels und der Unsicherheit, tief in Karls Pupillen. Er wollte sich nicht mit mir schlagen. Nicht allein.

Ich hörte, wie er seine Bücher aufsammelte, während ich wortlos ins Klassenzimmer ging. Eins rutschte ihm noch einmal aus der Hand und schlug wie zur Bekräftigung seiner Niederlage auf den Boden. Karl fluchte leise.

Am Nachmittag wollte ich endlich zu Käthe, aber ich wollte auch die anderen sehen, deswegen ging ich erst zu den Kinos und, als ich dort niemanden antraf, zur Kirche. Und da saßen sie alle und begrüßten den Sommer, Josephine im luftigen Kleid, Heinrich barfuß im Gras, Pitt alle viere von sich gestreckt und eine Zigarette zwischen den Zähnen, die sich nach oben reckte wie ein winziger Leuchtturm, Edgar, Hilma und noch ein paar mehr. Sie boten einen wunderbaren Anblick, auch wenn manch sorgenvolle Miene nicht ganz zu der Szenerie passte.

Das Geschrei war groß, als ich in die Runde trat. Auf der Treppe spielte das Koffergrammofon fröhlichen Jazz. Die Aufschrift sah nach Nat Gonella aus, aber ich konnte es nicht genau erkennen, die Platte drehte zu schnelle Pirouetten. Ich hätte sofort dazu tanzen können.

»Harro, Mensch, Harro!«, rief Heinrich in einem fort, hüpfte auf und ab und drückte mich an sich. »Hab am Wochenende gehört, dass du eingefahren bist! Was für eine Riesenscheiße!« Er gab mir einen Kuss auf den pomadisierten Scheitel. »Was ist passiert? Warum bist du raus? Warum bist du rein? Du musst alles erzählen!«

Ich musste ein bisschen warten, bis sich alle beruhigt hatten. Während mein Bericht noch lief, stand Pitt auf, um Schnaps zu organisieren.

»'tschuldigung. Aber das muss gefeiert werden.« Ich sah ihm in die Augen, dem grimmigen, gutherzigen Pitt, und ich wusste, das mit dem Schnaps war eine Ausrede. Die Gefühle überwältigten auch ihn, aber diese Blöße wollte er sich nicht geben. Ich hielt ihn nicht auf.

Es tat gut, im Mittelpunkt zu stehen. Ich genoss die Aufmerksamkeit so sehr, dass ich die Zeit vergaß. Pitt war längst wieder da und seine Flasche Kornbrand halb geleert, als ich aufsprang und mir unversehens mit einem lauten Knall an die Stirn haute.

»Ich muss los!«, rief ich aus und stolperte zwei Schritte rückwärts. Josephine zupfte an meinem Hosenbein.

»Käthe?«, fragte sie.

»Mhh«, murmelte ich. Josephine grinste.

»Setz dich«, sagte sie. »Und warte noch ein bisschen.« Etwas an ihr war sehr überzeugend. Ich setzte mich wieder. Das war ohnehin angenehmer. Und dann rauschte sie heran, auf einem schwarzbraunen Fahrrad voller Rost und Erde und viel zu breitem Lenker. Käthe. Hinter ihr fuhr ein kleiner Bursche mit Segelohren, zeigte die Zähne und machte triumphierende Gesten. Ludwig. Ich zog die Schultern hoch und schaute Josephine fragend an, doch sie lachte nur. Käthe flog vom Fahrrad und mir in die Arme. Ihr Herz raste.

»Schneller als jedes Auto!«, rief Ludwig und reckte die Fäuste in die Luft. Hilma zwinkerte, Edgar klopfte ihm auf die Schulter. Erst jetzt fiel mir auf, dass Ludwig am Anfang mit an der Kirche gesessen und dann eine Weile gefehlt hatte.

»Danke«, flüsterte ich und trank ihm zu. Die Köpfe aneinandergelegt, blieben Käthe und ich lange Zeit sitzen und ließen die anderen reden. Zwischendurch schauten wir uns immer wieder an und streichelten unsere Gesichter. Es war, als wollten wir uns auch noch die allerkleinsten Einzelheiten unserer Züge in die Köpfe brennen, für immer.

Dann sah ich in die Runde und fragte mich, war es das

wert? Die Schmerzen? Die Angst? Die Ungewissheit? Dieser gigantische, unförmige Schatten, der sich der Lauf der Geschichte nannte, war der nicht unbedingt und in jedem Fall stärker als wir? Welche Bedeutung hatte das, was wir hier taten? Was konnten wir schon ausrichten? War es nicht schlauer, sich zurückzuziehen? Mit dem, den man liebte?

Wieder schaute ich Käthe an. Und als sich ihre Nase kräuselte, sie ihr Kinn hob und ihr Lächeln kleine Fältchen um die Augen warf, wusste ich es. Natürlich war es das wert. Das zu sein, was und wie man war oder was und wie man sein wollte, war das Wichtigste überhaupt. Es war das, was das Leben lohnend machte.

Wir tranken. Wir stritten. Wir lachten. Wir küssten. Und als Hilma nach Hause ging und mit ihr das Koffergrammofon, sang der Rest in die Nacht, bis die Sterne zitterten.

Sahen wir die Sonne scheinen
auf die Straße, auf das Feld,
konnten wir doch niemals meinen,
dies sei unsre wahre Welt.
Vorwärts, und nie vergessen,
worin unsre Stärke besteht!
Beim Hungern und beim Essen,
vorwärts, nie vergessen
die Solidarität!

32

Eine Woche später holte die Gestapo Heinrich. Seit den Tagen im Gefängnis hatte ich einen ruhelosen Schlaf und schreckte bei den kleinsten Geräuschen hoch. So auch in dieser Nacht, als ich einen schweren Wagen hörte, der irgendwo vor unserem Haus zum Stehen kam. Autotüren schlugen. Die Bettdecke um mich gewickelt, lief ich zum Fenster. Der Mercedes hockte still und drohend auf dem Gehweg, wie ein lauerndes Scheusal aus uralter Vorzeit. Menschen sah ich keine. Ich rannte zur Wohnungstür und lauschte in die Dunkelheit, doch im Hausflur rührte sich nichts. Noch wusste ich nicht, dass Heinrich gerade widrigen Besuch hatte. Aus dem Schlafzimmer hörte ich meine Mutter husten.

Zurück am Fenster wartete ich. Der Park gegenüber war schwarz wie ein einzelner, dicker Tuschestrich. Dann traten sie auf die Straße. Zwei Gestapo-Männer, die mir bekannt vorkamen. In ihrer Mitte lief Heinrich. Seine Arme trug er steif vor sich her. Ich brauchte einen Moment, um zu begreifen, dass da mein Freund ging. In Handschellen.

Ich spürte Kälte in meinen Knien. Ich wollte irgendetwas tun, wenigstens ein Glas oder einen Teller oder irgendeinen Plunder auf das Autodach schleudern. Aber die Gestapisten wussten, wo ich wohnte, und so blieb es bei der Fantasie. Die drei stiegen ein. Voller Wut schaute ich den Rücklichtern nach, die schließlich aus meinem Blickfeld verschwanden wie Glühwürmchen in der Morgendämmerung. Dann dachte ich an Heinrichs Vater und wollte in meine Sachen schlüpfen, rübergehen und ihm zur Seite stehen, doch es rollte ein zweiter Wagen heran. Die Durchsuchung, schoss es mir durch den Kopf.

Das Auto hielt am Straßenrand. Eine Weile lief noch der Motor, dann stiegen drei Polizisten aus. Einer von ihnen trug eine dicke Mappe. Leichthin, als wären sie auf dem Weg in die Kneipe, gingen sie zur Tür des Nebenhauses und traten ein. Ich hüpfte auf und ab und überlegte, ob ich wenigstens mit diesem Auto etwas machen sollte. Vielleicht die Reifen zerstechen? Doch ich verwarf auch diesen Gedanken. Hier, direkt vor der Wohnung, war so etwas doch zu leichtsinnig.

Ich wartete. Und wartete. Als rein gar nichts passierte, legte ich mich wieder in mein Bett. Aller Unruhe und Aufregung zum Trotz schlief ich fast sofort ein. So verging der folgende Tag, bis ich Heinrichs Vater am frühen Abend in seiner Wohnung erwischte.

Er sah müde aus, als er mir die Tür öffnete, noch müder als sonst, aber über sein Gesicht lief ein kurzer Schimmer, wie ein loderndes Streichholz in tiefster Nacht.

»Harro«, sagte er. »Ach …«

»Ich weiß Bescheid, Friedrich«, sagte ich. »Deswegen bin ich da.« Er nickte und ließ mich ein. Auf dem Küchentisch stand irgendein Fusel ohne Etikett.

»Diese verdammten Schweine«, sagte ich und setzte mich. Friedrich nahm einen groben Becher aus Pressglas aus der

Vitrine, schenkte mir ein und lehnte sich an den Herd, die Arme verschränkt.

»Bitte«, sagte er. »Zum Wohl. Ich hab schon genug.« Ich mochte dieses harte Zeug eigentlich gar nicht so sehr, aber wann, wenn nicht jetzt, war es angebracht. Ich leerte den Becher in einem Zug.

»Ich war neulich auch dran«, sagte ich. »Nach ein paar Tagen durfte ich wieder gehen. Vielleicht ist es bei Heinrich genauso.« Friedrich rieb sich das Kinn. »Oder haben sie bei euch was gefunden?« Friedrich wiegte den Kopf. Dann griff er zur Flasche und schenkte mir eine zweite Ration ein.

»Nein, mitgenommen haben sie nichts. Aber ich glaube nicht, dass wir ihn so bald wiedersehen«, sagte er. Sein Blick lastete auf mir wie ein Felsbrocken.

»Bestimmt«, sagte ich. »Doch. Warum denn nicht?« Friedrich hielt die Flasche noch in der Hand. Für einen Moment sah es so aus, als ob er sie an den Mund setzen wolle. Dann stellte er sie ab. Er schüttelte sich.

»Paragraf 175, schon mal davon gehört?« Irgendeine ferne Ahnung meldete sich, wie der zarte Klang einer Triangel, aber ich kam nicht drauf. Ich zog die Schultern hoch.

»Wurde verschärft. Ist noch gar nicht so lange her. Reicht jetzt schon, wenn du es bist.«

»Wenn du was bist?« Friedrich schloss die Augen, atmete ein und aus, öffnete sie wieder, schaute mich an und nahm erneut die Flasche vom Tisch, wie zur Hilfe und Beruhigung.

»Heinrich mag Jungs. Verstehst du?«

Ich schniefte und räusperte mich. Ich war mir nicht sicher, ob ich Heinrichs Vater gerade verstanden hatte.

»Wie, mag Jungs. So? Jungs?« Friedrich nickte.

»So. Jungs.« Ich leerte meinen Becher, nahm Friedrich die Flasche aus der Hand und schenkte mir einen Dritten ein. Ich fragte nicht, ob ich durfte. Ich war zu platt.

»Ist kein Witz?«, fragte ich, obwohl ich schon wusste, dass es kein Witz war. Friedrich schaute nur. In der Ecke an der Wand sah ich Heinrich als Baby auf dem Arm seiner Mutter. Ich konnte nicht fassen, dass ich nie etwas bemerkt hatte. Oder bemerken wollte. Hatte er versucht, mit mir darüber zu sprechen?

Und wieder dachte ich, der Lauf der Geschichte, dieser neblige Riese, wieso war der so stark, so unerbittlich und unwiderruflich? Heiße Wut brannte in meinen Wangen. Wut auf die Geschichte. Wut auf die Gestapo. Wut auf das Land. Wut auf Heinrich und Wut auf mich selbst. Mit der rechten Hand hielt ich Heinrichs Vater die Flasche hin, mit der linken hob ich mein Glas.

»Auf ein gutes Ende«, sagte ich. Mehr fiel mir nicht ein. Wir stießen an. Das Klirren klang kläglich, aber es verband.

»Auf ein gutes Ende«, sagte Friedrich. Auf der Straße rief jemand laut.

Eine weitere Woche später war klar, dass Friedrich recht behalten würde. Heinrich blieb im Gefängnis. Daran ließ sich nichts ändern. Ich fragte, ob man ihn besuchen könne, aber Heinrichs Vater lachte nur, mit bitterer Unergründlichkeit. Letztlich fiel es mir nicht so schwer, das zu akzeptieren. Ich hatte riesige Angst, die Mauern, hinter denen ich meinen Freund vermutete, wieder von innen zu sehen. Ich wollte dort gar nicht hin. Aber es war schrecklich, dieses letzte Bild im

Kopf zu haben, Heinrich in Handschellen zwischen den Gestapisten, wie er einstieg ins Auto und fortfuhr.

Tagelang diskutierten wir in der Clique, ob meine und Heinrichs Festnahme der Anfang vom Ende wäre, ob wir uns zurückziehen sollten, ins Private, oder gar »mit der Zeit gehen« sollten. Letztlich blieb das keine Option.

»Verflucht, jetzt geht es doch erst richtig los«, sagte Hilma irgendwann, »die kriegen uns nicht klein!« Alle nickten. Ich glaube, dass sich die meisten von uns festhielten an dem Anker der Möglichkeit, es wäre bei den Verhaftungen ausschließlich um Heinrichs Homosexualität gegangen und die Gestapo wisse nichts oder nicht genug über unsere Strukturen. Vielleicht waren Harry und Hilmas Bruder dem gleichen Verdacht ausgesetzt wie Heinrich. Es hätte die Sache an sich nicht besser gemacht, aber weniger Gefahr für die Clique bedeutet. Alle wussten, dass mich der Kommissar auch nach den beiden gefragt hatte, und alle dachten dasselbe wie ich, nur sprach es niemand aus.

Und noch etwas anderes sprach niemand aus, und das störte mich so sehr, dass ich Hilma einige Zeit später beiseite nahm. Die Sonne brannte, als hätte sie jemand von einem Tag auf den anderen tiefer gehängt. Der Sommer war da.

»Ich versteh eins nicht«, sagte ich. »Heinrich und du, ihr wart doch ein Paar. Wie geht denn das? Wie kann das sein? War er nicht, nicht, also …?« Ich spürte, wie sich die Suppe unter meinen Achseln sammelte, Hitze und schwierige Themen, das passte nicht zusammen. Doch Hilma war gnädig und verstand.

»Sollte man meinen, nicht? War aber nicht so. Das kam erst

später. Und auch nur phasenweise.« Sie fuhr sich über den Kopf. Sie trug die Haare jetzt so kurz wie Käthe.

»Nein, am Anfang hab ich überhaupt nichts bemerkt. Irgendwann fing er an, sich ein bisschen komisch zu benehmen. Aber ich hab nie damit gerechnet, dass es an so etwas liegen könnte. Ich hab den Fehler bei mir gesucht.« Hilma lachte. »Mann, war ich damals enttäuscht!«

»Und jetzt, wie ist es jetzt?«, fragte ich. »Wo du Bescheid weißt? Bist du sehr gekränkt?« Hilma streckte sich, immer weiter, hinein in die Sonne.

»Gekränkt? Nein. Eigentlich genau das Gegenteil.«

Der Zweite, den unsere Clique verlor, war Edgar. Das lag nicht daran, dass Edgar selbst verhaftet wurde. Sein Vater wurde bei illegalen Tätigkeiten ertappt, ganz so, wie es sein Sohn schon seit Langem befürchtet hatte. Besonders bitter war die Tatsache, dass die Familie nicht erfuhr, was genau passiert war. Wie sich herausstellte, hatte Edgars Vater selbst seiner Frau nie etwas Konkretes von seinen Aktivitäten im Untergrund erzählt. Sicher hatte er gedacht, sie und die Kinder zu schützen, wenn sie so wenig wie möglich wussten. Das Ganze blieb dennoch schrecklich unbefriedigend. Edgars Ohnmacht war mit den Händen zu greifen. »Staatsfeindliche Betätigung«, so hatte es die Gestapo bezeichnet, wenigstens hatte sie die Familie informiert und den Mann nicht einfach verschwinden lassen. Auch solche Geschichten kannte man.

»Ich werde eine Weile nicht kommen«, sagte Edgar und sah so dünn dabei aus, dass ich Angst hatte, ein Windstoß könne ihn forttragen. Wir standen unter der Steinsäule, genau auf dem Connewitzer Kreuz. Edgar hatte die Clique über die

Entwicklungen informiert. Ich begleitete ihn noch ein Stück. »Weiß noch nicht, wie es jetzt weitergeht. Muss noch mal nachdenken. Viel nachdenken.« Er schaute hoch zu dem Kreuzbild. »Verdammte Scheißzeit.« Ich nickte und berührte ihn leicht am Arm.

»Meld dich, wenn ich helfen kann. Jederzeit.« Edgar legte seine Hand auf meine. Sie war kalt wie Strandgut im November.

»Mach ich. Weiß ich. Danke, Harro.« Er zögerte. »Ich hab hier noch was«, sagte er schließlich und kramte in seiner rechten Hosentasche. Als seine Handfläche wieder zum Vorschein kam, lag auf ihr sein Totenkopfring. »Gib ihn Ludwig. Ich weiß, wie gern er einen hätte. Ich brauch ihn erst mal nicht.«

»Bist du sicher?«, fragte ich. Edgar verschränkte die Arme und runzelte die Stirn, irgendwo in seinem Gesicht versteckte sich ein Lächeln.

»Bin ich«, sagte er. Ich setzte den Ring auf meinen linken Zeigefinger und betrachtete ihn. Die Verletzung auf dem Handrücken vernarbte langsam. An den Rändern war ein roter Kreis, in der Mitte dünne, weißgelbe Haut. Ich zog den Ring wieder ab und steckte ihn ein. Edgar und ich umarmten uns. Dann lief ich los, auf Leipzigs schönste Straße.

Ich hatte gewählt. Die Zukunft war ungewiss.

Postskriptum *»In Leipzig traten im Jahre 1937 mehrere Gruppen jugendlicher Personen, die sogen. »Meuten«, in Erscheinung, die sich nach Art der früheren bündischen Jugend einheitlich kleideten und auf bestimmten Straßen oder Plätzen zusammenkamen. [...] Die Jungen der Meute schrien auf der Straße herum, belästigten Passanten, insbesondere die HJ, fuhren zu mehreren mit dem Fahrrad wild durch die Straßen und legten bei ihrem Verhalten gegenüber den Mädchen ein unsittliches Gebaren an den Tag. [...] Die Meute fühlte sich zusammen mit anderen in Leipzig bestehenden Meuten als eine im Gegensatz zur HJ stehende Jugendbewegung. [...] Jungen und Mädchen wurden vom HJ-Dienst abgehalten, es wurde die Parole ausgegeben, sich von der HJ nichts gefallen zu lassen. Im Gegensatz zur HJ wurde für ein freies und ungebundenes Zusammenkommen und Fahrtenleben mit Mädchen eingetreten.«*

Mit diesen Worten fasste die Leipziger Staatsanwaltschaft 1940 in der Anklageschrift gegen mehrere Angehörige der Meute »Reeperbahn« aus Leipzig-Lindenau ihre Ermittlungsergebnisse zusammen. Nachdem die früheste informelle Jugendbewegung des Nationalsozialismus den öffentlichen Raum zumindest für einen gewissen Zeitraum erfolgreich zurückerobern konnte, wurden die Leipziger Meuten ab 1938 vom Staat hart verfolgt. Zahlreiche Meutenmitglieder wurden inhaftiert oder in Jugendschulungslager abkommandiert.

Einigen dieser Jugendlichen mag die drohende Konsequenz für ihr Handeln nicht in vollem Ausmaße bewusst gewesen sein. Anderen wiederum ging es um genau diese politische Dimension. Ihnen war klar, dass man im Dritten Reich zum Staatsfeind werden konnte, wenn man seine Freizeit und sein Auftreten in der Öffentlichkeit so gestaltete, wie man es selbst für richtig hielt. Die Leipziger Meuten, das waren wilde, bunte Cliquen von Jugendlichen vor allem aus Arbeiterfamilien. Jugendliche, die ihren Platz suchten und sich dabei gegen die Verhältnisse stellten. Meistens keine Widerständler mit klaren Plänen und Zielen, aber in dem, was sie taten, Oppositionelle. Vielleicht keine Vorbilder, wie sie die Geschichte zu lehren versucht – oder doch?

Ich selbst bin ein Kind der DDR. In der Schule wurde uns erzählt, dass es im Nationalsozialismus zwei Sorten von Menschen gab: die überwältigende Masse der Faschisten und einige wenige Kämpfer für die gute Sache. Wir sollten Wilhelm Pieck ehren und Ernst Thälmann und Walter Ulbricht. Aufrechte Lichtgestalten. Auf Plakaten und Fahnen, in Büchern und Lehrmaterialien. Wegweiser und ja, eben Vorbilder. So hieß es. Und jeder, der zu ihnen aufschaute, kam sich klein vor. Ein winziges, austauschbares, unbedeutendes Rad im Getriebe der Geschichte.

Als die Wende kam, war ich zehn Jahre alt. Der Bruch von Millionen von Biografien einerseits, neue Chancen und neue Sichtweisen andererseits. In den Jahren danach versuchte ich, den gesellschaftlichen Wandel für mich fassbar zu machen. Ich schaute zurück auf meine eigene Rolle in der DDR. Auf die Rolle meiner Eltern und all der anderen Menschen, die mich umgaben. Leipzig war die »Heldenstadt« – die Stadt, die mit ihren unangepassten Menschen Motor für den Umsturz gewesen war (unabhängig davon, wie man die Entwicklungen vom Herbst 1989 bis zur Wiedervereinigung persönlich bewertet). Ich begriff, dass es eine ganz bestimmte Entscheidung im Leben eines jeden Einzelnen gibt: seine Meinung in die Öffentlichkeit zu tragen, egal wie abweichend sie sein mag und was für Folgen sie hat. Oder eben nicht.

Dann stieß ich auf die Frage, wie das im Nationalsozialismus gewesen sein mochte. War es wirklich wahr, dass es nur sie gegeben hatte? Die wenigen Kämpfer? Was war mit all den Jugendlichen? Hatten vielleicht auch von ihnen einige das damals herrschende System aus Zwang, Hass, Antisemitismus und Faschismus abgelehnt – und sei es nur aus dem schlichten Grund, keinen Bock auf die Welt der Erwachsenen zu haben? Ich recherchierte zu den Edelweißpiraten und zur Swing-Jugend, fand aber lange Zeit keine ostdeutsche Entsprechung. Der Grund mag ein ähnlicher gewesen sein wie z. B. bei den Edelweißpiraten, die von der (westdeutschen) Geschichtsschreibung bis weit in die 1970er-Jahre hinein eher als schlichte Rowdys denn als Oppositionelle angesehen wurden. In das autoritäre Bild des Arbeiter- und Bauernstaates DDR und zu der Art seiner Vorbilder hatten die nonkonformistischen Mädchen und Jungen, die sich zu den Meuten zusammenschlossen, nicht gepasst.

Der Leipziger Historiker Sascha Lange – dem ich an dieser

Stelle tiefen Dank aussprechen möchte – erweiterte Ende der Nullerjahre schließlich meinen Blick auf die Jugend meiner Heimatstadt im Dritten Reich auf beispiellose Weise. Seine intensive Beschäftigung mit den Leipziger Meuten hat mich zuerst fasziniert, dann angesteckt und schließlich inspiriert, dem wissenschaftlichen Fokus einen persönlichen hinzuzufügen. Ich wollte Geschichte erlebbar machen. Ihre Geschichte.

Wilde Opposition. Bunte Opposition. Jugendliche, die sich die Straße und die Öffentlichkeit zurückeroberten. Denen die Freiheit, zu sagen und zu zeigen, was sie dachten, wichtiger war als alles andere. Die sich an Orten und Plätzen trafen, die sich kaum verändert haben, heute fast genauso aussehen wie vor achtzig Jahren, auch wenn die Welt eine ganz andere war. In den meisten Fällen »ganz normale« Jugendliche, die spontan handelten und ihrem Lebensgefühl Ausdruck verliehen. Die ihrem Herzen folgten und genau dadurch keine austauschbaren Rädchen waren. Bedeutsam wurden. Egal wie groß oder klein sie sich vielleicht vorkamen.

In keiner anderen deutschen Stadt gab es Ende der 1930er-Jahre zahlenmäßig derart starke, untereinander vernetzte informelle Cliquen, die von der Staatslinie abwichen und die Straßen für sich beanspruchten. Aktenkundig geworden sind in der Zeit zwischen 1937 und 1939 über 1500 Mädchen und Jungen. HJ und Polizei reagierten überfordert und waren anfangs nicht fähig, die Entwicklungen zu stoppen. Nachdem sich die Meuten im öffentlichen Raum immer weiter ausbreiten konnten und der Staatsjugend immer empfindlicher zusetzten, wurden sie schließlich umso härter und umfassender verfolgt. Ihnen wurden Prozesse wegen Hochverrats und

Vorbereitungen zum Umsturz gemacht und Gefängnis- oder Erziehungsstrafen in eigens eröffneten Jugendschulungslagern verhängt. Damit blieben die Meuten eine zeitlich begrenzte Gegenkultur, die den NS-Staat nicht nachhaltig zu erschüttern vermochte. Dennoch können sie als inspirierendes Beispiel dafür angesehen werden, dass es im Nationalsozialismus viele, nicht zuletzt junge Menschen gab, die die sie umgebende politische »Normalität« kritisch hinterfragten – bereits zu diesem frühen Zeitpunkt der NS-Herrschaft, Jahre vor dem Zweiten Weltkrieg und dem Holocaust, was die Leipziger Meuten von den anderen oppositionellen Jugendgruppen Deutschlands unterscheidet. Sie besaßen den Mut, ihre abweichende Haltung nach außen zu tragen. Diese Entscheidungen waren sicher nicht immer leicht. Aber möglich.

Es liegt an uns, die Erinnerung an sie zu bewahren.

Johannes Herwig

Klein-
Zschocher
Gross-
Zschocher-
Windorf
Rennbahn
Nonne
Scheiben
Holz
Johanna
Park
Garten
Kolonie
Die
Bauernwiesen
Streitholz
Probstei
Der Stempel
Pfarrholz
Der Haken
Mühlholz
Das
lange Feld
Wild
park
Dachsbau
Park
Hahn-
Holz
Kolonien
Schloss
Garten
Siedlung
Rennbahn
Sp.Pl.
Eintracht 1885
u.S.A.
Sp.Pl.
Streitteich

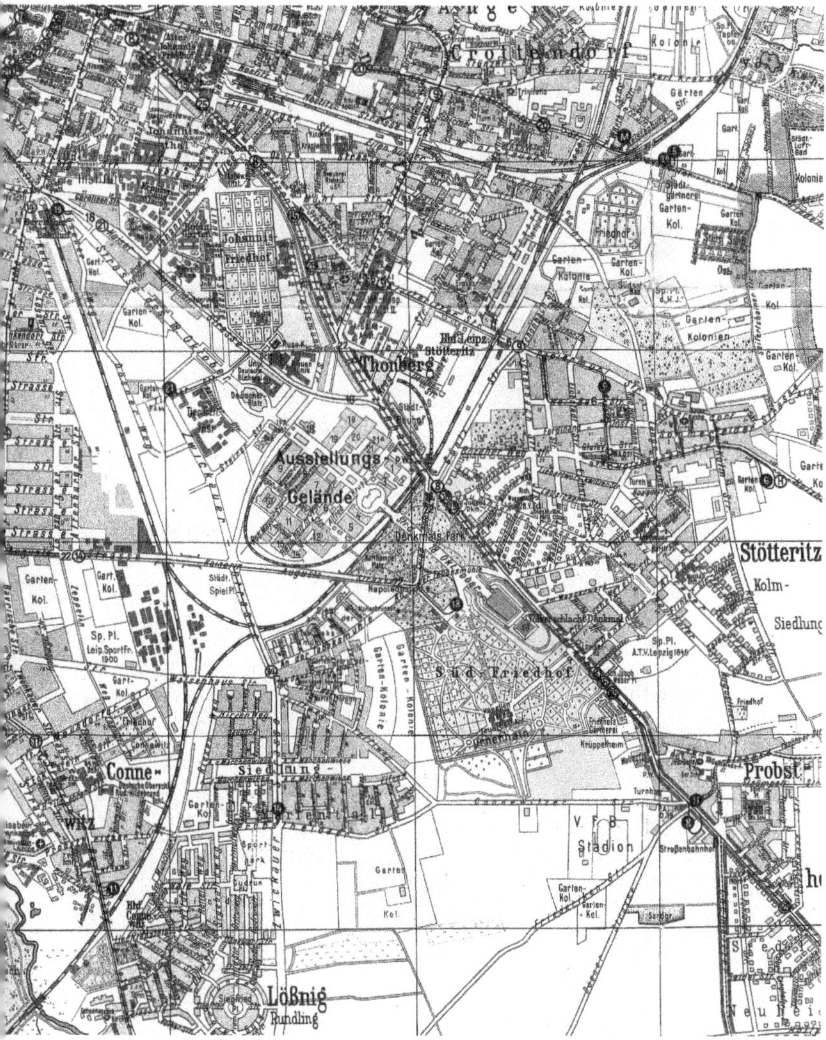
Crottendorf
Thonberg
Johannis Friedhof
Ausstellungs-
Gelände
Denkmals Park
Völkerschlacht-Denkmal
Süd-Friedhof
Stötteritz
Kolm-
Siedlung
Conne-
witz
Löẞnig
Rundling
Probst
V. f. B.
Stadion
Siedlung
Garten-Kolonie
Sp. Pl.
Leip. Sportfr.
1900
Sp. Pl.
A.T.V. Leipzig 1845
Bhf. Leipz.
Stötteritz
Städt. Spielpl.
Krüppelheim
Straßenbahnhof
Garten-
Kol.
Friedhof
Sport
park

272 Seiten, gebunden
ISBN 978-3-8369-6059-5

Johannes Herwig

Scherbenhelden

Nino lebt allein mit seinem Vater. Stress in der Schule, Ärger daheim. Perspektive? Kein Plan. Gemeinsam mit seinem besten Freund Max wird er eines Tages beim Klauen erwischt und von einer Gruppe Punks rausgehauen, die bald sein neues Zuhause wird. Gefühle für ein Mädchen mit dunklem Geheimnis und die tägliche Bedrohung durch Neonazis machen sein Leben nicht leichter. Außerdem will Nino endlich wissen, warum seine Mutter ihn und seinen Vater kurz vor dem Mauerfall zurückgelassen hat ...

Johannes Herwig erzählt in seinem neuen Roman über die Neunziger in Leipzig: Eine Geschichte über Veränderung und Aufbruch, eine Geschichte über die Hoffnung.

www.gerstenberg-verlag.de